Nicola Kabel · *Kleine Freiheit*

Roman

C.H.Beck

© Verlag C.H.Beck oHG, München 2021
www.chbeck.de
Umschlaggestaltung: geviert.com, Michaela Kneißl
Umschlagabbildung: © Shutterstock
Satz: Fotosatz Amann, Memmingen
Druck und Bindung: CPI – Ebner & Spiegel, Ulm
Gedruckt auf säurefreiem, alterungsbeständigem Papier
Printed in Germany
ISBN 978 3 406 76467 7

myclimate
klimaneutral produziert
www.chbeck.de/nachhaltig

Für die mit den Apfelringen

Prolog (Juli 2017)

Unbeirrbar strömt die nachtschwarze Vézère durchs Tal. Ein Mond hängt am Himmel, ein zweiter schwimmt im Fluss, Wasserfalten im Gesicht. Die Felswand auf der anderen Uferseite ragt in den Himmel. Ein Schattenriss nur.

Sie sitzen im Gras, Schulter an Schulter.

«Los, Sas.»

«Jetzt?»

«Klar!» Sophie streift das Kleid ab, es fällt ins Gras, dann der Slip. Sie läuft zur Uferböschung, ihre Haut ist hell. Dann ist Sophie weg. Saskia hört das Wasser und in der Dunkelheit Sophies Fluchen.

«Ist das kalt!» Aus dem Schreien wird Stille. Es plätschert leise, als Sophie die Arme durchs Wasser zieht. Saskia steht noch immer da. Sie spürt das Gras außen an ihren Füßen.

«Komm, Sas, komm!»

Saskia hebt die rechte Hand, öffnet den obersten Knopf der Bluse, zögerlich den nächsten, dann knöpft sie sie ganz auf. Sie faltet die Bluse, öffnet den BH, faltet ihn, öffnet die Hose, faltet sie, zieht den Slip aus. Die Sandalen behält Saskia an, als sie sich zum Ufer tastet.

«Komm», wieder hört sie Sophie.

«Wie bist du runtergekommen?»

«Einfach rutschen, Sas, rutschen!» Sophies Stimme füllt das Tal.

«Scht», sagt Saskia, geht in die Hocke, versucht, im Dunkeln die Riemen der Sandalen zu lösen. Sie spürt Erde an ihrem Po und zuckt zusammen, etwas krabbelt über ihren Fuß. Saskia saugt die Luft ein.

«Komm, lahme Ente!» Sophie lacht. Sas erahnt ihr Gesicht im Wasser. Sophie hält sich an einem Ast fest, der in den Fluss hineinragt. Plötzlich strampelt sie, Wassertropfen spritzen auf Saskias Haut.

«Hör auf!» Saskia klammert sich an eine Baumwurzel. Nach und nach lässt sie sich die Böschung hinab, spürt Stein unter den Füßen und Wasser um sie herum. Jetzt ist ihr Körper umgeben von Kälte.

«Uah!», ruft sie.

«Na endlich.»

Die Strömung ist stark und zieht Sas flussabwärts. Sas dreht um, teilt mit Armen und Beinen den Fluss, gegen den Strom.

Da, Sophies Lachen, dann ihr Arm. Sophie taucht Saskias Kopf unter Wasser. Sas kommt hoch, prustet, stößt die andere weg. Sie rangeln, Schwesternkörper an Schwesternkörper, Haut an Haut im Wasser. Zweifaches Lachen im Tal.

Sie liegen im Gras, ausgestreckt auf dem Rücken. Der Mond scheint auf Sophies runde Hüften, ihre volle Brust, ihren rundlichen Bauch, das dunkle Dreieck darunter, ihre schlanken Beine. Saskia schmal daneben, mädchenhaft die Brüste, die Hüftknochen stechen hervor, der Bauch wölbt sich nach innen, die Kaiserschnittnarben zeichnen Linien auf ihrem Unterleib. Sophie setzt sich auf, greift zur Weinflasche, trinkt einen Schluck und betrachtet die Schwester.

«Du rasierst ja jetzt auch alles.»

«Schon lange.»

«So komplett alles?»

«Machen doch alle.»

«Nee, nicht alle.»

«Du vielleicht nicht.»

«Nee, ich bin ja nicht blöd. Ist voll ungesund.»

«Ist aber schöner so.»

Nach der ersten Nacht hatte Christian Sas begutachtet, von oben bis unten, und gesagt: «Schön bist du. Aber mit deiner Frisur, da musst du was machen.» Als sie aus der Dusche kam, vor dem Spiegel stand und sich ansah, sagte er, «Besser, viel besser.» Er streichelte ihre frisch rasierte Haut zwischen den Beinen, kniete nieder und küsste sie. Saskia musste an die gerupften Hühnerkörper denken, die vor dem großen, gelben Haus lagen, nachdem Meggie ihnen auf dem Holzblock den Kopf abgehackt hatte. «Wenn wir sie schon essen, müssen wir sie auch selbst töten können», hatte sie gesagt, sich die blutigen Hände gewaschen und die Schürze abgestreift. Manchmal war das Huhn noch herumgerannt, ohne Kopf, mit blutigem Hals.

Saskia nimmt Sophie den Wein ab.

«Hast du Meggies Hühner gegessen?»

«Äh, wieso Hühner?»

«Meggie hat doch Hühner geschlachtet. Und manchmal Gänse.»

«Hat sie? Selbst?»

«Ja. Hat sie festgehalten und den Hals durchtrennt. Mit dem Beil, ein Schlag, Kopf ab, das Blut ist ihr ins Gesicht gespritzt, sogar ins Haar.»

«Echt? Weiß ich gar nicht mehr.»

Sophie rutscht an Saskia heran und legt den Kopf in den Schoß der Schwester.

«Sas? … Ich weiß gar nicht mehr so richtig, wie sie aussah? Also wie genau.»

«Kennst doch die Fotos …» Saskia zieht die Finger durch Sophies Locken. Früher hatten sie sich manchmal so aneinandergeschmiegt, das kleine Mädchen an die große Schwester. «Klein. Wie Asche. Sodass sie in die Urne passt.»

Sophie schnellt hoch und schlägt mit der Hand nach Saskia.

«Blöde Kuh.» Sie greift nach der Weinflasche. «Ich mein das ernst.»

«Ich auch.» Saskia flüstert. «Ich hab eigentlich nur die Urne vor Augen, nie ein Gesicht. Aber ich weiß noch, wie sie roch. Nach Zigaretten und Sternenlicht.»

«Sternenlicht?»

«Sie hat gesagt, die Sterne könnten wir beide immer sehen. Egal, wo sie ist. Seitdem rieche ich Meggie, wenn ich Sterne sehe.»

«Dann riechst du jetzt unsere Mutter?» Sophie blickt die Schwester an. «Puh, was für'n Scheiß!» Sie fängt an zu lachen, laut in die Nacht. Dieses Mal schlägt Saskia nach ihr. Dann kann sie nicht mehr, ihr Körper vibriert, sie lacht, sie lacht, sie lacht, bis die Tränen fließen, der Kiefer schmerzt. Als sich das Lachen davonmacht und nur noch glucksende Reste aus der Kehle drängen, fragt Sas:

«Und jetzt?»

I.

Die Dinge brauchen ihren Platz, und dort neben der Einfahrt ist der richtige. Da wächst zwar die Thujahecke, aber es gibt noch etwas ungepflasterten Boden. Saskia krempelt die Blusenärmel hoch, bindet ihre Schürze um und streift Gartenhandschuhe über. Sie holt das eingerollte Transparent, schlüpft an der Haustür in die Crocs, läuft über die roten Pflastersteine der Einfahrt zur Straße. Sie hat nicht viel Zeit, gleich kommen die Kinder, das Essen ist im Ofen, der Tisch gedeckt.

Am Fußweg lehnt Saskia die Rolle gegen das Gartentor, geht in die Hocke, scharrt mit der Hand zwei Mulden in den Erdboden, zupft Unkraut aus den Ritzen zwischen den Pflastersteinen und richtet sich wieder auf. Das Transparent ist hoch, es überragt die Hecke und reicht Saskia bis zur Brust. Sie sticht die erste Metallstange vorsichtig in den Boden, rollt den Stoff aus, dann kommt die zweite. Das Transparent wackelt, kippt nach vorn. Saskia beißt sich auf die Unterlippe, saugt die Luft durch die Nase ein, atmet scharf aus, hebt es wieder auf. Nächster Versuch. Dieses Mal rammt sie die Stangen kraftvoll in den schmalen Streifen zwischen Hecke und Gehweg. Als das Transparent gespannt ist, treibt sie mit einem Hammer die Stangen noch fester in den Boden, Zähne zusammengepresst.

Saskia tritt zurück. Da steht es, schwarz auf weiß, wie bei den Schröders und Andresens nebenan, den Meyers und Meiers gegenüber: «Kein Windpark.» Ob das Transparent den Westwind aushält?

Saskia hatte lange überlegt, wo sie es aufstellen sollte. An der Garagentür hätte es beim Öffnen gestört, im Fenster Licht geschluckt. Das kannte sie noch. Die eine Stoffbahn hatte die Räume in dunkles Gelb getaucht, die andere in Grün. War es die mit dem Frieden und den Waffen oder die mit dem Wald? Die Transparente waren immer mit umgezogen – erst von Hamburg ins Dorf in Niedersachsen, dann wieder nach Hamburg, nach Frankfurt, später München. Die Transparente blieben auch hängen, als Meggie ging.

Sie hatten sie beim Vornamen genannt, alles andere fand Meggie spießig. Nur wenn Saskia allein gewesen war, hatte sie manchmal «Mama» ausprobiert, «Mami» oder ganz selten «Mutti». Aber die Worte blieben fremd auf ihren Lippen. Dass Meggie mit vollem Namen Margarete Christine Bergmann hieß, hatte Saskia zum ersten Mal auf ihrer Grabplatte gesehen. Da war sie dreizehn und weinte nicht. Sie hatte Meggie seit fast zwei Jahren nicht mehr gesehen.

«Mama.» Saskia hört zwei Stimmen, nicht im Chor, sondern leicht versetzt, Mamama, noch mal Mamama. Es ist der Sirenenton, der sie zusammenzucken lässt. Johann ist Julius dicht auf den Fersen, packt den kleinen Bruder am Ranzen, haut mit der anderen Hand hinten drauf. «Du Arsch», schreit er. Julius schreit gleichzeitig: «Mama, Mama, Johann haut mich!» Sie rangeln, Johann wirft Julius auf den Boden, Saskia ist da, packt beide, zieht sie hoch, ihr Gesicht wird rot, aber nur ein «Scht» zischt zwischen ihren Zähnen hervor, noch mal: «Scht.» Jetzt sind es die Jungen, die zusammenzucken. Saskia zieht die beiden an den Handgelenken zum Haus, ein Blick auf die Straße, die anderen Häuser, keiner guckt.

Im Flur blickt sie ihre Söhne von oben bis unten an. Johann acht, Julius sechs, beide braunhaarig, Johann dunkler als Julius, beide mit Dreck im Gesicht und Tränen in den Augen, Rotz unter der Nase und auf den Jeans braune Flecken. «Zieht euch um, wascht euch – Gesicht und Hände. Ich wasch die Anziehsachen …» Die Jungen ziehen die Schultern hoch. Mit dem Mutterblick im Nacken schlurfen sie die dunkle Holztreppe hoch. Saskia hatte dieses Zischen nie gewollt. Sie wollte eine gute Mutter sein.

*

Sie sitzen zu dritt am Esstisch in einem großen, hellen Raum, der Esszimmer, Wohnzimmer und Küche zugleich ist, die offene Küche etwas erhöht, drei Stufen rauf, um Nachschlag aus den Töpfen auf dem Herd zu holen, drei Stufen wieder runter, Teller auf den Tisch, und die Jungen schaufeln selbst gestampften Kartoffelbrei und Erbsen in sich rein.

«Mama, was is'n das für'n Plakat?» Julius nuschelt. Er hat es, trotz seiner Heulerei, draußen noch gesehen.

«Ham die Nachbarn auch. Is' wegen dem Windpark», sagt Johann. Kartoffelbrei quillt ihm aus dem Mund.

«Des Windparks. Bitte kau aus, bevor du sprichst. Und nimm die Ellenbogen runter», sagt Saskia.

«Was heißt ‹wegen dem Windpark›?», fragt Julius.

«Da sollen Windräder hin», sagt sein Bruder.

«Wo», fragt Julius.

«Auf der Wiese, vorm Wald.»

«Findest du das doof, Mama?»

Saskia antwortet nicht. Sie blickt aus der Terrassentür auf den noch jungen, jetzt fast blattlosen Apfelbaum in ihrem Garten, der durch einen Zaun vom Grundstück eines kleinen, alten Backsteinhauses gegenüber getrennt ist. Das Backsteinhaus steht da noch so in der Landschaft herum, wie aus Versehen.

«Mama, findest du das doof? – Mama?»

*

Es ist schon einige Zeit her, dass die Pläne für den Windpark bekannt geworden sind. Hinter dem Backsteinhaus erstrecken sich Felder und Wiesen, vorne Mais, dann Weizen, dann Grünland und hinten am Horizont ein kleines Waldstück. Wenn Sas morgens am bodentiefen Fenster des Wohnzimmers steht, kann sie den Mais sehen. Der dunkle Acker färbt sich im Frühsommer grün, erst gescheckt, dann ein Teppich, der dichter und dichter wird, und bald steht der Mais so hoch, dass das Weizenfeld und die Wiesen dahinter nicht mehr zu erkennen sind. Auf einer dieser Wiesen, auf denen schon längst keine Kühe mehr weiden, soll der Windpark entstehen, fünf Windräder, 140 Meter hoch. Anfangs hatte sie nicht darüber nachgedacht. Aber dann kamen die anderen Grundschulmütter aus dem Ort, der mal ein Dorf gewesen war und inzwischen fast nahtlos in die mittelgroße Stadt überging. Alte, rote Backsteinhäuser säumten die Hauptstraße. An der Ostseite der Hauptstraße stand die alte Kirche. Wenn die Abendsonne ihr Licht auf sie legte, leuchtete sie rot. Etwas weiter, ortsauswärts, lagen drei Höfe, zwei davon waren nur noch Rest, ohne Tiere, ohne Felder, ohne Bauern, dafür mit ausgebauten Scheunen, und drinnen wohnten Städter. Nur der dritte Hof wurde noch betrieben, von einem der zwei Bauern im Ort. Östlich und westlich der Hauptstraße standen Siedlungshäuser, viele saniert mit gläsernen Eingangstüren, auf den Rückseiten hatten sie Anbauten aus Glas und Holz, die Gärten waren verkleinert worden, um Platz für Wohnküchen und Wintergärten zu schaffen. Die jüngeren Häuser im Umkreis waren weiß gestrichen und hatten Türen mit gewölbten Glasscheiben. Weiter draußen die Neubauten, manche verkleidet mit wärmedämmenden Holzfassaden, manche ganz aus Holz. Die Grundstücke waren groß, hier war ja Platz, auch für die Grundschule, die Sporthalle und den Fußballplatz, die wegen des Zuzugs von so vielen Städtern gebaut worden waren. Im Norden schloss sich der Ort an die mittelgroße Stadt an, mit Blöcken von Mehrfamilienhäusern auf der einen und frisch gebauten Reihenhäusern auf der anderen Seite einer großen Straße. In den schmalen Gartenstücken sprossen erste Grashalme aus dem Boden, einzelne Apfelbäumchen waren gesetzt, Sandkästen und Schaukeln gebaut. Und die Bagger rollten weiter, hoben Erde für die nächste Reihe aus.

Im Ort summte es: «Hast du schon gehört? Wie findest du? … Wir sind doch rausgezogen, um hier Natur zu haben … Und jetzt … Das macht hier die Landschaft kaputt … Weißt du eigentlich, wie laut die sind … Ohnehin, diese Energiewende». Das Summen schwoll an: «Haben die mal gefragt, ob wir das wollen …» Die, die es nicht schlimm fanden, ließen das Summen bleiben.

Als Saskia an einem Spätsommermorgen die Kinder zur Haustür brachte, die Reste der Sonnencreme auf ihren Nasen und Wangen verteilte, sah sie, dass die Meiers von gegenüber jetzt auch gegen Windkraft waren, die Buchstaben auf dem Schild waren nicht zu übersehen. Sie räumte den Tisch ab, wischte die Krümel von der Arbeitsplatte, zog ihre bunten Turnschuhe an und lief Richtung Wald. Sie stiefelte über die frisch abgeernteten Felder, den stoppeligen Weizenrest, es knackte leicht unter den Schuhen. Der Spätsommerboden war trocken. Sie blieb stehen, schaute über die Wiese. Dort also würden die Windräder in den Himmel ragen, mächtig. Sie würden sich drehen, drehen, drehen, mit ihren spitzen Flügeln aus Stahl, die regelmäßig ihre Schatten über die Wiese werfen würden. Der Wind war ja fast immer da, wehte, wie er wollte, und scherte sich um nichts.

In Saskia klang etwas leise an. Es war ewig her, vergraben in ihrem Inneren, unten auf dem Grund eines Stroms, jetzt wurde es hochgespült, eine Melodie, darin einzelne Worte: Wind, weiß und wieder Wind. Dann formierten sie sich, weiß ganz allein der Wind, die Antwort weiß ganz allein der Wind, danach kamen weitere Wörter, Menschheit, besinnen, Unheil. Die Melodie roch nach Feuer und schmeckte nach Stockbrot.

Wenn sie abends als Kinder am Feuer saßen, hinter dem großen, gelben Haus in dem Dorf in Niedersachsen, hatten die kleine Sophie und Saskia, vier Jahre älter, auf Decken gesessen, im Sommer barfuß, Strickpullover übergezogen, wenn es kühler wurde. Sophie kuschelte meist im Arm von einem der Großen, Daumen im Mund. Saskia saß allein, die Arme um die hochgezogenen Beine geschlungen, das Kinn zwischen die Knie gebettet. Die Erwachsenen rauchten und sangen zur Gitarre, schief, aber voller Inbrunst. Nur Hans traf den Ton. Sie sangen von Unheil, Krieg und Sich-Erheben. Von Moorsoldaten, Blumen und Männern, die fort waren. Sas verstand nicht, was sie da sangen, aber die Augen der Erwachsenen leuchteten im Feuerschein und im besungenen Elend, und es fühlte sich alles so warm an: die Stimmen, die Flammen, das Gemeinsame.

Erst wenn sie ins Bett kroch und Meggie und Hans ihr nicht Gute Nacht sagten, weil am Lagerfeuer im Garten noch Widerstand geleistet und Verluste beklagt wurden, wurde ihr kalt. Hans, den Saskia nie Papa genannt hatte, blieb draußen, irgendeine Frau lehnte sich an ihn. Meggie war damals noch da. Sie saß auf dem Boden, die Beine seitlich angewinkelt, ließ Erde zwischen den Fingern hindurchrieseln und blies ab und zu ihren Pony aus der Stirn. Den Blick hielt sie aufs Feuer gerichtet, als ob sie darin eine Antwort finden würde. Dabei wusste die Antwort ganz allein der Wind. Der wehte Meggie später über den Ozean. Dem Wind war das egal, Hans auch. Saskia nicht.

Sas legte den Kopf in den Nacken. Der gleichgültige Wind

trieb von Westen her Wolken über den Himmel. Sie hatte ihn als Kind oft gefragt, warum Meggie so traurig war, warum sie wegging, warum sie nicht wiederkam, obwohl es doch Sophie und sie gab. Warum Hans nicht nach Amerika fuhr und sie wieder herholte, damit sie zusammen wären. Aber der Wind behielt seine Antworten für sich. Als Meggie zurückkehrte, Asche in einer Urne, hatte Sas sich schon lange an sein Schweigen gewöhnt.

Saskia begann den Nachbarn zuzuhören, wenn sie über die Pläne für den Windpark sprachen. Sie begann zu lesen, erst Flyer, dann Artikel im Netz. Über Abstände, über die Ausbreitung von Schall, über Stresssymptome durch Schlagschatten. Von Windplanungsgesetzen, Immissionsschutzrecht, Bauplanungsrecht. Mit Paragrafen kannte Saskia sich aus. Wie Hans. Er hatte Demonstranten mit schwarzen Kapuzenpullovern verteidigt, die die Welt aus den Angeln heben wollten, sie hatte gelernt, als Richterin Strafen zu verhängen.

*

«Mama, Mama – bist du tot? Kannst du mal antworten!»

Julius zerrt an ihrem Ärmel, Saskia zuckt zusammen und zieht den Arm weg.

«Setz dich hin, du bist noch nicht fertig.»

«Und ich hab dich was gefragt. Auf Fragen muss man antworten. Sagst du doch immer.» Julius blickt sie an, fordernd, aus seinen braunen Augen. Die hat er von Christian, ihre sind blau.

«Also, findest du Windräder doof, Mama?»

«Mama, können wir jetzt raus? Ich will Fußball spielen.» Johann quakt dazwischen.

Saskia ignoriert ihn und streicht Julius kurz über das weiche Haar.

«Ich ... Windräder passen nicht hierher. Weißt du, die schöne Wiese dahinten beim Wald. Wenn du vom Garten aus guckst, siehst du sie ...»

«Können wir jetzt Fußball spielen?» Johann ruft wieder dazwischen.

Sas fährt fort. «Da sollen die drauf. Ganz hohe Windräder, höher, viel viel höher als die Bäume. Das ist hässlich. Und die sind nicht gesund, die emittieren Infraschall.»

«Hä?», fragt Julius.

«Die machen Geräusche, die man nicht hören kann.»

«Äh, wie können denn ...?», fragt Julius.

Aber jetzt sieht Saskia, dass Johann schon draußen auf der Terrasse steht, über die große Kiste mit den Bällen gebeugt, ohne Schuhe auf dem Estrich. Sie springt auf. «Johann, stopp! Du kommst wieder rein. Ich habe nicht gesagt, dass ihr jetzt Fußball spielen dürft.»

«Aber ich hab gefragt, und du hast nicht geantwortet.»

«Johann, ihr macht jetzt Hausaufgaben. Dann müssen wir los.»

Es ist Dienstag. Da hat Johann Hockey, und Julius muss zum Logopäden, weil er lispelt. Danach fährt sie beide zur Musikschule, Johann lernt Geige, Julius Klavier. Die Jungen maulen oft rum und wollen nicht, aber man muss doch etwas zu Ende bringen.

«Mann, Mama, ich hab doch kaum was auf», sagt Johann.

«Trotzdem.»

Johann tritt gegen den Stuhl. «Ich hab keinen Bock.»

«Hör auf», sagt Saskia. «Erst Hausaufgaben.»

Johann trollt sich, holt seinen Ranzen, wirft Federtasche, Hefte, Bücher auf den Boden und plumpst selbst hinterher. Sas zieht die Augenbrauen zusammen. «Am Tisch, Johann, wie oft soll ich das sagen: am Tisch. Das *Sch* kommt schon wieder zischend heraus, sie hört es selbst. Schließlich sitzen die Jungs am Ende des langen, rechteckigen Tisches aus Walnussholz. Saskia räumt ab, die Spülmaschine ein, wischt die Kartoffelbreireste vom Tisch, reinigt die saubere Arbeitsplatte mit einem nassen Lappen, poliert die Spüle mit einem extra Tuch, saugt Staub und gibt den Blumen frisches Wasser. Dann steht sie da und blickt auf ihr Werk: Kinderköpfe über den Heften, die Blumen, die so weiße Küche, bunte Zeichnungen von Kinderhand gefertigt am Kühlschrank, die mit Steinen dekorierte Fensterbank über der Spüle. Sas lächelt.

Es pocht an der Terrassentür. Saskia zuckt zusammen, die Jungs auch. Eine große Gestalt klopft gegen das Glas. «Huhu, heiho», ruft der Hüne durch die Scheibe und winkt. Saskia öffnet. Zu Markus muss sie aufschauen, obwohl sie selbst groß ist, mit ihren Einsachtundsiebzig. Schon mit zwölf war sie hochgeschossen, überragte die anderen um fast einen Kopf, zog die Blicke auf sich. Sie wäre so gern einfach genauso groß gewesen wie alle, aber der Körper hatte sich über sie hinweggesetzt, der auch.

Markus steht schon im Wohnzimmer, reingekommen, ohne zu fragen, in Jeans und Shirt, barfuß, die kurzen Locken stehen in alle Richtungen, blond, mit ersten grauen Strähnen durchsetzt, auch sein Bart ist blond-grau meliert. «Hast du Milch für uns? Für Pfannkuchen.» Markus' Stimme füllt den ganzen Raum, verstärkt durch seine breiten Schultern, den weiten Brustkorb.

«Ja, natürlich, ein Liter?» Saskia lächelt.

«Ja, und Eier? Also, eins haben wir noch, aber das ist ja 'n bisschen wenig. Und vielleicht noch Mehl.» Markus lacht. Die Spitzen seiner Barthaare vibrieren.

«Ja.»

Als Saskia in die Küche zum Kühlschrank geht, springen die

Jungs vom Tisch auf, huschen an Markus vorbei, durch die Terrassentür, raus in den Garten, ohne Schuhe. Sas kommt die Stufen runter, sieht sie draußen, setzt an, zu rufen, Markus aber streckt die Hände nach Milch und Eiern aus, cool, danke, und das Mehl? Sas nickt, ja, klar, und läuft noch einmal hoch und wieder runter.

Da rollt der Fußball ins Wohnzimmer.

Wieder öffnet Sas den Mund, bereit zu schimpfen, aber Markus ist schon auf der Terrasse und ruft: «Tor! 1:0 für – eh, wer ist der Torschütze?»

Markus schlägt erst Johann ab, dann Julius, flache Hand gegen flache Hand. Die Jungs lachen, rufen «spiel mit», und Markus kickt den Ball mit Wucht in Richtung Gartenzaun. Er fliegt rüber in den angrenzenden Garten von Markus und Jasmin, wo das Gras kniehoch steht.

«Tor!», kreischt Julius und stürmt dem Ball hinterher.

Markus' Kinder dürfen immer alles. Es sind drei: vier und sechs Jahre alt die Mädchen, Ayla und Miriam, Jamil, der Junge, ist acht, alle dunkelhaarig in verschiedenen Abstufungen, Miriam mittelbraun, dann Jamil deutlich dunkler und Ayla fast schwarzhaarig. Das Gebrüll, wenn sie sich prügeln, dringt bis in Saskias und Christians Haus. Auch das Gelächter, wenn die Kinder sich jagen, wenn Markus sie an den Fußgelenken kopfüber zwischen seinen langen Beinen hin- und herschwenkt, wenn Jasmin, schwärzere Haare noch als Miriam, Haut fast wie Saskias Caffè Latte, ihnen im Sommergarten mit ihrer Theaterstimme vorliest, aus den Schildbürgern, Till Eulenspiegel, Charlie und die Schokoladenfabrik und aus all den Geschichten, in denen die Welt verrückt wird, und Markus gibt den Barden mit seiner lauten Stimme, singt zur Gitarre, dass es auch bei geschlossener Tür in Saskias Küche dringt. Nie haben sie Milch da und Eier und Mehl, in der verkrümelten Küche hängen über den Bergen schmutzigen Geschirrs Apfelringe von den knorrigen Apfelbäumen zum Trocknen, nicht an einer Schnur, die war nicht zur Hand, sondern an zusammengeknoteten Streifen aus einer alten, zerschnittenen Jeans.

Die Hosen und Strumpfhosen und Strümpfe der Kinder haben Löcher, nichts passt zusammen, auf den Knien klebt Wundschorf, Saskia kennt das gut, und auch, dass keiner zu Hause darauf achtet. Als Jamil, Miriam und Ayla einmal ein Wochenende bei ihr verbrachten, weil Not am Mann war – Jasmin hatte Vorstellung und Markus als Gitarrist einen Gig, kein Babysitter da, die Familien weg –, da steckte sie die Kinder in die Wanne, schrubbte und cremte, wusch Hosen und Pullis, steckte sie in den Trockner, nähte an den beiden Abenden Kleider für die Mädchen und legte Jamil ein Hemd von Johann raus. Die Mädchen schlüpften am Sonntagmorgen in die Trägerkleidchen, lachten, betrachteten sich im Spiegel, guck mal, wie hübsch ich bin, Ayla! Nee, ich bin viel hübscher als du. Jamil fragte, wo ist mein T-Shirt? Trocknet noch, sagte Sas. Also schlüpfte Jamil in das Hemd. Jasmin zog nur die Augenbrauen hoch, als sie ihre Kinder in Empfang nahm. Sie sagte nicht mal Danke.

Markus und Jasmin leben noch nicht lange hier, sie waren gekommen, weil Jasmin seit der letzten Spielzeit ein Engagement am Theater in der Stadt hat. Markus macht Musik, mal mit seiner eigenen Rockband aus Hamburg, mal springt er bei Ensembles ein, die auf Hochzeiten, Gala-Abenden und Bällen spielen, und er unterrichtet Kinder in der Stadt. Sie wohnen in dem kleinen alten Backsteinhaus zur Miete, auch deswegen, denkt Saskia manchmal, gehören sie nicht hierher, sie sind auf dem Sprung, heute hier, morgen dort. Gegen den Windpark sind sie auch nicht.

Saskia steht an der Terrassentür, der Ball liegt drüben im

Garten. Nicht nur den Ball zieht der Garten magisch an, auch die Jungen sind schon über den Zaun geklettert und rufen nach Miriam, Jamil und Ayla. Markus blickt zu seinem Garten hinüber, zuckt mit den Schultern, Eier und Mehl in den großen Händen, die Milchtüte unter den Arm geklemmt, und sagt:

«Kommen schon irgendwann zurück. Ich back mal Pfannkuchen, bis später.»

Und geht über das kurz geschorene Gras, steigt über das weiß gestrichene Gartentor zwischen den beiden Gärten und überlässt es Saskia, nachdem sie in die Gartencrocs geschlüpft ist, hinterherzulaufen, ihren Jungen zuzurufen, dass sie zurückkommen müssen, Hausaufgaben zu Ende machen und dann Sport und Musik. Maulen und Betteln auf der einen Seite, Zischen auf der anderen. Bald sitzen sie aber im Auto, mit frischen Socken, die dreckigen hat Saskia gleich in die Wäsche getan.

Am Abend wird sie wenig Zeit haben. Sie wird wieder zum Treffen der Bürgerinitiative gegen den Windpark gehen. Christian hat mit den Schultern gezuckt, als sie es ihm gesagt hat. Genauso, wie er schon mit den Schultern gezuckt hatte, als sie das Transparent gebastelt hatte. Und als sie ihm erklärte, was er nach dem Abendessen mit den Kindern zu tun habe, nickte er. Aber Saskia merkte sich ein Schulterzucken.

*

Sie treffen sich im Café gegenüber der Kirche. Hier, in dem reetgedeckten Fachwerkhaus, war mal die Dorfkneipe, mit holzbraun vertäfelten Wänden, Möbeln im gleichen Farbton und Skat spielenden, rauchenden Männern. Jetzt ist alles neu gemacht, die Wände sind weiß, der Boden hellgrau, die Stühle grau und rot, die Tische schwarz. Tags kommen die zugezogenen Mütter mit ihren Kindern her, mit den Kinderwagen und den dazu passenden Wickeltaschen. Abends sitzen noch ein paar Skatspieler da, zum Rauchen gehen sie aber nach draußen.

An den schwarzen Tischen sind kaum noch Plätze frei. Schröders und Andresens sind in voller Besetzung da, die Kinder sind schon lange aus dem Haus. Von den Meiers ist nur er gekommen, sie passt auf die Kinder auf. Dazu eine Reihe älterer Männer, man kann sie gut unterscheiden: Die einen tragen Hemden, viele mit Krawatte oder Pullunder. Die fünf anderen mit den grauen Haaren und den gestrickten Pullovern sind die Naturschützer. Sie quält das Wissen, dass Seeadler, Rotmilane und Bussarde in die Rotorblätter fliegen, in diese sich stets im Wind bewegenden Schwerter, die Vogelkörper zerteilen, und am Ende bleiben Rotmilan-, Seeadler- und Bussardfetzen übrig, die man nur noch vom Boden aufklauben kann. Klaus Wedemeyer-Mühlenberg aus Saskias Straße beschreibt das, vorne stehend, in seinem Power-Point-Vortrag. Er nennt Statistiken über die Vögel. Anzahl der Brutpaare in der Region, Brutzeit und Flugverhalten, Todesarten, setzt genau auseinander, welche Vogelart wie geschützt wird und welches Recht schon gebrochen worden ist. Am Ende steht auf der Projektionsfläche an der Wand hinter ihm: «Wir brauchen die Energiewende, aber nicht auf Kosten des Artenschutzes.» Genauso sagt Klaus das, und viele nicken, auch die älteren Herren mit den Krawatten und Pullundern mit Rautenmuster, obwohl ihnen die Vögel bislang völlig egal gewesen sind. Zwischen diesen Männern sitzt einer, den Saskia noch nie gesehen hat. Sie schätzt ihn auf Mitte sechzig, teurer Anzug, polierte, elegante Lederschuhe, ohne Haare, ohne Zettel, ohne Power-Point. Volkswirtschaftlichen Wahnsinn nennt er die Energiewende, Deutschland sei allein auf weiter Flur. «Dafür kommen wir auf – mit unserem Geld, unseren Häusern, unserer Gesundheit. Wir sind es, die Milliarden für Windräder zahlen, die stillstehen. Und wer profitiert? Lobbyisten, die sich als Weltenretter verstehen, aber in Wahrheit nur ihren ökonomischen Vorteil suchen. Und wer beschafft ihnen den? Die Politik. Die etablierten Parteien allesamt. Sie haben diesen Wahnsinn beschlossen und ihn uns übergestülpt. Sie zwingen uns, für die Windräder zu zahlen, und nennen das Klimaschutz. Mit welchem Recht? Mit welchem Recht tun sie das?» Die Stimme des Redners schneidet die Luft, seine Wut legt sich auf Saskias Haut ab wie ein dünner Film. Nach einem kurzen Moment angespannten Schweigens klatschen die Leute, die Naturschützer verhaltener als der Rest.

Mit welchem Recht? Eigentlich weiß Saskia die Antwort, sie hat es inhaliert, an Schreibtischen und Bibliothekspulten, Tag und Nacht mit allen Auslegungsvarianten: Alle Staatsgewalt geht vom Volke aus. Sie wird vom Volke in Wahlen und Abstimmungen und durch besondere Organe der Gesetzgebung, der vollziehenden Gewalt und der Rechtsprechung ausgeübt. Erstes Semester, Staatsrecht I, Grundgesetz. In schwarzer Robe, ihre blond gefärbten Haare zum Pferdeschwanz im Nacken gebunden, mit geradem Rücken, hat sie vom Pult aus Recht gesprochen, ihre Stimme war das besondere Organ des Staates, Artikel 20, Absatz II, Satz 2, durch das Volk legitimiert, entlang der Gesetze über das Schicksal Einzelner zu entscheiden, sie als eine der Jüngsten.

Dann kam Johann, als sie einunddreißig war. Seitdem setzt Saskia zu Hause die Regeln fest, sorgt für ihre Ausführung und spricht Recht – bei Streit über Nachtischportionen, Minecraft-Minuten und verlorene Turnbeutel, sie, Legislative, Exekutive und Judikative in einem. In dieser Welt wurden die Gewalten nicht getrennt. In dieser Welt hatte keiner bei ihr angerufen und gefragt, ob sie vielleicht etwas dagegen hätte, wenn hier ein Windpark gebaut werden würde, so direkt vor ihrer Tür. Also ja, mit welchem Recht?

Nach dem Herrn ist Saskia an der Reihe. Sie steht auf und geht nach vorne, den dunkelblauen Blazer über der cremefarbenen, hochgeschlossenen Bluse, Haare im Nacken, unverändert gerader Rücken. Lange ist es her, seit sie vor Menschen gesprochen hat. Dass sie rote Flecken auf den Wangen bekommt, hat sie nicht vergessen, deshalb trägt sie Make-up und Puder.

Ihr Thema: das, was man nicht sieht und nicht hört und kaum messen kann. Saskia hat an den Vormittagen zu Hause Dezibel recherchiert, über sensorische Wahrnehmungen von Infraschall in Form von Körper- und Objektvibrationen, Symptome wie Verspannungen und Kopfschmerzen, Erschöpfung und Unzufriedenheit, Konzentrationsstörungen und Verärgerung gelesen. Sie kennt Studien, Berichte von Betroffenen. Sie weiß, die Behörden sagen, dass nach allen bisherigen Erkenntnissen keine Gesundheitsgefahren von Windkraftanlagen ausgehen. Aber Saskias Sensorium reagierte schon auf das, was noch nicht da war: Ihr Körper zitterte seit Wochen vorsorglich, der Kopf schmerzte vorausschauend, der Nacken auch. Angst war ihr vertrautes Terrain.

*

Sie hatten draußen gespielt, hinter dem großen, gelben Haus. Eine Schar Kinder, Saskia und Sophie, Bastian und Hannes – die Söhne von Ruth und Georg, mit denen Hans und Meggie in das niedersächsische Dorf gezogen waren, als Saskia noch klein war. Fangen durchs Gras, Verstecken im noch blattlosen Gebüsch, hinter dicken Baumstämmen und der alten Scheune. Saskia war auf ihren langen, staksigen, neunjährigen Beinen als Einzige weit hinaus aufs Feld gerannt, ihre hellbraunen

Haare flogen im Wind. Dass Regen gekommen war, merkte sie erst, als sie nass geworden war. Sie blieb stehen, Wolken über ihr. Saskia legte den Kopf in den Nacken, streckte die Zunge nach den Regenfäden aus, gewillt, die Wolken leer zu trinken, sie rannte dahin, wo sie glaubte, die dickeren Tropfen ausmachen zu können. Aber die Wolken waren mächtiger als das Mädchen, und so lief sie zurück zum gelben Haus.

Kein Kind war mehr zu sehen, dafür Hans, im gelben Regenmantel, mit Regenschirm, dabei waren nie Schirme zur Hand, und Hans lachte immer, Schirme seien für Anfänger. Aber jetzt kam er durch den Garten, Anfänger mit Schirm, und rief laut nach ihr: «Sas! Sas! Komm rein, Sas, Saas! Wo bist du denn?!» Saskia versteckte sich hinter einem Baumstamm, aber Hans entdeckte sie, rannte auf sie zu, packte das Mädchen und zog es an der Hand in Richtung Haus. «Du musst rein!» Hans' Stimme überschlug sich und er zog sie. Aber das widerspenstige Kind stemmte sich dagegen, den großen Mann im Blick, der in diesem Moment nur für sie allein da war. Angst war Sorge, Sorge war Liebe, das sollte nicht aufhören. Hans musste kräftiger ziehen.

Im Flur stand die Kinderschar und trocknete sich ab, Erwachsene um sie herum, mit großen Augen, Geheule und Gerede durcheinander, Erwachsene wie Kinder. Bei Regen nicht mehr raus, sagten die Großen, das haben wir euch doch heute früh gesagt, ihr müsst euch das merken. Und sie sprachen von unsichtbaren, tödlichen Strahlen, die aus den Wolken kämen. Hans fluchte, sie alle hatten schon lange die Welt davor gewarnt, und sie hatten recht gehabt. Angst und recht.

Nach diesem Tag Ende April lernte Saskia Milchpulver und Essen aus der Konservendose kennen. Das gab es auch noch, als die Behörden Entwarnung gaben; Hans und Ruth und Georg glaubten ihnen nicht. Sas lernte neue Wörter wie

GAU, Lymphdrüsenkrebs, Radioaktivität, Reaktor, Tschernobyl. Atom kannte sie schon aus Atomkraftwerk, Atomkrieg, Atommüll, Atompilz, Atomraketen, Atomwaffen. Dazu hatte sie ja auf Demonstrationen Schilder getragen und Lieder gesungen. Jetzt lauschte sie den Gesprächen der Erwachsenen über die verschiedenen Formen des Untergangs, hörte, wie sie sich aufregten, diskutierten, und sie las die Bücher aus den Regalen der Großen. Eins hieß «Die letzten Kinder von Schewenborn» und erzählte vom Atomkrieg. Da lagen lauter Tote, die konnte man nicht mehr begraben, man bedeckte sie mit Steinen, ein Kind bat das andere Kind, hilf, dass es aufhört. Es legte sich eine Schlinge um den Hals. Und das andere Kind half ihm. Da pendelte das eine Kind in der Luft, das andere rannte davon. Sas klebte an den Buchstaben, sie formten sich zu Bildern in ihrem Gehirn, die sie durchdrangen, durch und durch, vor denen gab es kein Entkommen.

Es war Spätsommer. Sas saß mit Hannes, dem älteren Sohn von Ruth und Georg, auf dem Scheunenboden, auf dem sie oft spielten, Sas im Stroh, Hannes auf einem Schemel unter den Holzbalken. Hannes war fast vier Jahre älter als sie, seine Stimme war im Umbruch, sie kiekste und krächzte.

«Du, was machen wir, wenn der Atomkrieg kommt?», fragte Sas.

Hannes zuckte mit den Schultern.

«Dann ist es vorbei. Dann sterben wir aus. Wie die Dinos. Oder die Mammuts. Oder die Säbelzahntiger. Weißt du, wie in dem Buch», sagte Hannes. Er zupfte Strohhalme aus den Ballen. Dann stand er auf. «Guck.» Hannes stieg auf den Schemel und legte die Hände um einen Holzbalken über sich. Die Sonne schien durch das matttrübe Fenster im Dach und tauchte Hannes in einen Lichtkegel.

«Jetzt tritt», rief er, «tritt», aber Sas stand still. «Mann, tritt!»

27

Nach einem kurzen Moment stieß Hannes selbst den Schemel unter sich weg und hielt sich mit seinen kräftigen Jungsarmen am Balken fest, die hatte er von seinem Vater, Georg, einem Gärtnersohn. Hannes pendelte hin und her und ließ sich ins Stroh fallen. Er lachte laut.

Wenn Sas abends im Bett lag, versuchte sie sich zu erinnern, wie viele Regentropfen sie an dem Apriltag geschluckt hatte. Wie viele hatten sich in ihrer Kehle gesammelt, wie viele in ihrem Bauch? Die Tropfen wurden zu kleinen Monstern, die in jedem Winkel lauerten. Sie begannen an ihr zu nagen, knabberten an den Knochen, ihrer Haut, sie fraßen von innen Löcher in sie hinein, bald würde sie aussehen wie ein Sieb, sie würde aus sich herausfallen. Dann spürte sie, wie auf ihrem Brustkorb Knoten wuchsen. Wenn sie mit den hellen Händen in der Dunkelheit darübertastete, fühlte und drückte, schmerzte es. Sie hatte nicht daran gedacht, dass Regen gefährlich war, sie hatte nicht zugehört. Wie dumm sie war. Selber schuld, Sas.

Die Großen fragte das Mädchen nicht nach der schmerzenden Brust. Die waren ja auf der Straße und versuchten mit Transparenten, Parolen und der Gitarre, Hans dazu mit Paragrafen, den Untergang abzuwenden. Meggie, die vielleicht gewusst hätte, warum die Brust so wehtat, und die vielleicht etwas zu den letzten Kindern hätte sagen können, ob dann wirklich alles auf dieser Welt zu Ende gehe, war im letzten Sommer nach Amerika gefahren, obwohl doch die Amerikaner die Atomraketen in Deutschland aufgestellt hatten und die Welt wegen der Amerikaner bald brennen würde. Tschernobyl, das neue Wort, lag andererseits auf der anderen Seite, das hatte Saskia in der Tagesschau auf einer Landkarte gesehen. Aber vielleicht brachte sie da irgendetwas durcheinander. Und vielleicht hätte Meggie auch gar nichts gesagt, sondern nur in die Flammen geschaut, immer noch auf die Antwort auf ihre eigenen Fragen wartend. Die Antwort, die wusste doch ganz allein der Wind.

*

Nun steht Saskia da, man hört ihr zu, blickt sie an, die große, schlanke Frau. «... drohen keine Gesundheitsgefahren. Wirklich? Ja, nach allen bisherigen Erkenntnissen. Aber was ist, wenn die Erkenntnisse sich ändern? Wenn die Wissenschaft den realen Erfahrungen der Menschen Rechnung trägt? Dann ist es zu spät. Es widerspricht dem Vorsorgeprinzip, so nah an Siedlungen Windanlagen zu errichten. Ein Staat, der das zulässt, handelt wider die Interessen seiner Bürger. Es wäre seine Pflicht, Verantwortung zu tragen.»

Die Leute klopfen mit den Fingerknöcheln auf die Tische. Saskia setzt sich, tastet unauffällig, wie feucht die Bluse unter den Achseln ist. Es geht, sie atmet aus. Sie kann es also noch, reden. Es werden Termine für eine Demonstration beraten, ein Schreiben an die Landesregierung verabredet, nein, besser eine Online-Petition, da erhält man mehr Unterschriften. Es summt im Raum. Ab und an wirft ihr der Herr, der ohne Manuskript über den Wahnsinn gesprochen hat, einen Blick zu. Als sie ihren Wollmantel anzieht, kommt er auf sie zu.

«Darf ich mich vorstellen? Joachim von Wedekamp. Ihr Vortrag hat mir gefallen. Sehr engagiert, sehr fundiert.»

Er reicht ihr die Hand, sie ist kühl, der Händedruck kräftig.

«Saskia Baumgartner.»

«Angenehm.»

«Ich habe Sie hier noch nie gesehen. Kommen Sie von hier?»

«Nicht gebürtig. Aber meine Familie hat in der Gegend ein Wochenendhäuschen, seit langer Zeit. Bin hier sozusagen aufgewachsen. Und jetzt ... da wird so viel zerstört. Irrsinn ... Sie scheinen sich gut auszukennen. Was machen Sie beruflich?»

Saskia zögert. «Ich bin Richterin. Aber im Augenblick ... Ich habe zwei Kinder, wissen Sie.»

«Wie alt?»

«Sechs und acht.»

«Und da bleiben Sie zu Hause?»

«Ja, ich ...»

«Junge, Mädchen?»

«Jungs.»

Wedekamp zeigt ein Lächeln, gut sitzend wie der Anzug und die Krawatte.

«Zwei Jungs. Ist bestimmt ganz schön anstrengend, oder? Großartig, dass Sie das voll und ganz machen. Respekt. Kinder brauchen ihre Mütter. Das wird heute zu oft kleingeredet. Kommen Sie zur Demonstration?»

Saskia nickt.

«Gut.»

Sas bindet sich ihr Halstuch um. Sie gehen raus auf den Gehweg und weiter zum Parkplatz, der in einer Seitenstraße liegt. Es ist dunkel und nieselt. Der Wind raschelt in den wenigen Blättern, die noch an den Linden hängen, und ihre Schritte rascheln im feuchten Laub. Von Wedekamp begleitet Sas bis zum Auto. Sie muss den Kopf nicht über die Schulter werfen, in Richtung Bäume spähen, auf Schritte hören, wie sie es automatisch seit dem Prozess damals tut, Große Strafkammer, Landgericht, Aktenordner, weiblich, achtzehn Jahre alt, allein auf dem Rückweg aus einer Dorfdisco. Das war anderswo und lange her, aber die Erinnerung an die Bilder aus den Akten wurde Sas nicht mehr los. Sie hätte auf Christian hören sollen, Sas, lass das mit Strafrecht, mach Wirtschaft.

Sas bleibt vor dem Auto stehen. «Wenn Sie Unterstützung

bei der Bürgerinitiative brauchen, melden Sie sich bitte», sagt Herr von Wedekamp. Er drückt ihr eine Visitenkarte in die Hand. Name, Adresse und dann, etwas abgesetzt vom Rest: Restitutio e. V.

Saskia fährt mit ihrem Mercedes A-Klasse nach Hause, den Audi nutzt nur Christian, wenn er nach Hamburg fährt, in die Kanzlei, spezialisiert auf Unternehmenssteuerrecht, strategische Beratung und Vertretung in Steuerstrafsachen, steht im Internet.

Christian sitzt auf dem Ecksofa in Petrol. Christians Hemd hängt über der Anzughose, die obersten Knöpfe sind offen, die Ärmel hochgekrempelt. Auf dem Schoß liegt sein Tablet, angelehnt an eines der Kissen mit großem, gelbem Blumenmuster, das Sas gerade bei einem Designerlabel im Netz bestellt hatte. Christian ist in die Zeitung von morgen vertieft, Füße und Rotwein auf dem weißen Couchtisch. Als sie reinkommt, hebt er den Kopf.

«Wie war's?»

«Gut. Wir machen eine Online-Petition.»

«Ah. Willst du einen Wein?»

«Gern.»

Christian steht auf und holt ein Glas für Sas.

«Und bei euch?»

«Haben Ice Age geguckt. Haben wir den schon mal gesehen? Bin fast vom Sofa gefallen vor Lachen, als der Mammutvater den Kindern zuruft, ‹kommt, Kinder, Aussterben könnt ihr später spielen!›»

Christian grinst, lässt sich wieder ins Sofa fallen und schenkt Sas Wein ein. Die lächelt nur schmal.

«Morgen ist Schule. Wieso guckst du da mit den Kindern einen Film.» Ohne Fragezeichen. Aber sie setzt sich in die Sofaecke, Christian schräg gegenüber.

«Dein Vater hat angerufen. Er wollte was wegen Weihnachten.»

«Weihnachten?»

«Ja.»

«Ah.» Sas steht wieder auf, macht ein paar Schritte zum Regal neben dem Esstisch, wo die Station des Telefons steht, aber ohne Telefon.

«Wo ist denn das Telefon?»

«Oh, puh.» Christian zuckt mit den Schultern, die Augen auf dem Tablet.

«Du hast doch mit Hans telefoniert.»

«Vielleicht in der Küche? Oder im Flur?»

Sas sucht, erst unten, dann oben, findet das Telefon schließlich im Bad und läuft wieder runter.

«Und wo ist Hans?», fragt sie Christian.

«Wie?»

«Na ja, in München oder im Haus an der Vézère oder wo?»

«Frankreich, glaub ich, im Haus.»

Sas wählt die eingespeicherte Nummer. Es tutet, sie meint, dass es anders klingt, wenn sie Hans in dem alten Steinhaus im Vézèretal in Südfrankreich anruft, aber Christian lacht sie immer dafür aus.

«Hallo.» Die Stimme vertraut, tief und abgeraucht heiser.

«Hallo Hans.»

«Hallo Sas.»

«Du hast angerufen. Wegen Weihnachten.»

«Stimmt. Ich bin kurz vor Weihnachten in Hamburg zu einem Vortrag.»

Saskia schenkt sich Wein ein, stellt ihr eigenes Tablet an, ruft die Facebook-Gruppe der Bürgerinitiative auf, liest die jüngsten Nachrichten, während Hans von Konzernen, Steuerbetrug,

Milliarden und Staatsversagen spricht und seine Worte – Gerechtigkeit, Globalisierung, Ungleichheit – durch die Leitung und aus dem Hörer prasseln.

«Hans, was war jetzt mit Weihnachten?»

«Ah ja, der Vortrag ist in Hamburg. Dann kann ich direkt zu euch kommen. Ist lang her, dass ich die Jungs gesehen habe.»

«Feierst du nicht bei Ruth und Georg?»

«Nein, die sind auch bei ihren Kindern.»

«Und deine Neue, wie heißt sie?»

«Wie?»

«Die Französin. Die mit den Fingernägeln.»

«Wieso Fingernägel?»

«Hat Sophie gesagt.»

«Ach, du meinst Cécile. Auch bei den Kindern.»

«Hans, wir haben aber Christians Eltern zu Besuch.»

«Das stört mich nicht, die sind doch trotzdem nett.»

«Aber das Haus ist voll, Hans.»

«Umso besser, Sas. Ich frag mal Sophie, ob sie nicht auch kommen will. Dann sind wir alle mal wieder zusammen.»

«Hans, ich …»

«Ach, komm. Früher haben wir doch auch immer mit vielen gefeiert.»

Vor Saskias Auge ploppt eine neue Facebook-Nachricht auf, Vorschlag für den Demo-Aufruf. «Recht auf Widerstand.» Saskia schließt kurz die Augen, bevor sie sich fügt.

«Okay, ich spreche mal mit Christian.»

«Gut.»

«Hans?»

«Ja?»

«Ich bin jetzt in einer Bürgerinitiative.»

«Toll. Wenn ihr Tipps braucht, sag Bescheid.»

«Ich hoffe halt, dass wir …»

«Sas, ich würde wahrscheinlich dann am 23. kommen. Sagst du mir morgen Bescheid? Ich guck, wann Rückflüge gehen.»

«Ja.»

«Gut, bis dann, Sas, grüß die Jungs!»

Saskia legt auf.

II.

Hans drückt auf die rote Taste und legt das Telefon auf den Küchentisch, irgendwo zwischen Stapel von Zeitschriften, Büchern, Tellern und Töpfen. Er stößt mit der Hand gegen sein Weinglas, es kippt. Der Wein malt dunkelrote Muster auf die Papiere, tropft vom Tisch auf den Steinfußboden. Hans flucht, geht zur Spüle, holt einen Lappen, tupft oben, wischt unten, bringt den Lappen zurück zur Spüle, dreht den Wasserhahn auf, um ihn auszuwaschen, stößt mit dem Ellenbogen im Abtropfgitter einen Topf um, der zu Boden fällt. Stahl scheppert auf Stein. Hans bückt sich, hebt den Topf auf und bleibt einen Moment stehen, die Hände auf die Spüle gestützt, den Blick auf die Wand aus Sandstein geheftet. Sein Kopf schmerzt. Hans streicht sich die grauen Haare, die aus dem Pferdeschwanz gerutscht sind, hinter die Ohren. Er füllt erneut sein Weinglas, geht aus der Küche ein paar Steinstufen hoch in ein großes Wohnzimmer und setzt sich auf einen grauen Filzsessel. Im Kamin flackert ein Feuer.

Hans ist seit einigen Jahren oft im Steinhaus im Périgord. Die Hügel ziehen sich sanft durchs Land, Felswände erheben sich schroff über der flachen Vézère. Das Steinhaus liegt auf einem Hang etwas oberhalb des Flusses, umgeben von einem

Wald aus Pinien und Eichen, abgeschieden vom nächsten Dorf. Der Fluss ist das Einzige, was hier schnell ist, sonst nichts. Hans sucht inzwischen diese Langsamkeit. Er kommt in den Sommermonaten ohnehin, nun aber auch im Herbst und Winter her, immer ein paar Wochen am Stück. Er arbeitet an seinem ersten Buch, einem groß angelegten Plädoyer für eine Finanztransaktionssteuer. Er befasst sich seit vielen Jahren damit, schon, als noch kaum jemand darüber sprach und er in Frankfurt bei einer großen Bank arbeitete. Später, als Anwalt und Lehrbeauftragter an der Münchner Universität, schrieb er Aufsätze, hielt Vorträge, fing mehrmals an, alles zusammenzuführen, um etwas Vollständiges zu schaffen. Aber erst vor zwei Jahren hat er sich noch mal daran gesetzt, zwischen seinen Reisen zu Kongressen und den Seminaren, die er mit seinen jetzt einundsiebzig Jahren noch leitet.

In den dunklen Monaten ist er meist allein im Steinhaus. Im Frühjahr und Sommer füllt es sich aber mit Leben. Ab März kommen Ruth und Georg, dann nach und nach die anderen, mit ihren Kindern und Enkelkindern. Die Enkelkinder rennen durch den Garten über die Hügel, wenn sie nicht versuchen, ein paar Züge stromaufwärts im Fluss zu schwimmen, angefeuert von Vater oder Mutter, die ihnen nicht von der Seite weichen. Aber dann geben sie ihren Widerstand gegen die Strömung auf und lassen sich auf dem Rücken treiben, um weiter unten aus dem Fluss zu klettern. So wie Saskia und Sophie früher, nur dass die immer mit einer Schar von anderen Kindern draußen gewesen waren, ohne Eltern.

Damals schlossen die morschen Holzfensterrahmen nur schwer, die Fensterläden klapperten, unter dem Dach waren die Scheiben gesprungen, aus der Leitung kam nur kaltes Wasser, der Putz bröckelte von den Wänden. Sie schliefen auf Isomatten, bei der Sommerhitze meist ohne Schlafsäcke und draußen. Wer bei wem, das wechselte, die Sterne über ihnen blieben die gleichen.

Sas lag oft in einer Hängematte im Schatten zwischen den Bäumen. Hans sah, wenn er nach ihr schaute, Buchdeckel und nackte Kinderfüße hervorlugen. In den Fluss stieg sie zögerlich, während Sophie immer reinstürmte, auch wenn sie noch gar nicht schwimmen konnte. Oft wäre Sophie vielleicht ertrunken, wenn Sas sie nicht festgehalten und sich mit Kraft gegen den Sog des Flusses gestemmt hätte, bis Hans oder Meggie, Ruth oder Georg oder ein anderer kam und Sophie hochhob. Sophie kreischte empört, wenn sie ans Ufer getragen wurde, raus aus dem schönen Wasser.

Einmal entwand sich Sophie Sas' Hand, zwei Schritte in den Fluss, der Strom riss das vierjährige Kind auf den steinigen Grund. Sas stand da und schrie. Hans sah auf, er sah Sas, aber keine Sophie mehr. Die Sonne schien auf die Felswände am gegenüberliegenden Ufer, die Vézère strebte eigenmächtig weiter, um in der Dordogne und irgendwann im Atlantik aufzugehen. Sas schrie, Hans stand. Er konnte keinen Schritt machen, als hätten seine langen Beine für immer das Laufen verlernt, auch wenn es hier nur eine Sekunde war. Dann kam Bewegung in ihn, er lief das kurze Stück Wiese entlang, zum Ufer. Aber da war schon Georg, der ein paar Meter flussabwärts mit seinen breiten Händen die nasse Sophie aus dem klaren Wasser zog. Meggie kam angerannt, barfuß, nahm das Kind entgegen, von Georg, den sie mit Tränen in den Augen ansah. Hans' Blick wich Meggie aus. Am Abend vergaß Hans zwar mit einer der Frauen die Stillstandssekunde und den Nichtblick – Hans, teilbar durch zwei, durch drei, Liebe war Freiheit, und Unfreiheit war das Ende der Liebe. Was Hans aber nicht vergaß, war Meggies Blick auf Georgs Hände, die ihr das Kind wiedergaben. An dem Abend schwieg Meggie.

Sas hielt ihre kleine Schwester beim Einschlafen im Arm. Als Hans in der Nacht über beide den Schlafsack deckte, die Hände auf die Mädchenwangen legte und die Töchter ansah, schliefen sie schon. Sophie war nach diesem Tag ein Fisch im Wasser, machte mit vierzehn den Rettungsschwimmer und schwamm Wettkämpfe. Sas blieb meist an Land.

Inzwischen hat das Steinhaus rot gestrichene Fensterläden und Türen. Die Wände hatten sie absichtlich unverputzt gelassen. Heizungen sind installiert, aus den Hähnen kommt warmes Wasser, und den Garten pflegt einmal pro Woche eine Frau aus Algerien. Das hatten Ruth und Georg vor einigen Jahren durchgesetzt. Hans war dagegen gewesen, nicht aus Sparsamkeit, sondern weil er es für Unsinn hielt, das Gras sollte doch wachsen, wie es wollte. Aber es war per Mehrheitsbeschluss entschieden. Die Kosten für den Unterhalt des Hauses teilen die Freunde seit eh und je paritätisch, nur dass sie jetzt viel höher sind als zu Isomatten-Zeiten. Aber Hans und die anderen waren längst angekommen in der Welt, sie hatten ihre Berufe und mehr als nur ihr Auskommen.

Was geblieben war: Jeder, der wollte, fand in dem Steinhaus Platz. Im Sommer kamen alle immer wieder her, auch Sophie, meist einen neuen Freund im Gefolge. Genauso Hans' Freundinnen. Cécile war schon einmal da gewesen, Mitte September. Sie saß auf der Terrasse, die Beine übereinandergeschlagen, die Hände auf dem Tisch, bis der Nagellack trocken war. Dann lief sie die Treppenstufen hinunter, blieb einen Augenblick stehen, ließ ihren Blick über den Garten mit Lavendel und Hortensien schweifen, die Georg vor Jahren gepflanzt hatte und rief, magnifique, vraiment, c'est magnifique. Sie lachte. Hans lag ausgestreckt im Gras und beobachtete aus halb geschlossenen Augen die hochgewachsene Frau, wie sie in ihrem knielangen Kleid dastand, die immer noch schönen Beine gut sicht-

37

bar. Auf einmal war er über die Entscheidung, die Algerierin den Garten pflegen zu lassen, froh.

Jetzt lief Cécile zu Hans, die Absätze ihrer roten Schuhe stachen ins frisch gemähte Gras, sie wankte etwas. Hans hörte Sophie lachen. Sie lag mit ihrem Freund Pit in der Hängematte und ließ ihre nackten Füße heraushängen. Hans musste selbst grinsen. Abends standen Sophie und Cécile in der Küche an der Spüle, Sophie wusch die Töpfe ab, Cécile rieb sie trocken, es waren ja keine Gummihandschuhe da. Sie sprachen Englisch, wobei Sophie hinter Céciles Rücken Grimassen schnitt, wenn Cécile «Kietschön tauöl» oder «sieß kップ» sagte. Aber sie sprachen miteinander, und abends saßen sie draußen und tranken Wein. Cécile rauchte. Sie lachte viel.

Nur Sas kam nicht. Christian und ihre Kinder waren noch nie im Haus gewesen. Ohnehin hat Hans sie lange nicht gesehen. Er lehnt den Kopf zurück, den Laptop auf dem Schoß. Ja, lange nicht. Fast ein Jahr? Länger? Eltern, Kinder, Risse, Eltern, Kinder, Risse. War das der ewige Kreislauf?

*

Hans hatte lernen sollen, die Welt hinzunehmen. Sein Vater war mit nur einer Hand aus dem Krieg zurückgekommen. Worte hatte er auch kaum noch. Er war in das Fachwerkhaus am Marktplatz in der kleinen schwäbischen Stadt zurückgekehrt, das nur durch Zufall noch stand, und saß stumm am Tisch, zusammengesunken. Nur wenn der Blick der Mutter auf ihn fiel, straffte er sich. Sie war es, die sprach: Zwei Dinge, Herr, sind not, die gib nach Deiner Huld, gib uns das täglich Brot, vergib uns unsre Schuld. Dann herrschte Schweigen beim Essen, kurz geschorene Kinderköpfe mit gesenkten Blicken über den Tellern. Friedhelm und Hans. Das dritte Kind, das dort hätte sitzen sollen, hatte Gott zu sich genommen. Genauso wie die Hand des Vaters. Der Herr gibt, der Herr nimmt, amen, sagte die Mutter.

Hans verstand das nicht. Wenn er seinen Vater ansah, wie er im Hinterzimmer seiner Apotheke stand und mühsam mit der Prothese Medikamente mischte, fragte er sich, was Gott von des Vaters Hand hatte, was er denn damit anfangen wollte. Hans fragte auch Gott selbst, wie er die Hand des Vaters und die Schwester zu sich geholt habe und warum überhaupt. Aber der Herr antwortete ihm nicht. Als Hans sich darüber bei der Mutter beschwerte, wurde ihr Mund schmal. Die Mutter wusste es sicher: Das Luisle war zusammen mit des Vaters Hand, den beiden Onkeln und den Großeltern beim Allmächtigen, von dort wird er kommen zu richten die Lebenden und die Toten.

Hans zweifelte. Er fragte sich, ob das Ganze vielleicht etwas mit diesem Krieg zu tun haben könnte, von dem die Großen immer sprachen. Sie sagten, ach je, der Onkel Heinz, der isch im Krieg g'bliebe. Der Onkel Wilhelm, der isch im Krieg g'bliebe. Vor dem Krieg, da … Friedhelm bestätigte Hans' Überlegungen. Abends lagen sie in ihren Betten. Auf der einen Seite des Zimmers der große Friedhelm, sieben Jahre älter, er selbst, vielleicht sechs oder sieben Jahre alt, auf der anderen Seite, beide unter den schweren, weiß bezogenen Decken. Friedhelms Bericht ging so: An einem Sonntagnachmittag, im Februar, als noch Schnee lag, da warfen die Amerikaner Bomben ab. Die Stadt brannte, auf dem Marktplatz fast jedes Haus, nur dieses, das vom Eberle und das vom Schneider nicht. Die Häuser stürzten ein. Und es waren die Hände vom Bauern Wilhelm, nicht die von Gott, die das Luisle genommen hatten. Wilhelms Hände hatten das Kind aus den Trümmern gezogen, sein Kopf war seltsam zur Seite gefallen, die Augen waren weit geöffnet gewesen, die beiden Zöpfe und der eine Arm hatten schlaff herabgegangen. Den anderen Arm zog Millie Tage später mit der Schnauze aus dem Schutt, trug ihn bis zur Mutter, legte ihn ihr vor die Füße, einen kleinen, abgerissenen Kinderarm im Winter, und jaulte. Das Luisle war da gerade fünf gewesen, Friedhelm fast sieben.

So fehlte in der Mitte zwischen ihnen ein Mädchen, wenn Hans an der Hand des Bruders sonntags zur Kirche und zum Kirchenchor ging. Auf den wenigen Fotos, die er viele Jahre später mitnahm, war der Vater zu sehen, wie er auf einem Stuhl saß, die Mutter stand dahinter, eine Hand auf seiner Schulter, ein großer Junge rechts, ein sehr viel kleinerer links, die Mienen ausdruckslos, eine Schäferhündin lag davor, und irgendwo dazwischen klaffte eine Lücke.

Aber nicht nur deshalb hatte Hans Probleme mit Gott. Wenn er sonntags, vierzehn, fünfzehn Jahre alt, im schwarzen Chorgewand mit weißem Kragen zwischen den anderen Jungen auf den Stufen vor dem Altar stand und das Halleluja die neugotische Hauptkirche der Kleinstadt erfüllte, konnte er den Blick nicht von den Mädchen auf den Kirchenbänken abwenden, die da in ihren Röcken saßen. Während das «Christe, du Lamm Gottes» mit seinem «Erbarm dich unser» durch den weiß getünchten Raum drang, über die spitzbogigen Fenster bis zum Gewölbe stieg, wo sich Rippen aus Stein kreuzten, sah Hans die Knöchel und Waden der Mädchen. Unruhe durchdrang seinen Körper, seine Wangen wurden rot, erbarmt euch meiner. Wie konnte Gott etwas so Schönes erschaffen und dann sagen, Sünde ist, was du fühlst, halte dich fern davon? So ein Gott war doch dumm, grausam oder eine Lüge, befand er.

Hans stellte nicht nur Gott infrage, sondern auch seinen Staat, dessen Stellvertreter hinter dem Lehrerpult, die unverändert oben standen, und alle, die ihm mal gedient hatten. Er fragte immer lauter, in der Regel das, was die alten Lehrer nicht hören wollten. Nur bei einem jungen Referendar, den Hans in Geschichte und Englisch hatte, war es anders. Der hörte zu. Er drückte ihm nach dem Unterricht Bücher über den NS-Staat und Zeitungsberichte in die Hand. Ein Artikel handelte von einer Ausstellung in Stuttgart, gemacht von Studenten, die sich nicht damit abfinden wollten, dass heute noch jene über Freiheit oder Haft entschieden, die bis vor Kurzem im Namen des Gesetzes Unrecht gesprochen hatten. Der Justizminister in Stuttgart allerdings sah nicht in den Richtern eine Gefahr für die rechtsstaatliche Ordnung, sondern in den unwilligen Studenten, die die Dokumente geprüft und für ausstellungswürdig befunden hatten. Verkehrte Welt, fand Hans. Als die Ausstellung noch einmal in die Nähe seiner schwäbischen Kleinstadt kam, fuhr er im Zug allein dorthin. Er war fast sechzehn. Hans lief von Stellwand zu Stellwand, von Kopie zu Kopie, von Tod zu Tod; die Akademiker waren zu Fließbandarbeitern geworden, sie fertigten ein Todesurteil nach dem anderen, im Namen des Volkes.

Zu Hause beim Abendbrot las Hans aus dem Wochenmagazin vor, das er sich nun wöchentlich kaufte. Von Eichmann, dem Verwalter der Endlösung, später von Lageradjutanten, Rapportführern und Arrestaufsehern, die wieder zu Kaufleuten, Krankenpflegern und Hausmeistern wurden, von Phenolspritzen und Gas, vom Brüllen und Drängen an den Türen. Spätestens da beschloss er, sich weder um Gott noch den Staat zu scheren. Wenn es eine Hölle gab, lag sie in Wahrheit auf Erden. In ihrem Feuer war das Leben millionenfach verbrannt worden, in staatlichem Auftrag, ausgeführt von Millionen von Vätern, Onkeln und Großvätern. Hans sah seinen eigenen Vater am Tisch sitzen, schleuderte ihm seine Sätze entgegen, für diesen Staat hast du gekämpft, was hast du getan! Aber der Vater schwieg, die Mutter schwieg.

Hans machte Abitur. Da meldete sich sein Staat bei ihm, per Post, er habe beim Kreiswehrersatzamt zu erscheinen. Hans stand in Unterhose da, von scharfen Augen gemustert und als tauglich für die Verteidigung des Landes befunden. Hans weigerte sich hartnäckig, aber sein Staat war genauso hartnäckig; der lässt seine Kinder nicht so leicht los. Gott hätte ihm durch die Gewissensprüfung helfen können, Gott statt Militär, aber sich auf eine Lüge zu berufen, wäre eine Lüge gewesen, entschied Hans. Er wurde Gebirgsjäger, seine Muskeln und Sehnen spannten sich bei jedem Befehl, bis er nach einem Jahr und zwei Instanzen doch noch recht bekam. Spätestens da wusste Hans, was er zu studieren hatte. Als Jurist würde er lernen, die Technik des Gegners zu beherrschen, er würde sich das Gesetz auf seine Seite holen, um Recht zu erwirken, Recht gegen Unrecht, die verkehrte Welt umstürzen und neu aufbauen. Hans war groß, überragte viele, und seine dichten Haare wurden immer länger. Er hörte laut Jimi Hendrix und die Rolling Stones, auf den Kirchenchor folgte eine Band, er sang und lernte Gitarre spielen, er küsste die Mädchen, schlief mal hier, mal dort und schrie dem Staat seinen Zorn entgegen.

Wenn Hans zu Hause war, redete er auf seine Eltern ein, schlug mit der Hand auf den Tisch, sodass die Spätzlesoße aus dem geblümten Porzellanteller schwappte und Flecken auf der weißen, bestickten Decke hinterließ. Oft sprang er auf und knallte die Türen zu. Irgendwann kam er fast gar nicht mehr zu Besuch. Der Vater wurde krummer, die Lippen der Mutter waren fast unsichtbar geworden. Der große Bruder stand bald allein im Apothekerzimmer und rührte Medikamente an, während die Schrift auf dem Grabstein der Eltern nach und nach verwitterte, ruhe in Frieden. Eine Antwort auf die Frage, wie der Vater in Russland die Hand verloren hatte, hatte Hans immer noch nicht bekommen. Er hatte an das «Was hast du getan» ja auch kein Fragezeichen gesetzt. Aber das fiel ihm erst viele Jahre später auf, als seine langen Haare grau wurden, sich auf der Stirn immer tiefere Linien abzeichneten und seine Schultern begannen, sich nach vorne zu beugen.

*

Hans stürzt. Fällt, fällt, fällt. In ein Meer aus Dunkelheit und Glas.

Es klirrt. Hans zuckt zusammen.

Er zuckt zusammen. Es klirrt.

Zeiten schieben sich ineinander. Verworrene Schattenfäden. FriedhelmSophieVaterSasMutterMeggieLuise.

Ein Knäuel aus Menschen, Momenten. Jetzt auseinanderziehen. Faden für Faden. Reihenfolge wiederherstellen. Abschnitte.

Frühling, Sommer, Herbst und Winter.

Vater, Mutter, Friedhelm, Luise.

Meggie, Tochter, Tochter, noch eins.

Es hätte ein Frühjahrskind werden sollen.

Hans öffnet die Augen. Er setzt sich auf. Auf seinen Jeans sind Rotweinflecken. Auf dem Steinfußboden rund um die Füße des Filzsessels liegen Scherben. Nur der Stiel des Weinglases ist noch heil geblieben, mit einem Stück Fuß dran. Die abgebrochene Kante des Fußes ist scharf.

«Scheiße. Scheiße. Scheiße.»

Hans beugt sich vor, stützt die Ellenbogen auf die rotweinnassen Beine und legt das Gesicht in die Hände. Für einen Moment bleibt er reglos sitzen, atmet nur in seine Hände hinein. Diese Hände hatten sich zu Fäusten geballt, sie hatten Steine auf Autos geworfen, anfangs, sie hatten die übrig gebliebene Hand des Vaters berührt, als sie schon kalt war, sie hatten über Meggies glattes Haar gestrichen, sie hatten die Babyköpfe gehalten, so klein, so weich, sie hatten Erde gegriffen, drei Hände voll für den Vater, die Mutter, für Friedhelm, für Meggies Urne. Das andere, unfertige Kind wurde eingeäschert mit anderen und kam irgendwohin.

Hans streicht sich über Augenbrauen, Jochbein, Nasenknochen. Zeigefinger, Mittelfinger, Ringfinger bringen die borstigen Haare an den Brauen auf Linie, ziehen die faltige Haut unter den Augen glatt. Die Fingerspitzen berühren sich an der Nase, die Hände verharren vor dem Gesicht, ein Dreieck, wie zum Gebet. Der Ringfinger ist leer.

Hans blickt ins Feuer. Die Flammen strecken sich, biegen sich, greifen ineinander, Flammentanz. So hatte Meggie getanzt. Ihre langen Haare flogen, das Mädchen legte den Kopf in den Nacken, schloss die Augen, bog sich nach hinten, zur Seite, drehte sich, die Arme ausgebreitet an den Seiten, gestreckt in den Himmel, ließ sie kreisen. Da brannte Meggie.

Bald werden die Flammen im Kamin erlöschen, sie werden die Wärme, mit der sie den Raum füllen, wieder aufsaugen und mitnehmen in ihren Tod. Ihre Asche wird bleiben. Hans wird spüren, wie leer das Haus ist.

Er zündet sich eine Zigarette an. Füße im Rotweinbad mit Scherben.

*

Hans war Meggie zum ersten Mal in einer Hamburger Küche begegnet, an einem Morgen um sieben Uhr. Sonnenlicht fiel auf halb ausgetrunkene Gläser und Tellerstapel mit Essensresten. Zeitungen lagen durcheinander auf dem Tisch. Meggie saß da, in einem weiten Hemd, die Arme um die nackten, hochgezogenen Beine geschlungen. Die Nacht hatte sie in die Wohnung gespült wie ein Stück Treibholz. Meggie hätte auch mit jemand anderem von der Tanzfläche mitgehen können, aber es war Hans' Mitbewohner Ulli mit den strahlenden Augen gewesen.

Hans setzte sich zu ihr an den Tisch. Er blätterte in den herumliegenden Zeitungen, sie rauchte. In den Bechern war schwarzer Kaffee. Vielleicht sprachen sie über den Rücktritt des Bundeskanzlers, der die Titelseiten der verschiedenen Ausgaben füllte. Meggie war erschüttert, Hans enttäuscht, aber nicht vom Rücktritt, sondern vom Kanzler. Er hätte doch das kapitalistische System infrage stellen müssen, wenn du das System nicht veränderst, wird es sich gegen die Menschen wenden, wird uns verschlingen, Grenzen des Wachstums hast du sicher gelesen, oder? Nein, sagte sie, aber es hat etwas bedeutet. Sie zögerte, klopfte die Asche von ihrer Zigarette in eine Tasse. *Er* hat etwas bedeutet. Sie sagte das, als wäre der Kanzler tot. Nach einer Pause malte sie mit ihren Worten das Bild eines vollen Saales in der Universität. Meggie sitzt im überfüllten Audimax, es herrscht Stille unter den Studenten. Fernseher und Radios übertragen die Bilder und die Stimme des Kanzlers, der um seine Kanzlerschaft und ihre Zukunft kämpft; den jungen Männern und Frauen hier scheint dies eins zu sein, unauflöslich miteinander verknüpft. Meggies Herz bebt. Rede nach Rede, dann eine Zahl. Jubel bricht auf den Bildschirmen und im Raum aus. Warst du da auch, Hans, so heißt du doch, oder?

Abends hatte Meggies Vater mit verschränkten Armen vor dem Fernseher gesessen. Margarete, dieser Kanzler verrät deutsche Interessen, das ist dir sicher bewusst. Margarete hatte stumm genickt. Es war wenige Tage vor ihrem 21. Geburtstag gewesen. Nach dem Sommer war sie ausgezogen, in ein kleines Studentenzimmer in der Stadt, Vati, Mutti, bitte. Als Meggie im Herbst dann zum ersten Mal hatte wählen dürfen, hatte sie – durch das staatlich verbriefte Wahlgeheimnis vor dem

Blick und dem Urteil des Vaters geschützt – den Kandidaten der roten Partei angekreuzt, nicht den der schwarzen.

Vielleicht sagte Meggie das an diesem ersten Morgen mit Hans, vielleicht auch an einem späteren. Aber woran Hans sich sicher erinnert, auch jetzt noch, im Steinhaus im Périgord, sind Meggies Härchen an den Beinen. Sie schimmerten in der Frühlingssonne, hellbraun. Unter Meggies Hemd konnte Hans ihre kleinen Brüste erahnen, die Ulli nachts gestreichelt hatte. Hinter dem Schleier aus Rauch roch Meggie nach Nacht.

Ulli schlief immer lang, Meggie nie, und deshalb schälte sich Hans in den kommenden Tagen immer früh aus Monikas Armen, um in der Küche mit diesem Mädchen zu reden und zu rauchen. Meist redete er, meist rauchte sie. Bald legte Hans die Hand auf Meggies eingerollte Zehen, und jeden Morgen wanderte sie höher. Meggie ließ es geschehen. Sie blickte ihn an, ernst. Auch, als seine Finger sie zwischen den Schenkeln streichelten, waren ihre Augen offen, der Blick auf ihn gerichtet. Ja, damals noch unverrückbar auf ihn. Bald kam Meggie nicht mehr zu Ulli, und Hans deutlich seltener zu Monika.

Meggie war gerade dreiundzwanzig Jahre alt, fast sechs Jahre jünger als er, und studierte Anglistik und Germanistik. In ihrem kleinen Studentenzimmer standen Bett und Schrank, Stuhl und Schreibtisch, ein Plattenspieler und ein Bücherregal. Die Tagebücher von Anne Frank, Jakob der Lügner, Das siebte Kreuz, die Romane von Fontane, was, den findest du langweilig? Hast du ihn überhaupt gelesen? Nein? Da geht es um Kritik an der Gesellschaft, an den Konventionen. Über dem Schreibtisch hing eine große Landkarte der USA, daneben Fotos von den Straßenschluchten New Yorks. Ich wäre als Schülerin so gern nach Amerika gegangen, ein Jahr. Aber Vati wollte das nicht. Also fuhr Meggie nur in den Sommerferien nach England, zu der Familie eines Geschäftspartners. Dort wurde aus

Margarete Meggie. Du wolltest zu den Amis, fragte Hans, wartete aber gar nicht ihre Antwort ab, sondern war gleich schon bei Vietnam. Auch in Meggie hatten sich die Bilder tief eingeprägt, Kinder, die sich in Gullys versteckten, in Gräben duckten, auf der Straße rannten. Ihr Vater dagegen hatte über die Demonstranten geschimpft, was für ein Pack.

In Meggies Schrank hingen neben den Schlaghosen knielange Röcke und Blusen mit Kragen, die sich bis zum Hals zuknöpfen ließen. Wenn Meggie sonntags in den Elbvorort fuhr, um bei ihren Eltern um zwölf Uhr mittags Braten, Rotkohl und Kartoffelklöße zu essen, schlüpfte sie in diese Uniform, tauschte die bunten Federohrringe gegen Perlenhänger, steckte die hellbraunen Haare hoch und sprühte sich mit Parfüm ein, das den Rauchgeruch überdecken sollte.

Hans beobachtete sie vom Bett aus, jede Bewegung. Wenn er versuchte, die angekleidete Kaufmannstochter zu küssen, entwand sie sich und bat ihn zu gehen. Dann stand Margarete Christine Bergmann am Fenster, eine Silhouette, schmal, aufrecht, und winkte. Das Bild blieb und legte sich viele Jahre später über ein anderes: eine größere Frau, genauso schmal, in Bluse und Hosenanzug, die Haare hochgesteckt, hinter einer Glastür stehend. Wo das war, wusste er nicht mehr. Sas, Meggie, Tochter, Mutter, beide Schemen.

*

Hans nahm Meggie mit in seine Welt. Sie saßen abends auf dem Fußboden, mal in dieser Wohnung, mal in jener, mit langhaarigen Männern, kurzhaarigen Frauen. Rauch hing in den Räumen, die Luft war schlecht, die Nächte lang. Sie tranken und diskutierten. Schlachtrufe und Parolen flogen wie Bälle durch die Zimmer, wider den US-Imperialismus, Amis raus aus Vietnam, wider die konsumistische Gesellschaft, was ist das für ein Staat, der Menschen den Beruf verbietet wegen ihrer politischen Gesinnung. Sie stritten. Ist Gewalt nicht ein legitimes Mittel des Widerstands, wenn der Staat selbst Gewalt anwendet, da haben die Bullenschweine es doch nicht anders verdient, oder? Die Ensslin, den Baader, konnte man sie verurteilen? Da sprang Hans von den Polstern auf, ein «Nein» in jeder gespannten Sehne seines Körpers. Er ging auf und ab, nein, nein, nein, es gibt Grenzen. Ja, auch er hatte in seiner Wut bei Demonstrationen Steine geworfen. Aber nein – Bomben zünden, Bullen erschießen, Kaufhäuser anzünden – das nicht. Wenn wir eine Welt wollen, in der Gerechtigkeit herrscht, dann müssen wir sie von innen heraus revolutionieren, durch und durch. Wenn Hans so sprach, weit mit den langen Armen ausholte, wusste er, dass Meggie ihn ansah. Er, der Mittelpunkt der Erde.

Andersherum nahm Meggie ihn mit in ihre Welt. Er kam mit zum Tanzen, aber die Blicke der anderen hingen so an ihr, dass es ihm unerträglich wurde. Sie ließ ihn in ihrem Zimmer Biermann hören. Sie drückte ihm, der nur politische Bücher las, Romane in die Hand, erfundene Geschichten sind vielleicht wahrer als wahre, Hans, sagte sie. Sie zog ihn an der Hand ins Kino, lass uns den neuen Fassbinder anschauen, Effi Briest, dazu mache ich gerade ein Seminar. Hans verdrehte die Augen. Aber dann las sie ihm den vollständigen Titel des Films vor, «Fontane Effi Briest oder Viele, die eine Ahnung haben von ihren Möglichkeiten und ihren Bedürfnissen und trotzdem das herrschende System in ihrem Kopf akzeptieren durch ihre Taten und es somit festigen und durchaus bestätigen». Siehst du, Hans, darum geht es, Effi scheitert am System. Hans lief hinter Meggie die Treppe zum Kinosaal hoch, sie trug ein kurzes Kleid, ihr Rücken und ihre Beine waren braun gebrannt, er berührte mit den Fingerspitzen ihre Kniekehle. Es war Sommer.

Das war aber nur ein Teil ihrer Welt. Von dem anderen hielt Meggie Hans fern. Ihre Sonntage folgten einem immer gleichen Muster. Bluse, Rock, Rotkohl, zwölf Uhr, allein, nie mit Hans. Meggie kam still zurück, das Mädchen aus dem Elbvorort, Kind eines Vaters, der das Befehlen auch nach dem Krieg nicht verlernt hatte und es zu Hause gegenüber Frau und Kindern anwandte. Wenn ein Kind nicht gehorchte, wie Margarete, als sie mit der falschen Hand zu schreiben anfing, bekam es das körperlich zu spüren, maßvoll, genau berechnet. Rechnen konnte der Kaufmann, darin war seit Generationen der Erfolg der Familie begründet; durch kluges Einrechnen der Zeiten hatte die Familie über die Kriege hinaus und die Veränderungen hindurch Villa und Geschäft bewahrt und ausgebaut. So war auch Margaretes Leben von Anfang an gedacht. Ein Sprachstudium konnte nicht schaden, wenn das Kind einen international tätigen Kaufmann heiratete. Etwas anderes wurde für das Kind gar nicht angenommen. So erzählte es ihm Meggie, wenn sie nebeneinander auf ihrem Bett lagen, und Hans sprang auf, ging im Studentenzimmer auf und ab, nackt, und schimpfte über Meggies Vater und die autoritären Machtstrukturen.

Eines Sonntags, als Margarete am Abend zu Hans in die Altbauwohnung mit den klappernden Fenstern und den wechselnden Mitbewohnern kam, stellte sich Hans vor sie hin und nahm ihr Kinn in seine Hand. Daumen und Zeigefinger hielten es fest, bis es Meggie schmerzte. Hans zwang sie, ihren Blick auf ihn zu richten. «Nächsten Sonntag nicht, da bleibst du hier.»

Er sah ihr in die Augen, als er mit seinen Fingern ihren Hals entlangfuhr, den Kragen streifte und dann mit beiden Händen die Bluse aufriss, sodass die Knöpfe sprangen. Da stand sie, mit offener Bluse. Hans kniete nieder, zog ihr den Rock aus,

Meggie hob ihre Fäuste und schlug ihm auf den Kopf, die Schultern. Erst nahm Hans die Schläge hin, dann packte er Meggie an den Händen, zog sie zu sich runter, drückte sie auf den Boden, bis sie aufhörte zu schlagen.

Da lag sie in Unterwäsche vor ihm, regungslos, nur ihre Schenkel begannen zu zittern, als er sie zwischen den Beinen berührte. Er streifte ihr den Slip ab, sah ihre schwarzen Haare, den Bauch und die bebende Brust. Hatte er je Schöneres gesehen?

Ob sie genau an diesem Tag schwanger wurde, wussten sie nicht. Aber bald war Meggie blass und hing schon morgens über der Toilette, fünfundzwanzig Jahre alt, ein Vater, eine Mutter und große Brüder, denen man doch nicht sagen konnte, dass und von wem.

Hans erschrak. Er sah Kinderköpfe mit gesenkten Blicken vor sich am Esstisch, sitz gerade, bete und frag nicht. Kleinfamilie, Keimzelle des Übels, der männlichen Diktatur. Er schlug Meggie vor, das Kind nicht zu bekommen, dein Bauch gehört dir, keiner darf darüber bestimmen, du musst dich frei machen von den gesellschaftlichen Zwängen. Bestimme über deinen Körper, dafür warst du doch auch, Paragraf 218 und keine Strafverfolgung, und hast du eigentlich die Pille vergessen?

Ihre Lippen zitterten bei seinen Worten, er stand, sie saß, Schultern hochgezogen, Blick auf die Holzdielen. Aber Meggie hatte doch von ihm etwas über Widerstand gelernt. Sie schüttelte den Kopf, «nein», flüsterte sie. Was dann passierte, nahm sie hin: Hans besuchte wieder öfter Monika, die gab es noch, Susanne lernte er auch kennen, liebkoste die flachen Bäuche, während Meggies sich zu wölben begann. Sie senkte den Blick auf ihre neuen Rundungen. Nachts lag sie allein und wach, die Hand auf dem Bauch. Das wusste Hans, aber Schuld war eine Angelegenheit Gottes, nicht die seine.

Als es sich nicht mehr vermeiden ließ, mit ihren Eltern zu sprechen, blieb Meggies Vater kühl. Johann Maximilian Bergmann musterte den langhaarigen Freund der Tochter und machte die Rechnung auf. Sie sind Apothekersohn und Jurist, die Verhältnisse müssen rechtzeitig geklärt sein, das lässt sich in Kürze vollziehen. Herr Bräuninger, Sie können, wenn Sie beim Friseur waren, in der Firma anfangen … Aber da hatte Hans schon die Klinke in die Hand genommen, die Tür aufgerissen und hinter sich wieder zugeschlagen, bei seinem ersten Besuch.

*

Meggie zog aus ihrem Studentenzimmer aus und gemeinsam mit Hans in eine große Wohnung, in der Demo-Aufrufe über dem Küchentisch hingen, Kinder über den Dielenboden krabbelten und Breireste an den Stühlen klebten. Die ziehen wir gemeinsam groß, kein Vater-Mutter-Kind, kein Patriarch am Kopf des Tisches, keine Regeln. Die geklärten Verhältnisse sind bloßer Zwang, wir brechen die Ketten. Meggie schnitt sich die Haare. Hans und sie schliefen nicht in einem Bettgestell aus schwerem, dunklem Holz, sie legten sich Matratzen auf den Boden. Der Herbstwind pfiff durch die Tür- und Fensterritzen und spielte mit den braun-gelb-orange gemusterten Vorhängen.

Ruth und Georg waren dabei, Hans kannte Georg aus der Uni, er hatte mit Ruth zwei Kinder. Ihr Sohn Bastian schrie lauthals, aber Ruth hielt ihn auf dem Arm, wippte auf und ab, während Hannes, der größere, kreischend durch die Wohnung raste. Ruth war eine kleine Frau, ihr Lachen war warm und füllte die Küche. Sie legte Meggie die Hand auf den Bauch, streichelte ihn: «Huhu, wer bist du denn da drin?» Meggie sah Hans an. Siehst du? Zum ersten Mal seit Wochen nahm Hans sie in den Arm und nachts auch mehr, sie roch anders, schmeckte anders, die Brustwarzen süßlich nach Milch, die Brust selbst war voll, sie war Frau, nicht Mädchen, es war eine neue Welt, in die er eindrang, größer, weicher. Meggie brachte das Kind 1976 in einer Klinik zur Welt, als Spätnovembernebel in den Straßen stand, dicht und unbeweglich. Hans sah das Mädchen erst nach Stunden, durch eine Glasscheibe, fünfzehn weiße Bettchen in drei Reihen aufgestellt, winzige, schrumpelige Köpfe lugten hervor. Welches ist meins, musste er die Schwester fragen, aber die wusste es nicht. Es gab gar kein Kind von Hans Bräuninger, nur die Tochter einer Margarete Christine Bergmann. Es war das dritte von links in der zweiten Reihe, Saskia Clara genannt. Saskia einfach so, und Clara wie die Zetkin; damit wurde das Baby beauftragt, kaum war es aus dem Geburtskanal gepresst worden. Später mit anderthalb Jahren vor dem Spiegel stehend und auf sich zeigend, lispelte das Mädchen aber nur «Sas», dabei blieben sie.

Hans konnte das Baby am nächsten Tag zum ersten Mal in den Arm nehmen, während der Besuchszeit von 14 bis 15 Uhr. Das Köpfchen mit dem dünnen Flaum, eine Mulde im Schädel, die Haut weicher als alles, was er je gefühlt hatte. Hans' große Zorneshände zitterten, und er flüsterte:

«Der Herr ist mein Hirte, mir wird nichts mangeln, er weidet mich auf einer grünen Aue, er führet mich zum frischen Wasser, er erquicket meine Seele, er führet mich auf rechter Straße um seines Namens willen. Und ob ich schon wanderte im finstern Tal, so fürchte ich kein Unglück, denn du bist bei mir, dein Stecken und Stab trösten mich. Du bereitest mir vor einen Tisch im Angesicht meiner Feinde. Du salbest mein Haupt mit Öl und schenkest mir voll ein. Gutes und Barmherzigkeit werden mir folgen mein Leben lang, und ich werde bleiben im Hause des Herrn immerdar.»

Der Mund formte, was Hans seit der Zeit auf den harten Kirchenbänken, unter denen sich die Barmherzigkeit verkrochen hatte, nicht mehr gedacht hatte. Auch wenn Gott dumm, ein Lügner oder gar nicht da war, und von alldem war Hans gleichzeitig überzeugt, stand er jetzt bereit, etwas anderes hatte Hans nicht zur Hand für das Kind, das er doch nicht gewollt hatte.

III.

Die kahlen Äste biegen sich an diesem Vormittag im Wind, der Regen schlägt von der Seite hart auf Saskias Wangen. Es sind nur wenige Hundert Meter zu den Andresens, aber als sie ankommt, ist ihre enge Jeans durchgeweicht, ihr dunkelgrüner Mantel mit den blau-weißen Ovalen auch. Im Katalog hatte «Schlechtwettermantel» gestanden.

Saskia klingelt, Jörn Andresen, seit Kurzem pensionierter Lehrer, öffnet. Sie haben sich zum Transparente- und Plakatemalen für die Demonstration kommende Woche verabredet. Erst wollten sie im Ort demonstrieren, aber Herr von Wedekamp hat sie auf eine große Fachtagung der Windkrafthersteller in Hamburg hingewiesen, ein guter Anlass, gemeinsam mit anderen Windkraftgegnern den Widerstand auf die Straße zu tragen, wie er schrieb.

Dass er jetzt auch da ist, überrascht Saskia. Er steht vom Sofa auf, stellt seine Teetasse hin und geht auf sie zu. Er reicht ihr die rechte Hand, hält ihre fest, legt seine linke auf ihre kalte, regennasse Hand und sagt:

«Herzlichen Glückwunsch zum Geburtstag, Frau Baumgartner. Alles Gute für Ihr neues Lebensjahr!»

«Woher wissen Sie …?»

«Facebook, Frau Baumgartner.»

Er lacht, ihre Hand noch zwischen den seinen. Saskia lächelt. «Ja, natürlich.»

Jetzt kommen auch Bernd und Silke, die direkt am Feldrand wohnen und sich fragen, wie lange sie noch morgens beim Zähneputzen und abends beim Bier ungestört bis zum Horizont schauen können. Für diesen Blick und die Luft sind sie aus dem Ruhrgebiet hergekommen, wo Silke von der Enge der Häuserwände erdrückt wurde, nicht mehr atmen konnte, dann endlich der Umzug in den Norden, das neue, eigene Haus mit viel Platz, mühevoll eingerichtet, und nun der Schlamassel mit den Windrädern. Als Silke hört, dass Saskia Geburtstag hat, drückt sie die Jüngere fest an sich, Sas zieht automatisch die Schultern zusammen und wendet den Kopf etwas zur Seite. Allerallerliebste Glückwünsche, Saskia, von ganzem Herzen. Christa, habt ihr was zum … Aber da steht Christa schon und hält ein Tablett mit gefüllten Prosecco-Gläsern in der Hand, und sie singen laut Happy Birthday. Sas steht da und lächelt. Christa hat den gefliesten Boden im Flur mit Folie ausgelegt und darauf eine große Stoffbahn ausgerollt. Dann hocken sie da, die Mittsechziger, die Frauen mit gefärbten Haaren, die Männer schon grau, mit Farben und Pinseln und schreiben in Großbuchstaben «STOPPT DEN WINDWAHN». Eine Stoffbahn nach der anderen.

«Wo ist Klaus», fragt Bernd, Pinsel in der Hand.

«Der wollte wohl doch nicht mit nach Hamburg, er sagt, das ist ihm irgendwie zu pauschal», antwortet Jörn, der die Stoffbahnen an Besenstielen befestigt.

«In Hamburg fliegt ja auch kein Mäusebussard oder Rotmilan rum, oder wie der Vogel hieß», sagt Bernd. Er lacht.

Herr von Wedekamp sitzt auf dem Sofa, Saskia auf dem

Sessel daneben, über den Tisch gebeugt. Sie schneidet und bemalt dreieckige Wimpel. Von Wedekamp schaut zu und nippt ab und an am Tee.

«Kommen Sie denn aus der Gegend?», fragt er.

«Ich bin in Hamburg geboren.»

«Ein Nordlicht also.»

«Na ja, wir sind ein paar Mal umgezogen. Die Arbeit meines Vaters.»

«Was ist Ihr Vater von Beruf?»

«Jurist. Er hat für verschiedene Kanzleien und Organisationen gearbeitet und für eine große Bank.»

Saskia sieht Hans vor sich, in dicker Jacke, mit Mütze, unter der sein Zopf hervorlugt, nachts an den Schienen nach Gorleben, auf denen seine Mandanten sitzen, nein, gesessen haben, aber jetzt werden sie weggetragen von Polizisten in voller Montur. Und sieht ihn im Gerichtssaal, neben Angeklagten, Hans stehend und der Welt erklärend, warum der Vorwurf der Nötigung unzutreffend sei. Zu diesen Bildern hatten sich seine Worte zusammengefügt.

«Eine Juristenfamilie also.»

«Nicht ganz. Mein einer Großvater war Apotheker, der andere Kaufmann.» Sie überlegt, ob sie den Namen der Firma nennen soll, aber ihre beiden Onkel, die sie kaum kennt, haben das Geschäft an einen Großinvestor verkauft; mit dem Namen wird noch Geld verdient, aber produziert und gearbeitet wird längst woanders.

«Mir hat gefallen, was Sie kürzlich gesagt haben, Frau Baumgartner. Über die Rolle des Staates. Jeder müsste doch sehen, dass der Staat seiner Schutzverantwortung für die Bürger nicht mehr nachkommt. Sie scheinen dafür einen klaren Blick zu haben.»

«Ich weiß nicht, Sie sagen das – sehr allgemein. Aber in gewisser Weise, jedenfalls bei den Windrädern, finde ich schon, dass die Politik einseitig agiert.»

«In der Tat. Diese ideologische Verbissenheit, mit der man hier das Klima retten will, wenn anderswo Kohlekraftwerke gebaut werden. Und hier bereit ist, unsere Kulturlandschaft, über Jahrhunderte gewachsen, zu zerstören. Ich finde, Botho Strauß hat das mal gut auf den Punkt gebracht: Vernichtung von Erinnerungsräumen nennt er es. Kennen Sie das?»

Sas schüttelt den Kopf. «Schicke ich Ihnen mal, lesenswert. Am Ende geht es um Heimat. Wer die zerstört, bringt nur gesellschaftlichen Unfrieden. Dabei ist das Land schon so gespalten ... Möchten Sie noch einen Tee? Sie sind ja noch immer ganz durchgefroren in Ihrer nassen Kleidung. Sie werden sich erkälten.»

Von Wedekamp schenkt Saskia aus der Stelton-Kanne ein und reicht ihr die Tasse. Erst jetzt merkt Saskia, dass die Jeans noch immer feucht an ihren Beinen kleben.

«Kommen Sie doch mal bei uns vorbei.»

«Bei uns?»

«Ja, bei unserer Vereinigung.»

Saskia erinnert sich an die Visitenkarte: «Restitutio e. V.»

«Was ist das für eine – Vereinigung?»

«Wir denken und diskutieren gemeinsam, wie wir unseren Prinzipien, unseren Werten wieder mehr Geltungskraft verleihen können. Wir haben so viel verloren. Die Gemeinschaft löst sich auf, finden Sie nicht?»

«Ich, na ja ... Was meinen Sie?» Saskia zögert.

«Unser Land zerfällt. Wir versuchen in gewisser Weise wiederzufinden, was uns verbindet. Wir sind Juristen, Ärzte, Manager, auch Handwerksmeister sind dabei. Wahrscheinlich würde man heute Thinktank dazu sagen, aber mir ist Vereinigung wesentlich lieber.»

«Spannend.» Saskia wirft einen Blick auf die Uhr.

«Ich muss gleich los, die Kinder kommen aus der Schule.»

Nie, nie sollen sie vor verschlossener Tür stehen und klingeln, und niemand macht auf. Nie sollen sie sich auf kalte Treppenstufen setzen und warten müssen, zehn Minuten, zwanzig, dreißig, eine Stunde, bis die Nachbarn da sind, bei denen sie sich aufwärmen können und die sie mitleidig anschauen, keiner da und den Schlüssel wieder vergessen? Das fing an, als sie aus dem großen, gelben Haus weggezogen waren, Hans, Sophie und sie, da war sie fast zehn, und Meggie kam Tag für Tag nicht zurück. Dann saß Sas da, die kleine Schwester hüpfte pfeifend auf dem Bordstein oder hampelte in der fremden Küche herum und fragte die Nachbarn, ob sie mitessen könnten, sie möge doch so gern Nudeln. Saskia blieb stumm und blickte zu Boden.

«Oh, ja, natürlich», sagt von Wedekamp. «Und wie gesagt, kommen Sie mal zu einer unserer Versammlungen, würde mich freuen. Ein frischer Blick ist immer hilfreich. Und wärmen Sie sich zu Hause auf. Schöne Adventszeit.»

Er drückt ihr fest die Hand.

*

Zu Hause leert Saskia den Briefkasten. Ein Stapel von Geburtstagsgrüßen verschiedener Versandhändler, die ihr Fünf-Euro-Gutscheine für den nächsten Kauf von Kleidung, Töpfen, Gartendekoration und Kosmetikprodukten anbieten. Und eine Karte von Ruth, wie jedes Jahr. Liebe, liebe Sas, jetzt kenne ich Dich schon seit 40 Jahren, meine kleine, große Sas! Dein erstes Lachen, Dein erstes Laufen, Deine ersten Worte sind mir unvergessen. Alles, alles Liebe, schrieb Ruth.

In ihren WhatsApps ein paar Sprachnachrichten, eine von

Sophie, die ins Telefon schreit, um die Geräusche einer einfahrenden U-Bahn zu übertönen. «Hallo, große Schwester, Happy Birthday, und viel Glück und trallalala, jetzt bist du vierzig, wow, cool, meine Schwester, vierzig, feierst du, also, wenn ich mal vierzig werde (das ist zum Glück noch hundert Jahre hin, also gut, vier), dann betrink ich mich, und du kommst zu mir, hoffe, es geht dir gut, wir haben uns ewig nicht gehört, lass mal wieder reden, Hans hat mich wegen Weihnachten angerufen, krass, dass der jetzt schon überlegt, was er Weihnachten macht, richtig anhänglich, der wird alt, glaub ich, aber ich kann nicht kommen, ich flieg mit Pit nach San Francisco, der hat 'ne Ausstellung, crazy, Süße, meld dich mal und gib den Jungs 'n Bussi, ich vermisse euch!» Sophie, immer laut und ohne Punkt. Sophie würde ihren Vierzigsten groß feiern, tanzen bis zum Morgengrauen. Wahrscheinlich fliegt sie dafür an einen Strand in Indien oder so und begrüßt, barfuß im Sand taumelnd, die Sonne, den neuen Lebenstag, das neue Lebensjahr, das neue Lebensjahrzehnt.

Im Anfangen war Sophie unschlagbar. Neues Studium, neuer Job, neue Stadt, neues Land, neue Liebe. Im Augenblick lebte sie in London und arbeitete in einer Werbeagentur als Grafikerin, nachdem sie es erst mit Kunst, dann mit Grafik versucht hatte. Irgendetwas hatte sie dazwischen noch gemacht, und immer mal wieder gab es Monate, in denen sie irgendwo im Süden als Rettungsschwimmerin gejobbt hatte. Wenn Sophie nicht weiterkam, machte sie etwas anderes, und wenn es knapp wurde mit dem Geld, überwies ihr Hans etwas. Und manchmal Sas.

Sophie war pausenlos in Bewegung. «Jetzt sitz doch mal still», hatte die Kaufmannsgroßmutter immer gemahnt, der Kaufmannsgroßvater schlug manchmal mit der flachen Hand auf den Tisch, da zuckte dann auch eine Sophie zusammen.

Christian hatte mal gesagt, ich glaub, deine Schwester denkt, die Welt hört auf, sich zu drehen, wenn sie aufhört zu quatschen. Christian lachte, Sas lachte, aber hinter ihrem Lachen tat sich noch etwas anderes auf. Sas sah kleine Mädchenarme, die sich um zwei Frauenbeine klammerten. Sie spürte das kleine Mädchen in ihrem Rücken, den Druck des kleinen Kinns auf der Schulter der großen Schwester, als die fremd gewordene Mutter mit einem neuen Haarschnitt durch die Küchentür im großen, gelben Haus trat. Sie sah den fragenden Blick, als der Kaufmannsgroßvater den Spaten in die Erde stach. Sie hörte, wie es auf dem Flur tapste, die Tür knarrte, die Bettdecke raschelte, wenn Sophie zu Sas ins Bett kroch. Kann nicht schlafen, Sas.

Meist ging von Sophie aber eine Unerschütterlichkeit aus, die alle ansteckte. Immer, wenn sich ihr Geburtstag näherte, erzählte sie jedem davon, im Dorf in Niedersachsen dem Bauern von nebenan, dem Busfahrer, der sie in die Stadt fuhr, in Hamburg dem U-Bahn-Schaffner, der Kioskfrau, dem Bäcker. Sie reckte sich in die Höhe, um gesehen zu werden, und sagte laut, weißt du, dass ich Geburtstag habe? Heute?, fragten die Angesprochenen dann, aber Sophie schüttelte ihren Kopf, nee, nee, rat mal, wann. Und wenn der Geburtstag vorbei war, erzählte sie allen, wie sie ihn gefeiert hatte.

Den ersten Geburtstagskuchen, nachdem Meggie weggegangen war, buk Ruth im gelben Haus. Dann übernahm Sas. Ich wünsche mir einen sooooo großen Schokoladenkuchen, mit meinem Namen drauf, Sas, sagte Sophie und breitete ihre Arme aus. Sas rührte Mehl, Zucker, Butter, Kakao und Eier zusammen, vergaß das Backpulver, heraus kam ein flaches, steinernes, dunkles Rund, aber Sas füllte geschlagene Sahne in einen Gefrierbeutel, schnitt ein Loch in die untere Ecke, presste die Sahne daraus und malte große Buchstaben auf das

Rund. «SOPH» stand da, mehr Platz hatte sie nicht. Sophie fehlten vier Schneidezähne, zwei, weil sie nach intensivem Wackeln ausgefallen waren, zwei, weil Sophie beim Radfahren gegen eine Mauer gerast war. Sie konnte kaum abbeißen. Sas lag abends im Bett und weinte. Aber Sophie erzählte dem Bäcker neben der neuen Hamburger Wohnung noch drei Wochen lang, dass sie einen Schokokuchen bekommen hatte, mit ihrem Namen drauf. Und ein Paket von Meggie aus Amerika. Der Bäcker sagte, ach, ihr habt Freunde in Amerika, und schönen Gruß an Mutti und Vati, unbekannterweise. Sas nickte und zog Sophie an der Hand raus.

In den nächsten Jahren wurden Sas' Kuchen besser, bald buk sie Torten. Für ihren eigenen Geburtstagskuchen rannte Hans in der Mittagspause in den Supermarkt.

Sas antwortet Sophie kurz.

«Danke, meine Süße. Schade, dass du nicht hier bist.»

Im Smartphone erscheinen Pünktchen.

«Find ich auch», ploppt auf.

«Schade mit Weihnachten. Was ist das denn für eine Ausstellung?», schreibt Sas.

«Ach, Pits Fotos halt. Wahrscheinlich kommt Mary mit.»

«?»

«Pits Tochter.»

«Ah, stimmt.»

«Der hat so 'ne Kümmerphase. Spielen wir halt Weihnachten mit Familie. Gut zum Üben :-).»

«Sophie?»

Sas wartet, aber es kommt keine Antwort. Später, nach dem Essen und Kinderzubettbringen, trinkt sie mit Christian Rotwein, die neue Kette, die er ihr geschenkt hat, angelegt. Am Hals trifft sie sich mit den ersten Falten. Abends, als sie die Make-up-Schicht mit Wattepads entfernt, begutachtet sie die Linien im Spiegel. Auf der Stirn, zwischen den Augenbrauen bilden sich ebenfalls Falten, vom vorwurfsvollen Blick gezeichnet, weil Hosen Löcher haben, ein Strumpf keinen Partner findet, Kinder barfuß laufen wollen, obwohl im Gras Wespen lauern. Ihr dunkler Haaransatz schimmert unter dem Blond hervor, sie muss zum Friseur. Saskia färbt sich die Haare, seitdem sie im fünften und sechsten Semester in England studiert hatte. Christian hatte sich also in eine blonde Frau verliebt, wie sie wirklich aussah, enthielt ihm der Friseur mithilfe von chemischen Substanzen und eineinhalb Stunden Arbeit im Monat vor.

Meggie hatte sich zum Schluss die Haare auch gefärbt. Blond, Dauerwelle. Fremde Frau. So hatte Meggie auf den letzten Fotos ausgesehen. Sas hatte sie ins Album geklebt, das Meggie ihr zu ihrem achten Geburtstag geschenkt hatte. Fotopapier auf Pappe, kleine Notizen in Meggies gestochener Handschrift darunter. Es war noch so viel Platz auf den leeren Seiten.

Meggie selbst war nur auf wenigen Bildern zu sehen. Auf einem hielt sie die schlafende Sas im Arm, ihr Blick ging an der Kamera vorbei in die Ferne. Auf einem anderen Foto lag sie auf dem Rücken, Haare im Gras, die nackten Beine angewinkelt, auf ihren Schienbeinen lag ein Kleinkind, Meggie stützte es mit den Händen ab. Es lachte. Meggie lachte. Mutter, Kind, in Schwarz-Weiß. Auf dem Foto waren feine Linien zu sehen, Fingerabdrücke und Fettflecken aus Jahren, in denen Finger eines Kindes, einer Jugendlichen, einer jungen Frau immer wieder darübergefahren waren.

Auf einem weiteren Foto stand Meggie im offenen Mantel im Park, vor ihrem Bauch spannte sich ein Tuch, oben schaute ein Kopf mit Strickmütze heraus. Die Äste im Hintergrund waren kahl. Ruth hatte das Foto nahe der Elbe gemacht. Wenn man nach Westen ging, gelangte man irgendwann durch ein schmiedeeisernes Tor zu einer großen, roten Backsteinvilla, den Kiesweg im Vorgarten entlang, fünf Treppenstufen hinauf, durch die dunkelgrün gestrichene Tür und dann in die Eingangshalle, wo man auf dem dunklen Teppich stehen blieb und sich mit den Straßenschuhen nicht weiter hineinwagte. Nach Osten führte der Weg in die Stadt, in eine Wohnung im vierten Stock, wo im Flur Schuhe auf mehreren Haufen übereinanderlagen, daneben Handschuhe, Mützen, Mäntel, wo die Toilettentür offen stand, wenn Bastian oder Hannes oder Hans oder Georg auf dem Klo saßen. Auf dem Foto stand Meggie da, den Kopf etwas schräg geneigt, den Mund leicht geöffnet, dieses Mal den Blick direkt auf die Kamera gerichtet, als müsste die ihr sagen, wohin.

Margarete Christine Bergmann, 1. Mai 1951 bis 8. August 1990. Ihre Mutter, eine eckige Gravur auf der schweren, polierten Granitplatte, die das Revier der Kaufmannsfamilie auf dem Hamburger Friedhof markierte. Dass die tote Meggie dort beerdigt wurde, hatte der Großvater verfügt. Im Tod gehörte sie wieder ihm.

Saskia geht ins Schlafzimmer, legt die Kette ab ins Schmuckkästchen, neben Meggies alte Perlen und setzt sich ins Bett. Sie stellt das Tablet an. Christian zögert einen Moment und dreht ihr dann den Rücken zu. Kurz bevor sie das Licht ausschaltet, blickt Sas noch mal aufs Handy. Nachricht von Sophie.

«Nee, keine Angst, nix unterwegs.»

Sas atmet tief aus. Sophie, meine Sophie, du bist doch selbst noch ein halbes Kind. Von Hans keine SMS, keine Threema. Er ruft erst am nächsten Tag an, spricht ein: «Mensch, schon wieder zu spät, aber dafür umso herzlicher: Herzlichen Glückwunsch, Sas!» auf den Anrufbeantworter. Mit Stimmengewirr im Hintergrund erklingt ein: «Viel Glück und viel Segen», chorgeschulter Bariton, da und bei den Paragrafen ist Hans präzise.

IV.

«Gesundheit und Frohsinn, sei-ei-ei mit dabei.» Hans hält sich das Mikrofon des Smartphones direkt vor die Lippen, um den Gesang nach Norddeutschland zu schicken, zu der nun vierzig Jahre alten Tochter, vierzig Jahre und einen Tag. Ruth hatte ihn daran erinnert, gestern schon, und heute wieder. Ruth eben.

Hans schiebt das Handy in die Manteltasche und bahnt sich am Gare du Nord einen Weg durch die Menge zur schmalen Eingangsschleuse der Pariser Metro, ein kurzer Moment, in dem sich die Masse wieder in lauter Einzelne auflöst, Mensch für Mensch schiebt eine Fahrkarte in den Schlitz, die Maschine zieht die Karte durch, die Tür öffnet sich und spuckt Mensch für Mensch aus, die dann wieder zur Masse werden. Hans lässt sich bis zum Bahnsteig treiben, in die Metro drücken, Körper an Körper, die Leiber fließen vor seinen Augen ineinander, als ob die Menschen grenzenlos wären. Hans ist schwindelig.

Das Wochenende wird er bei Cécile bleiben. Er hatte sie im vergangenen Sommer auf einem langen Rückflug aus den USA kennengelernt, eine Tagung mit Vortrag zu internationaler Konzernbesteuerung hinter sich, leere Tage vor sich. Nun saß er, vom Vortrag noch im Tagungsjackett, am Fenster, neben ihm eine Dame mit dunklen Haaren in Seidenbluse, weit geschnittener Hose und Pumps, die über die Fluggesellschaft schimpfte, weil diese sich verbucht hatte, statt Business wie be-

zahlt hatte sie ihr einen Sitzplatz in der Economyclass zugeordnet. Hans, der noch nie Business geflogen war, auch wenn
man es ihm angeboten hatte, Hans, der alte Sozialist, konnte
nicht anders, als sein Bedauern auszudrücken, dass sie nun neben dem niederen Volk sitzen müsse. Er tat das in fließendem
Französisch und mit einem Lächeln, und die Frau empörte
sich, c'est incroyable, unglaublich, unverzeihlich. Hans lachte,
seine Fältchen zogen sich bis zu den Schläfen. Sie werden es
aller Voraussicht nach überleben, der falsche Platz sei sicher
ungefährlicher als der Start, er könne ihr zum Trost seinen
Fensterplatz und später seinen Orangensaft und sein Brötchen
anbieten. Nun blickte sie ihn an, mit einem Blitzen in den
Augen.

Es war wie Zöpfe ziehen Jahrzehnte zuvor, wenn sie auf der
Schulbank saßen, er in der Reihe hinter den Mädchen. Wenn
der Lehrer der Klasse den Rücken zukehrte, beugte Hans sich
über den Tisch und zog am Haar des Mädchens, es quiekte auf,
schnellte mit dem Kopf herum, blitzte ihn an, drehte sich wieder um, straffte sich, richtete den Blick konzentriert auf die
Tafel und ließ dann erst recht die Zöpfe wieder wie zufällig über
die Stuhllehne fallen. Später auf dem Schulhof ging das Mädchen an Hans vorbei, mit hochgerecktem Kinn und strafte ihn
mit Nichtbeachtung. Wenige Wochen später reckte es dasselbe
Kinn seinem Gesicht entgegen, auf Zehenspitzen stehend, ihre
Lippen berührten und öffneten sich, die Zungenspitzen trafen
aufeinander, rau und nasser als gedacht, aber so, dass Hans
spürte, er würde entweder sterben oder explodieren, was am
Ende aufs Gleiche hinauslief. Das Mädchen damals war das Ka-
threele gewesen, das ihm den ersten Kuss gegeben hatte, mit fast
vierzehn Jahren, hinter dem Gerätehaus auf dem Sportplatz.

Nun also Cécile. Sie tauschten die Plätze, wofür der Mann
am Gang noch einmal aufstehen musste. Während das Flug-

zeug anrollte, schneller und schneller wurde, abhob und Hans sich in den Sitz drückte, die Zähne aufeinandergepresst, cremte Cécile ihre Hände ein. Sie warf einen Blick auf ihre Nägel, rot lackiert, aber kurz geschnitten, dann sah sie zu Hans. Vous avez peur, Monsieur, sie haben Angst, nicht wahr? Sie lächelte leicht, dezenten Spott im linken Mundwinkel, Hans sah das aus seinen Augenwinkeln. Mais non, Madame, nein, keineswegs, nur den Start schätze ich nicht allzu sehr. Er klopfte rhythmisch mit den Zeigefingern auf die Armlehnen. Als das Flugzeug die Flughöhe erreicht hatte, lockerte er seinen Griff. Für einen Deutschen spreche er recht passabel Französisch, sagte sie, nachdem sie an seinem Orangensaft genippt hatte. Woher er das könne und woher er komme? Hans erzählte von ihrem Haus im Périgord und seiner Wohnung in München, er sei aber viel unterwegs. Munich, da hatte ich mal ein Konzert, sagte die Dame. Sie tupfte sich mit der Serviette Hans' Brötchenkrümel aus den Mundwinkeln. Munich, une très belle ville. Da ist ein schöner Fluss, die Ufer so anders als die der Seine. Die Dame war Pianistin und brachte das Gespräch auf deutsche Klassik, Schubert, Beethoven und Bach. Hans lächelte. Er richtete sich auf, Raum in seinem Körper schaffen für den Widerhall, holte Luft, öffnete den Mund. Er steht wieder in der Kirche, der Größte von allen, die Mädchen und die Mütter auf den schlichten Kirchenbänken – neu gebaut, nachdem die Kirche ausgebrannt war – sehen zu ihm auf, «O Haupt voll Blut und Wunden», in der Kirche Tenor, jetzt die Melodiestimme, volltönend. Aus manchen Sitzreihen im Flugzeug kam ein schmaltönendes «Scht», andere drehten sich um, einige nickten, ein Kind zeigte mit dem Finger auf ihn, oh Mom, look. Die Dame schaute zu ihm auf. Als er verstummte, sagte sie, «pas mal», nicht schlecht. Von da an besuchte Hans Cécile gelegentlich in Paris.

Sie wohnt direkt am Jardin du Luxembourg. Hans läuft durch den winterlichen Park, am Spielplatz vorbei, Kinder mit Mützen auf einem eingezäunten, mit Gummiboden ausgelegten Rechteck, für das Eintritt zu zahlen ist. Einige Eltern stehen jenseits des Zauns und beobachten ihre Kinder. Seit wann haben die Zootierchen selbst Eintritt zu zahlen, fragt sich Hans.

Er geht durch ein großes Tor und überquert die Straße, gibt einen vierstelligen Code im Kästchen neben der großen, schweren Holztür ein, tritt ins Treppenhaus und steigt die Stufen hinauf. Der grüne, dicke Teppich schluckt die schweren Männerschritte.

Wenn Hans ins Haus von Meggies Eltern trat, blieb er immer automatisch in der Eingangstür stehen, bevor er den Fuß auf den dicht geknüpften Teppich setzte. Da war eine Grenze, zwischen den Steinen hier, Teppich und Polster da. Was wäre wohl gewesen, wenn er nicht an dem Sommernachmittag im Salon aufgestanden und zur Tür hinausgestürmt wäre, Meggie zwei Schritte hinter ihm? Wenn er stattdessen die Haare geschnitten, die «wilde Ehe», wie der alte Bergmann es genannt hatte, beendet, die Tochter in geordnete Verhältnisse geführt und die Rechte der Bergmann'schen Firma geschützt hätte. Dann hätten sie in der Villa im Hamburger Westen Weihnachten gefeiert, vielleicht. Dann lebte Meggie noch, vielleicht. Dann säßen sie auf dem Sofa, er in Anzug mit kurzen Haaren, sie im Kleid mit Spitze, sie läsen Johann und Julius vor. Vielleicht.

Hans ist im zweiten Stock angekommen, er bleibt einen Augenblick stehen, legt seine Hand aufs Geländer, wischt sich mit der anderen die Haare aus dem Gesicht und das innere Bild von einem gutbürgerlichen Hans beiseite. Das von Meggie bleibt hängen. Er sieht sie vor sich, wie sie sich in ihrem kleinen Studentenzimmer umzieht, Schlaghose gegen Rock tauscht, Rock gegen Schlaghose, Meggie gegen Margarete, Margarete gegen Meggie. An die eine, in Rock und Bluse, kam er nicht heran. Es stachelte ihn an. Er machte sich größer, zorniger, unberechenbarer, aber er nahm es als Spiel.

Als Meggie mit dem Baby aus der Klinik in die Altbauwohnung zurückgekehrt war, begann Saskia zu schreien. Sie schrie und schrie. Meggie wippte, wickelte, stillte, eine Muttermaschine: wippen, wickeln, stillen, wippen, wickeln, stillen, wippen, wickeln, stillen. Wenn das Kind schlief, schlief Meggie, wenn es weinte, weinte Meggie. Hans stand daneben. Er wusste nicht recht, was damit anzufangen. Jetzt sprach er keinen Psalm vom Guten Hirten. Er verschloss die Ohren und machte die Tür hinter sich zu. Hans verbrachte die Tage in der kleinen Kanzlei, für die er inzwischen arbeitete, die Nächte mal in der WG, meist in seinem Zimmer, mal anderswo.

Eines Abends, nach einem der kalten, grauen, kurzen Tage, stand Ruth an der Spüle, Hans saß. Teller für Teller ging durch ihre Hand, Zigarette für Zigarette durch seine. In das Tellergeklapper hinein sagte Ruth: «Weißt du eigentlich, dass Meggie immer wieder mit Saskia zu ihrer Mutter fährt? Tagsüber, wenn ihr Vater nicht da ist.»

Einmal kam Ruth mit. Sie tranken im Wohnzimmer Tee aus Goldrandtassen. Die Großmutter hielt Sas im Arm, streichelte mit ihren gepflegten Händen ihre Wange, Saskia schrie gerade einmal nicht. Meggies Mutter sagte nicht, Margarete, wollt ihr nicht lieber heiraten. Sie sagte nicht, ich fände es schön, wenn, sondern sie sagte: Vati wünscht so sehr, dass ihr heiratet, es wäre doch so leicht, er würde euch sicher unterstützen, dein Hans ist doch ein Kluger, dein Hans kommt aus gutem Hause. Margarete, hat dein Hans sich denn, nun, zu dem Mädchen *bekannt*? Nein? Ach je, wenigstens das muss er doch. Ach Mädchen, denk doch an das Kind. Es ist nicht gut so, das ist doch keine richtige Familie, in so einer, sie suchte das Wort – «Wohn-

gemeinschaft», half Ruth ihr aus. Margarete Christine Bergmann sah in die Teetasse und nickte, Mutti, weiß ich ja, nickte,
Mutti, mach ich ja, nickte, Mutti, ich spreche mit ihm, ja. Toch-
termaschine.

Dann stieg Meggie in die S-Bahn, saß auf der Bank, Sas
vor dem Bauch, verschränkte die Hände ineinander, fest. Die
Fingerkuppen wurden weiß. Ruth strich sanft darüber. In der
Wohnung nahm Margarete Christine Bergmann die Perlen-
ohrringe ab. Nachts rollte sich Meggie um das Kind, meist
allein. Nicht ihr Hans, das hatte Meggies Mutter offenbar
falsch verstanden.

Ruth erzählte weiter, jetzt ohne Tellergeklapper, an die Spüle
gelehnt, eine Hand noch im Spülbecken. Heute Morgen hatte
Meggie vor ihrem Koffer gestanden, der war aufgeklappt,
Meggie-Sachen drin, Babysachen draußen. Saskia lag auf der
Matratze und schrie, Meggie stand vor dem Koffer und schwieg.
Willst du weg, fragte Ruth. Meggie zuckte mit den Schultern.
Mit Saskia? Ohne? Meggie zuckte mit den Schultern. Ruth
hatte Sas in den Arm genommen und Meggie an die Hand. In
der Küche hatte Ruth ihre Tränen getrocknet.

Jetzt schaute sie Hans an.

«Hans.»

Der legte die Füße auf den Küchentisch, stieß Zigaretten-
rauch aus und wartete.

«So geht das nicht, Hans.»

«Was will sie denn? Zu ihren Eltern? Von mir aus, soll sie.»

«Mit Saskia?»

«Sie wollte das Kind. Man hätte es auch anders haben können.»

Ruth schlug einen Becher auf die Abtropffläche, es klirrte.

«Du bist ein Arschloch, Hans.»

Hans schwieg. Er blies den Rauch in die Luft, Kringel für

Kringel, drückte die Zigarette auf dem Blümchenteller aus, zog sich Schuhe an und fuhr mit dem Rad zu Monika. Die Nacht über lag er wach und schwamm in der Dunkelheit.

Als Hans am Morgen zurückkam, hörte er das Kind weinen. Meggie lag eingerollt auf der Matratze, den Blick zur Wand. Hans stand im Türrahmen und sah das kleine Wesen in seinem Stubenwagen, rotes Gesicht, verzerrt, den Mund offen, die Fäuste geballt. Hans trat in das Zimmer, nahm Saskia hoch, wiegte sie, ihren Kopf in seiner Armbeuge. Das Weinen wurde leiser. Saskia war leicht, aber ihm wurde schwer.

Da war er, Hans der Große, immer zwei Schritte voraus, Türenzuknaller, Stuhlumtreter, Arschloch. Hatte sich gewehrt gegen Erwartungen, gegen Regeln, gegen die Heiraterei. Und da war dieses Kind, klein, hilflos, angewiesen. Nichts zum Gegenankämpfen, nur zum Beschützen. Da konnte man keine Tür mehr zuknallen, die riss sich von selbst auf. Hans setzte sich auf Meggies Matratze, lehnte sich an die Wand, schloss die Augen. Das Mädchen lag an seiner Brust, der kleine Kopf unter seinem Kinn, Haut auf Haut. Der Herr ist mein Hirte, Hans flüsterte wieder. Saskia wurde still, Hans wurde still. Meggie drehte sich um. Sie setzte sich auf, streckte die Hand aus, Fingerspitze über Babyhand.

Da will man die Verhältnisse ändern, und dann ändern die Verhältnisse dich, und du sitzt da mit Kind im Arm und bist gerührt. Herz auf, Kind rein. Nein, so leicht geht das nicht, sentimentale Spießigkeit, bürgerlicher Kitsch ist das. Aber Saskia schrie weniger, schlief abends auf seiner Brust ein, und Hans lächelte, einfach so. Er machte «scht», wenn Besuch laut durch die Wohnung zog. Ihr weckt die Kleine.

Georg war es, der schließlich bei Hans im Zimmer vorbeikam, schwerer Mann auf Zehenspitzen, Bier für Hans, Bier für sich. Georg setzte sich auf den Boden Hans gegenüber und fing an, von Vaterschaft zu reden. Die solltest du mal anerkennen, hab ich auch. Hans sog die Luft ein, aber er konnte nicht aufspringen, weil Sas auf ihm lag und leise schnarchte. Also sagte er im Sitzen, kommst du jetzt auch mit der Ordnung, haben Ruth und Meggie dich geschickt? Ja, nein. Ruth sagt, du bist ein Arsch und Chauvinist und nicht besser als die ganzen bürgerlichen Spießer, verheirateten Lügner, Doppelmoralisten, die andere Frauen schwängern und so tun, als sei's der Heilige Geist gewesen. Stimmt sicher, und sagt Ruth dir auch gern selbst. Aber hast du mal an was anderes gedacht? Was eigentlich ist, wenn Meggie was passiert? Dann geht der alte Kaufmann zum Jugendamt, das Gericht erklärt dich zum Vater, damit du zahlst. Und dein Baby hier, Georg zeigt auf Saskia, landet bei denen in der Villa. Willst du das für sie?

Füge dich.

Jeder hat seinen Platz.

Mädchen besonders.

Fragen ist falsch.

Hinterfragen ist falsch.

Die linke Hand ist falsch.

Ein Mädchen allein nach Amerika, das kommt nicht infrage.

Parteibuch getauscht nach 45. Hat nicht geschadet, der Kaufmann schwamm so durch.

Meggie, so voller Risse, Sprünge, als ich dich traf. Meggie. Saskia.

Hans hatte nicht so weit gedacht und wollte nicht so weit denken. Aber Georg hatte den Raum aufgesperrt. Was ist morgen, was übermorgen, was für ein Leben willst du für dein Kind?

Ja. Dein Kind.

*

*Bei nicht ehelichen Kindern wird die Vaterschaft durch Aner-
kennung oder gerichtliche Entscheidung mit Wirkung für und
gegen alle festgestellt;* BGB, Paragraf 1600 a, Absatz I.

Hans ging im März mit Meggie zum Amt. Jetzt wollte er
etwas von seinem Staat, nicht der Staat von ihm. Er ließ von
Amts wegen feststellen, dass er,

Hans Bräuninger, geb. 5. Oktober 1945,

Vater der *Saskia Clara Bergmann, geb. 12. November 1976,* war.

Personenstandsbuch, Geburtsurkunde, schwarze Buchstaben, festes weißes Papier, Datum, Stempel drauf. Hans, Vater.

Aber ohne elterliche Gewalt. Da war sein Staat streng, ließ
nicht mit sich reden. Der wusste ja, wie die Dinge zu sein hatten, dass nämlich nach der Natur der Sache allein eine feste und
dauernde Zuordnung zur Mutter in Betracht kam, so hatte es
der Gesetzgeber festgelegt. Wobei die Sache ihre Natur änderte,
wenn man ans Heiraten ging. Da wiederum blieb Hans widerspenstig, das nun nicht, wir machen es anders, zusammen mit
den anderen, Meggie, ja? So stand das uneheliche Kind allein
unter der elterlichen Gewalt der Margarete Christine Bergmann. Der gütige Staat hatte der unverheirateten Mutter allerdings einen Amtspfleger als Beistand an die Seite gestellt, zum
Schutz des Kindes. Das machte Hans noch widerspenstiger.
Meggie, das brauchen wir nicht, nicht den Staat im Kinderzimmer. Das Vormundschaftsgericht entsprach Meggies Antrag,
die Pflegeschaft aufzuheben.

*

Im März schrie Sas weniger. Meggie radelte wieder von Ottensen zur Uni in die Seminarräume im Hochhaus, lernte in der

Bibliothek und machte ihr Staatsexamen. Zur Feier könnten wir meine Eltern einladen, sagte sie. Hans hatte schon Worte des Spottes auf den Lippen, braves Mädchen. Aber Ruth fauchte, halt den Mund, Hans. Meggie rief die Mutter an. Mutti, ich hab bestanden mit eins, kommt ihr zum Kaffee, und übrigens, Hans hat die Vaterschaft anerkannt.

Georg, der Gärtnersohn, schmückte Flur und Küche mit Tulpen, sie bauten aus Tischen eine Tafel zusammen, die von der Küche in den Flur reichte, Meggie bügelte weiße Laken als Decken, sie lachte, Ruth buk. Herr und Frau Bergmann kamen, Hans auch. Gäste und WG-Bewohner saßen dicht nebeneinander, Hans saß Johann Maximilian und Henriette Bergmann gegenüber. Sie sahen nicht ihn an, sondern leicht über ihn hinweg und schüttelten die Köpfe, Henriette beugte sich zu ihrem Mann hinüber und flüsterte etwas. Hannes krakeelte, Flüstern ist lügen. Hans drehte sich um und sah, was die beiden sahen: ein Foto, Ruth, Georg, Meggie und er, dicht nebeneinander sitzend, die Kinder spielend davor, alle nackt am Strand, Brüste, Schamhaare. Daneben ein Bild von Hans und Georg, mit einem Transparent, im Hintergrund ein Heer von Polizisten mit Helmen, Schlagstöcken. Auf der linken Bildseite sah man Leute rennen. Ach ja, sagte Hans, das war in Brokdorf, kurz vor Saskias Geburt. Noch bevor Ruth den Kuchen anschnitt, war Johann Maximilians Stimme zu hören, laut. Sie sind also mit Gewalttätern unterwegs. Stimmt, sagte Hans, die Gewalttäter, Herr Bergmann, tragen Uniform. Staatsgewalt ist hier wörtlich zu nehmen, Gewalt des Staates, Tränengas, Wasserwerfer. Da gerieten sie mitten in eine hitzige Diskussion, Georg auch, während Henriette Bergmann ihren Blick zwischen Hans und Georg und den nackten Männern, die auf den Fotos über Hans zu sehen waren, hin- und herschweifen ließ.

Immerhin, Hans sprang nicht auf und verließ nicht den

Flur, auch Johann Maximilian Bergmann blieb bis zum Schluss sitzen. Als er aufstand, stolperte er. Hannes hatte unter dem Tisch seine Schnürsenkel verknotet. Er hatte gerade erst Knoten gelernt.

Am Abend hockte Meggie an die Wand gelehnt auf dem Boden und starrte aus dem Fenster nach draußen.

*

Es war wenige Monate nach Meggies Examen, als Ruth die Idee aufbrachte, aufs Land zu ziehen. Georg wollte wieder in der Erde wühlen, Ruth die Kinder laufen lassen, sagte sie, aber auch etwas wie, Meggie muss sich mal emanzipieren und weg von ihren Eltern. Das Land Niedersachsen war wohl auch der Meinung, dass dies eine gute Idee war, und es wies Meggie eine Stelle an einem Gymnasium in einer mittleren Stadt zu, verbunden mit regelmäßigen, gesicherten Einkünften. Hans zögerte. Da zog sich etwas in ihm zusammen. Er erinnerte sich an die Enge auf dem Land, auch wenn das eine im Süden lag und eine sehr kleine Kleinstadt war, das andere im Norden und ein Dorf sein sollte. Aber er fühlte die Nachbarsblicke, Grüß Gott, hast du schon gehört, ja des is allerhand, was dem Willi sein Sohn g'macht het, und das Liesle, so äbbes, hat einfach äbbes angefangen mit dem Eberhard, dass die mal nicht mit einem Kind heimkommt, all das hinter vorgehaltener Hand, flüster flüster. Dem war er in der Großstadt entkommen, und jetzt wieder, nur norddeutsch? Aber dann entwarf er ein gemeinschaftliches Leben wie auf einem Reißbrett, geteiltes Geld, geteilte Zeit, geteilte Möhren. Kommune, alles anders, alles neu.

Sie fanden in einem kleinen Dorf einen alten Hof mit einem großen, gelben Haus. Drumherum war Rübenland. Heidi, eine Freundin von Ruth, schloss sich mit ihren Kindern an und brachte noch zwei Freunde mit. Da war für Georg nicht nur in der Erde zu wühlen, sondern zu tapezieren, streichen, reparieren, das Dach zu decken, Öfen zu heizen im Winter. Sie schafften Schafe und Hühner an, Hannes und Bastian spielten mit Heidis Kindern Verstecken in der Scheune. Sas wackelte über das ausgefahrene, ausgetretene Kopfsteinpflaster, das von Unkraut überzogen war, und warf den Hühnern Körner zu. Meggie fuhr in die Stadt zum Unterrichten, ließ ihr Haar wieder wachsen, es wurde schulterlang. Wenn sie den Kopf in den Nacken legte, fiel es wieder bis auf den Rücken, sie breitete die Arme aus, tanzte in Gummistiefeln über den Hof, Meggie ganz und gar. Dann blieb sie stehen, die Wangen gerötet. Hans drückte sie an sich, roch ihr Haar, in das sich der Geruch des Kuhstalls ihrer Nachbarn mischte.

Meggie lernte von Georg in der Erde wühlen, säen, pflanzen, ernten. Sie lernte Holzhacken und schleppte in ihrem ersten Winter dort stapelweise Holzscheite in die Küche. Es war ein langer, schneereicher, inniger Winter. Hans machte sich an seine Dissertation im Wirtschaftsrecht. Im Frühjahr nahm er einen Lehrauftrag an der Universität in der nächsten Großstadt an, organisierte den Widerstand gegen das geplante Endlager für Atommüll und hielt im Sommer Seminare auf dem Hof ab. Er atmete weit, aber etwas geriet wieder ins Rutschen zwischen Meggie und ihm.

*

Nach dem Holzhacken lernte Meggie Hühnerhacken.

Sie saßen beim Essen. Ruth holte das Huhn aus dem Ofen, das am Vortag noch durchs Gehege gelaufen war. Da fragte Meggie:

«Georg, zeigst du mir, wie man Hühner schlachtet?»

Georg sah auf. «Du willst selbst schlachten?»

«Ich …»

«Du weißt schon, dass du denen den Kopf abhacken musst. Das ist was anderes als Holzhacken», sprach Hans der Große, von oben.

Meggie sah an ihm vorbei, zu Georg.

«Willst du das wirklich? Ein Tier töten?», fragte Georg.

Meggies Wangen wurden rot. «Wenn wir die hier essen, sollten wir sie doch auch töten können.»

Hans schnaubte.

«Du glaubst, ich kann das nicht, oder?» Meggie sagte das leise.

Hans zuckte mit den Schultern.

Georg fing Meggies erstes Huhn. «Du musst es festhalten», sagte er und drückte es ihr in die Arme. Das Huhn zappelte, schlug mit den Flügeln. «Halt es», aber da war das Huhn schon aus Meggies Armen gesprungen und lief gackernd davon. Hans stand am Rand und gackerte auch. «Richtig festhalten», rief Georg. Er fing das Tier erneut ein, drückte es Meggie wieder in den Arm. «Jetzt dreh dich, dreh dich so, dass dem Huhn so schwindelig wird wie dir.»

Meggie stand da, die Arme um das Huhn gepresst, Hans lehnte sich ans Tor zum Hühnergehege, Sas saß auf einem Dreirad. «Dreh dich», rief Georg. Meggie fing an, erst langsam, dann schneller, ihre Haare wehten, es war, als wäre Meggie auf der Tanzfläche, nur dass sie ihre Arme angelegt hatte. Hans hörte auf zu lachen, während Meggie jetzt anfing, laut zu lachen. Georg rief «Stopp.» Er hatte den Arm fest um sie gelegt. «Kannst du sehen, siehst du die Klinke an der Hühnertür? Fixier sie.»

Georg nahm Meggie das Huhn aus dem Arm. Es starrte ihn dösig an, Hühneraugen in Georgaugen. Er legte es auf den Hackklotz und hielt es fest. «Nimm das Beil, Meggie.» Meggies

Lachen hatte sich in die Bäume verzogen, auf ihrem Gesicht lag jetzt Stille. «Nimm», sagte Georg. «Wie beim Holzhacken, Meggie. Nur nicht auf meine Hand.» Er lachte. Sie hob das Beil, holte aus, schwang es durch die Luft, dann nach unten, die Lippen aufeinandergepresst.

Sie traf den Hals des Huhns, dessen Kopf fiel ab, Hühnerkopf rechts auf dem Boden, Hühnerkörper links in Georgs Hand, bebend. Meggie ließ das Beil sinken. «Siehst du, du kannst es!», sagte Georg.

Meggie sah zu Hans, Hans zu ihr. Sas saß noch immer auf ihrem Dreirad. Hans hörte, wie Saskia sagte: «Warum hassu Hilde den Kopf abemacht?» In die Frage hinein tropfte Blut vom Holzblock.

Meggie sah auf die Bluttropfen und in Saskias Richtung, aber leicht über sie hinweg. Sas ging zum Holzklotz, hob den Kopf auf und hielt ihn Meggie hin, «wieder dran?»

«Das geht nicht, kleine Sas», sagte Georg.

«Warum?»

Georg ging in die Hocke.

«Das Huhn ist tot. Es ist gestorben.» Er nahm dem Mädchen den Hühnerkopf aus der Hand.

«Warum?»

«Du musst dir die Hände waschen, Sas.»

Aber Sas blieb stehen und sah Georg unvermittelt ins Gesicht. Hans kam und hob sie hoch.

Meggie stand neben dem Holzklotz und schaute auf das tote Tier. In das Blut mischten sich ihre Tränen.

Bei den nächsten beiden Hühnern half Georg noch, dann konnte Meggie es allein. Die Hühner hatten alle Namen. Aber Meggie rief sie nie damit.

*

Hans ist im vierten Stock angekommen. Er bleibt stehen, holt Luft. Hans war immer allen voraus, jetzt ist er vierzig Jahre zurück. Die Jahre schlingen ihre Arme um ihn und ziehen ihn zurück. Löst man einen Arm, kommt der nächste und hält Hans umso fester, Krakenzeit. Die kann man nicht einfach abschütteln.

Hans klingelt, und Cécile öffnet die Tür. Sie trägt einen schwarzen Pullover, eine Reihe von Perlen zieht sich von der rechten Schulter den Ärmel entlang bis zum Handgelenk, die dunklen Haare hat sie hochgesteckt, sie erscheinen Hans dunkler als beim letzten Mal. Bisou bisou, linke Wange, rechte Wange, ein höflicher Beginn. Auf dem Parkettboden liegen gemusterte Perserteppiche, dunkle Möbel überall. In Céciles Esszimmer steht ein Flügel, darauf ein Foto: Cécile mit glatter Haut, drei Kinder, mit Geige, Bratsche, Cello. Ihre Kinder sind längst aus dem Haus, leben in Europa und Asien verstreut. Der Mann dazu war Cécile schon lange abhandengekommen, die andere war zwanzig Jahre jünger, da wurden noch mal kleine Halbgeschwister in die Welt gesetzt, c'est la vie, Ans, sagte sie mit ihrer dunklen Stimme. Da schwang etwas mit, dem sie Widerstand leistete, indem sie jeden Morgen aufstand, sich sorgsam ankleidete, schminkte und die Leere ihrer Tage mit Musik, Menschen und Plänen füllte. Sie war auf ihre Art widerspenstig, sie hielt den Rücken gerade, den Kopf hoch, die Sehnen und Muskeln gespannt, da war kein Platz für Bitterkeit. Nur nachts robbte sich die Einsamkeit vor und streckte ihre Finger nach ihr aus. «Isch freue misch que tu sois là», sagte sie auf Deutsch und Französisch, den ersten Teil hatte sie mühsam gelernt.

Sie werden ins Konzert gehen, Winterreise. Cécile hatte es vorgeschlagen, ça sera formidable, Ans, du könntest mir die Texte übersetzen, natürlich nach dem Konzert. Hans sagt ihr nicht, dass sie einem Irrtum unterliege, bei ihm und der Musik, dass er Anzüge nur im Notfall trage, die Musik schon längst gewechselt habe, Bach gegen Jimi Hendrix, dann kam Led Zeppelin, und dass er Bach nur gebraucht hatte, um sie herauszufordern, Schubert kannte er kaum. Stattdessen zieht er einen Anzug an und setzt sich im kleinen Konzertsaal neben sie. Als die ersten Töne erklingen, erst das Klavier, dann die Stimme, fremd bin ich eingezogen, fremd zieh ich wieder aus, ergreift ihn etwas. Hans schließt die Augen. Er taucht in den Klang ein, der große Hans tief in die Worte, die Stimme, die Musik, alles vereint. Er spürt die Kälte. Sehnsucht zieht sein Innerstes auseinander, wie ein straff gespanntes Band, gleich, gleich reißt es. Etwas lodert auf, groß und gefährlich, Glück, Leben, das ist es. Doch die Kälte löscht die Flammen, wieder und wieder. Als die letzte Zeile erklingt, willst zu meinen Liedern deine Leier dreh'n, öffnet Hans die Augen und blickt auf seine Hände, die in seinem Schoß liegen, faltig und rau. Er ist erschöpft.

V.

Der Wind hat die Wolken weggeweht, fahles Sonnenlicht fällt durch das Küchenfenster auf Saskias Hände. Sie knetet Teig, den zweiten schon, Butter, Zucker, Mehl, eine Prise Salz, gemahlene Mandeln, Eier, das Mark einer Vanilleschote. Die Kipferl formt sie selbst, sie sollen gleichmäßig sein, nicht zu groß, nicht zu klein. Für die Jungs hat sie Butterplätzchenteig gemacht, die Johann und Julius gleich selbst ausstechen dürfen. Sie tragen Schürzen und Backhauben, die Saskia neu gekauft hat. Sie zieht Christian aus dem Bad, sein Gesicht ist voller Rasierschaum. Sie ruft: «Sieh sie dir an.» Als sie ein Foto mit ihrem Smartphone machen will, rutscht Julius die Mütze ins Gesicht, zum dritten Mal schon, entnervt pfeffert er sie in die Ecke, «Scheißding!»

Christian lacht: «Würd ich auch machen.» Saskia zieht die Augenbrauen zusammen, zwei steile Falten.

Dann stechen die beiden Jungen aus, Sas schiebt Bleche in den Ofen. Erst hatte Julius gequengelt, «ich will beim Teig helfen, Mama». Aber Teig selbst machen, Mehl, Zucker und Butterschmiere in der Küche verteilen? «Julius, dann fliegt alles wieder rum. Ausstechen ist viel schöner.» Sas hilft beim Verzieren, «nein, Johann, nicht die Schokostreusel und die bunten zusammen auf einen Keks, das passt doch nicht. Es soll doch schön aussehen.» Jetzt ist es Johann, der seine Backhaube wegschmeißt. «Dann mach ich nicht mehr mit!» Er rennt mit Teig an den Händen in sein Zimmer.

Die Plätzchen sind für die Adventswelten in der Schule am Dienstagnachmittag. Da werden die Mütter defilieren, in engen Jeans und weiten Blusen, Kaschmirjacken oder Steppwesten darüber, Wildleder-Stiefeletten mit hohen Absätzen. Sie werden Selbstgebackenes auf Tellern mit gepunkteten Servietten drapieren, Butterplätzchen verziert mit Gesichtern, Zimtsterne gleichmäßig goldbraun, am nächsten Stand liegen gehäkelte Mützen, Puppen und Elefanten. Jede Frau wird die anderen mustern und gemustert werden, genauso werden die mitgebrachten Dinge, mit denen die Stände bestückt werden, begutachtet. Die Frauenstimmen werden zwitschern: «Oh, wie schön. Wie du das alles schaffst!» «Ach, das ist ja nichts, ich hatte mir so viel vorgenommen dieses Jahr, aber dann fehlte doch die Zeit. Wir mussten mit Jan, Julian, Justus so viel lernen für die Arbeiten, ist ja nicht mehr lange bis zu den Zeugnissen.»

«Und wir hatten seit Wochen mit Lena, Louisa, Lotte ständig Proben für die Ballettaufführung, neben Zirkus und Flöten wird das knapp. Ich komme ja erst mittags nach Hause. Manchmal wäre ich auch gern ganz zu Hause so wie du, aber wahrscheinlich würde mir dann die Decke auf den Kopf fallen.»

Es gibt aber auch die anderen Mütter, die direkt von der Arbeit zu den Adventswelten kommen, vollbepackt mit Laptoptasche und Einkaufstüten, aus denen sie Zimtsterne in durchsichtigem Plastik und Dominosteine in glänzenden, rechteckigen Paketen rauskramen, nur mit einer Hand, in der anderen halten sie das Smartphone, auf das sie gleich wieder schauen, sobald sie Emma, Emily oder Emil einen flüchtigen Kuss auf die Stirn gegeben haben. Dann werden sie Gebäck und Gebasteltes bewundern, und wenn eine andere ihrer Art kommt, die sie umarmen und drücken können, lächeln sie gemeinsam über die Supermuttis, und am Ende stellen sie beim Aufräumen mit den anderen zusammen ein paar Stühle in den Klassenzimmern hoch.

Und da sind noch die Mütter aus den Blöcken von Mehrfamilienhäusern. Einige tragen Leoparden-Leggings, manche haben einen Akzent. Einige kommen in Jogginghose mit pink lackierten Fingernägeln, andere mit Kopftüchern. Sie sind neu in dem Ort, der mal ein Dorf gewesen ist, und ihre Blicke tasten sich durch die Schulflure. Aber diese Frauen werden gar nicht erst in die Vergleichsmasse aufgenommen.

Und es gibt Jasmin. Auch sie trägt enge Hosen, ein weiter, handgestrickter, bunt gemusterter Pullover flattert ihr bis zu den Knien, ihre Füße stecken in groben Wanderstiefeln. Die schwarzen Haare trägt sie offen, glatt fallen sie über die Schultern, ihre grünen Augen schimmern. Still steht sie da, sie, die abends als Luise Millerin, Medea und Sara mit ihrer dunklen,

80

rauen Stimme den Saal füllt, bürgerliche Geliebte, hasszerfurchte Kindsmörderin, jüdische Verfolgte, sie steht einfach da, an jeder Hand ein Kind. Ayla, die Kleinste, hält sich am Pulloverbündchen fest, hier sind die sonst so lauten Kinder scheu. Markus folgt mit großer Holzschüssel in den Händen, voll krumpeliger, krümeliger Kekse von Kinder- und Männerhand geformt, irgendwie vom Tisch aufs Blech verfrachtet und zu lange gebacken. Reste von Saskias Mehl haften noch an Markus' Ärmel und hängen in seinem Bart. Jasmin und Markus tun nichts, aber jeder sieht sie. Saskia geht auf sie zu, streckt die Hand aus, lächelt: «Herzlich willkommen», als wenn es ihre Schule und nicht die der Kinder wäre.

So war es letztes Jahr, als Jasmin und Markus gerade neu hergezogen waren, und so wird es dieses Jahr wieder sein, nur dass Jasmin dieses Jahr Saskias Hand eher flüchtig ergreift, dann bereitwillig dem Ruf «Mama, komm!» ihrer Kinder folgt und sich von ihnen durch den Flur in die Klassenräume ziehen lässt.

Saskia nimmt Markus die große Schüssel ab.

«Soll ich die Kekse auf die Teller tun?»

«Jepp, gern.»

Schon taucht eine kleine Ayla-Hand auf, die sich in die große des Vaters schiebt, «Papa, du auch.» Saskia verteilt mit den anderen Müttern am Stand die Kekse. «Na ja, Männer backen halt anders.» «Denen fehlt das Gen dafür», summt es, während die Blicke Markus' breiten Schultern folgen. Christian wird nicht da sein, vor halb acht schafft er so gut wie nie, aus Hamburg zurückzukommen. Aber Saskia hatte ihn auch nicht gefragt.

Später gehen sie in die Aula: Der kleine Chor aus Dritt- und Viertklässlern steht vorn auf der Bühne, Johann unter ihnen, dritte Reihe, viertes Kind von links, blauer Pullunder mit V-Ausschnitt über dem weißen Hemd. Inmitten des Raschelns und Murmelns, des Knisterns und Tuschelns blickt sie zu ihm, wie er von einem Fuß auf den anderen tritt, bevor die Musiklehrerin am Klavier «Lasst uns frohoh uhund mun-ter sein» anstimmt und die 30 Kinder einsetzen, die Stimmen so schief wie auch die Reihen, manche laut und frei, andere zaghaft wie Johann. Saskia sieht, wie er mit seinen Blicken nach ihr sucht, sie hebt die Hand und winkt vorsichtig.

Johann, ihr Sohn, vor neun Jahren in ihrem Leib gewachsen, bis die Haut zum Reißen gespannt war, der kleine Kopf oben statt unten und deshalb von behandschuhten Händen aus dem Unterleib geholt, hinter einem Tuch, dann voller Käseschmiere in ihren Arm gelegt, und sie, die sonst nichts anfassen kann, was danach aussieht, als ob es klebrig oder glitschig sein könnte, streichelte den Körper und sah zu Christian auf, der neben ihr saß. Ehrfürchtig fragte sie: «Das ist Johann, unser Johann, ja?» Christian nickte, er legte seine Hand auf ihre und drückte sie fest. In diesem einen Moment war alles andere egal.

Als er die Welt erblickte, war Johann ein kräftiges Baby. Aber er wurde dünner und dünner, konnte nicht aus der Brust trinken, obwohl Saskia versuchte, alles richtig zu machen, es sollte doch die Mutter-Kind-Bindung wachsen, die Grundlage für ein gelingendes Leben, so stand es in den Büchern. Doch ihre Brustwarzen schmerzten und wurden wund von all den Versuchen, Johann zum erfolgreichen Saugen zu bringen, aus seinem Mund tropfte ihr Blut anstelle von Milch, sosehr sich Saskia auch anstrengte und all die unterschiedlichen Ratschläge der Hebammen befolgte. Die Milch floss nicht, dafür Tränen. Fieber kam.

Typisch Kaiserschnitt, sagte eine Hebamme, und strich ihr über den Rücken. Aber auch der Kurs «Kaiserschnitt: Was nun?», für den Flyer in der Hebammenpraxis auslagen, half nicht. Johann schrie und schrie und magerte ab. Was machte sie nur falsch? Christian sagte: «Nichts. Lass das Stillen einfach, ist doch egal, Hauptsache, er wird satt», und er nahm sie in den Arm und küsste sie aufs Haar. Aber nichts war mehr egal.

Während die anderen Mütter bei koffeinfreiem Latte Macchiato in den Hamburger Cafés ihre glücklichen Stillbeziehungen pflegten, mit wenigen Handgriffen Stilleinlagen aus den BHs zogen, die Säuglinge anlegten, selbst mit einer Hand die Becher hoben und weitertranken, dann die Babys fürs Aufstoßen über eine Schulter hielten, fest nur mit einer Hand, pumpte Saskia in ihrer sanierten Altbauwohnung die Milch ab; an einer großen elektrischen Maschine: pumpen, abfüllen, Fläschchen machen, pumpen, abfüllen, Fläschchen machen. Doch selbst das reichte nicht, sie musste zufüttern, Milchpulver hypoallergen. Johann bekam dennoch Neurodermitis, sie cremte und cremte. Allergien gegen Nüsse und Katzenhaare kamen später dazu. Saskia hatte, dachte sie, schon nach wenigen Monaten als Mutter versagt.

Die nächsten Jahre waren der Versuch der Wiedergutmachung: Kurse für Babymassage und PEKiP, musikalische Früherziehung und Kinderturnen, die Wickeltasche immer gepackt mit Windeln und Feuchttüchern, Ersatzschnullern und Ersatzkleidung, Dinkelstangen und Wasser im Fläschchen, Notfall-Salben für Beulen und Pflaster, wenn das Kind stürzte, Verbandszeug für Schlimmeres. Bis sie aufbrach, alles beisammen hatte, vergingen Stunden, nie durfte etwas fehlen, aber immer fehlte etwas. Wenn sie das Haus verließ, die Tür gerade geschlossen hatte und auf dem Gehweg stand, musste sie wieder umkehren, weil ihr eingefallen war, was sie vergessen hatte.

Es war ein dauernder Kampf gegen das Vergessen und das

Chaos. Als Julius kam, kämpfte Saskia an zwei Fronten, hier wickeln, dort Po abwischen, hier Schnuller sterilisieren für den sauberen Gebrauch, da Schnuller wegnehmen für ein Leben mit wohlgeformtem Kiefer, da wurden Bauklotztürmchen aufgebaut, hier Bauklotztürmchen umgeworfen und hier und da Gebrüll, und immer warf eines die Wäscheständer um.

Sie bauten ein Haus in dem Ort, der einmal ein Dorf gewesen war. Fundament gießen, Außenmauern hochziehen, Dach drauf, tragende Wände rein. Parkettböden, Estrich auf der Terrasse, Möbel aus Katalogen. Sas ließ den Garten machen. Rosen, Tulpen, Nelken, Vergissmeinnicht, schau mal, Christian. Der spottete, alle Blumen welken – ziehen wir in ein Poesiealbum? Aber er küsste sie in den Nacken. Sas schob Julius über den Spazierweg am Feld hinter dem Haus entlang, Johann stand auf dem Trittbrett. Dort lernte Julius Laufradfahren, Johann Fahrrad. Die Kinder rannten übers Feld, Mama, Mama. Wenn sie lachten, gluckerten sie. Wenn sie stürzten, trocknete Sas ihre Tränen, sammelte Steinchen aus den Wunden, klebte Pflaster auf blutige Knie, heile, heile Segen. Tag für Tag sammelte sie diese Bilder, für Wenn-ihr-groß-seid, für Wenn-ich-groß-bin. Vergissmeinnicht. Es war Arbeit. Jahr für Jahr verlängerte sie die Elternzeit.

Nun steht Johann da und singt Weihnachtslieder. Morgen würden er und Julius den zweiten Strumpf ihrer Adventskalender öffnen, in wenigen Tagen morgens den überquellenden Kinderstiefel, umgeben von Geschenken, hereinholen. Die Wunschliste hing an der Pinnwand in der Küche, sie wurde zuverlässig abgearbeitet per E-Mail-Verteiler an Christians Verwandtschaft mit Rückmeldefristen, wer netterweise was zu übernehmen gedenke. Und ja, jetzt also dritte Reihe, viertes Kind von links.

*

Dabei hatte Saskia gar nicht gelernt, wie Weihnachten geht. Mal feierten die Frauen in dem großen, gelben Haus Wintersonnenwende. Sie tanzten um ein großes Feuer herum und ehrten singend Götternamen. Oder sie nannten den Heiligen Abend Lichterfest und stellten selbst gezogene Bienenwachskerzen auf. Geschenke gab es lange nicht. Zu Nikolaus steckte Meggie den Kindern ab und an kleine Schokoweihnachtsmänner und Mandarinen in die Schuhe, barfuß tapste sie über die winternachtkalten Kacheln im Flur. Wie die Fee Amaryllis aus dem Räuber Hotzenplotz, den Meggie vorgelesen hatte, sah sie aus, fand Sas, die durch den Türspalt lugte, zurück ins Bett huschte und lauschte, wie Meggie und die Nacht vorüberschlichen. Morgens jubelten Sas und Sophie, Hannes und Bastian und die anderen Kinder. Hans hatte schlechte Laune und murmelte was von bürgerlich.

Es war ein Januarmorgen gewesen, der erste nach den Ferien, das Licht der Neonröhren fiel auf die braunen, vollgekritzelten Holztische und Stühle. Tornister standen und lagen auf dem PVC-Boden, Kinderfüße stolperten über sie, Kinderschnattern erfüllte den Raum.

«Unser Weihnachtsbaum ging bis an die Decke.»

«Ich hab Barbie und Ken gekriegt.»

«Ich Skipper.»

«Ey, und ich hab so eine große Eisenbahn gekriegt mit zwei Loks und Tunnels und Güterwagen. Weißt du, wie schnell die fährt?»

«Und Sas, Sas, was hast du?»

Sas stand vor ihrem Tisch, in Latzhose, Latz und Träger über den Strickpulli gequetscht, die Haare kurz geschnitten von Meggies Hand.

«Wir machen das ohne Geschenke.»

Drei, vier, fünf oder beinah alle Augenpaare richteten sich auf sie.

«Wie? Seid ihr arm?»

«Wir machen das anders. Wegen dem Konsumterror.»

«Häh?»

«Wir feiern nicht so mit Geschenken und Baum, sondern mit einem Feuer.»

«Ihr zündet das Haus an?», blökte Andreas, der immer vorpreschte.

«Wir feiern Sonnenwende, da macht man draußen ein Feuer an.»

«Aber ihr geht schon in die Kirche, mit Engeln und Jesusbaby und so.»

«Nee, Hans sagt, das stimmt alles nicht bei der Kirche, weil Engel gibt es nicht, und Gott ist ja gar kein Mann, der kann gar kein Kind machen …»

«Das ist doch total blöd.»

Andreas lachte, die anderen fielen ein, da war sie gerade acht. Sas' Hände wurden feucht, ihre Wangen heiß. Tränen schossen ihr in die Augen. Sie bückte sich, wühlte im Ranzen, Hauptsache, der Kopf verschwand darin, am besten sie gleich mit zwischen den Büchern, den losen Stiften, den Schwarzbrotkrümeln, dem zusammengeknüllten Brotpapier, den Mandarinenschalen, den Radiergummiresten. Anders, falsch, alles falsch. Der Pulli, die Hose, die Haare, die Geschenke, die sie nicht bekommen hatte, dass es egal war, wann sie vom Spielen im Dorf nach Hause kam, dass es egal war, wenn ihre Anziehsachen schmutzig waren, egal, wenn jemand beim Essen die Füße auf den Tisch legte.

Zu Hause fragte sie zaghaft, ob sie nächstes Jahr mal einen Weihnachtsbaum haben könnten und vielleicht ein Geschenk, eine Barbie oder so. «Alle haben das.» Da sprang Hans auf und lief durch die große Küche, mit wenigen, langen Schritten vom Tisch an die Tür und wieder zurück. «Siehst du, das genau ist Konsumterror. Dass sie dich zwingen, mitzumachen und das Gleiche zu kaufen.»

Das Kind auf seinem Küchenstuhl blickte zum Vater hoch, was das jetzt mit der Barbie zu tun hatte, war ihm nicht klar. Meggie strubbelte ihr kurz durchs Haar. «Barbies, das sind doch blöde Plastikfrauen. Mädchen sind doch viel mehr als nur lange Beine und lange Haare. Du bist zu klug für so was, Sas.» Saskia saß still und biss sich auf die Lippen, während Meggie ihr die Wange streichelte und die Tränen wegwischte.

Nach den Sommerferien begann Weihnachten Saskia wieder zu beschäftigen. Sie beschloss, vorzusorgen. Ständig lagen Portemonnaies herum, mal in der Küche, mal im Bad, mal in der Garderobe, sie steckten in Hans' und Meggies, in Ruths und Georgs, manchmal in Sabines Mänteln und Jacken und in denen der anderen, die ein und aus gingen. Schmale Kinderhände griffen nun dort hinein, anfangs zögerlich, bald blitzschnell, sie zogen blinkende Münzen heraus, fünf Pfennig oder fünfzig, eine Mark oder mal zwei, und ließen das Geld in der Tasche am Latz oder in den Hosentaschen verschwinden. Manchmal behielt sie es minutenlang oder stundenlang in der feuchten Faust.

Dann tapste sie die Holztreppe zum Trockenboden hinauf, schlängelte sich zwischen den herabhängenden Laken, Bettdecken, Handtüchern und Hosen hindurch, ganz nach hinten zu einer alten Kommode, deren Lack abgeblättert und die mit einer dicken Staubschicht bedeckt war. Sie hatte schon immer dagestanden, schwer und unbeweglich auf klobigen, runden Holzfüßen. Sas kniete nieder, zog einen alten Strumpf darunter hervor, stopfte das Geld hinein, legte den Strumpf wieder zurück und schlich die Treppe nach unten. Anfangs wummerte ihr Herz. Aber der Strumpf wurde schwerer, das Herz leiser. Saskia zählte Geld und Monate.

Sie fahren selten in die Stadt. Jedes Mal stopfte Saskia den Strumpf in ihren Rucksack und ging an Meggies oder Ruths Hand an den Geschäften vorbei, lauernd auf die Gelegenheit. «Nur mal gucken, wenn ihr auf dem Markt seid. Ihr sagt doch immer, ich bin schon groß.» Ein paar Mal waren ihr Versuche vergeblich gewesen, aber endlich, im Dezember, war sie mit Meggie in der Stadt und stand nun allein in dem einzigen großen Kaufhaus in der Fußgängerzone, ein Schwall von Parfümgeruch drang in ihre Nase. Sie hatte sich gemerkt, wo das Kinderspielzeug war, die Rolltreppen hoch, dritte Etage. Und schon stand sie vor den Barbies: pinke Schachteln, durchsichtige Plastikfolie, auf der sich die Kaufhausleuchten spiegelten. In den Schachteln standen die Puppen: blonde, lange Haare, unterschiedlich gekleidet: eine im pfirsichfarbenen Kleid mit glitzerndem Oberteil und schmalen Trägern, eine andere im bodenlangen rot-weißen Kleid mit Herzen, eine dritte trug einen blauen, engen Glitzeranzug mit breitem Gürtel, darüber einen weißen, knielangen Pelz geworfen.

Saskia strich mit der rechten Hand über die Folien, die Regale rauf und runter. Alles, alles wollte sie, aber wofür reichte das Geld? Mit ihrer linken Hand umklammerte sie den Strumpf in der Hosentasche. Sie hatte die Münzen wieder und wieder gezählt, neunundzwanzig Mark und dreiunddreißig Pfennig. Wofür würde es reichen? Eine dicke Verkäuferin mit blond-braun gestreiftem Haar, vorne kurz und hinten lang, legte ihr die Hand auf die Schulter.

«Kann ich dir helfen?»

Kurz darauf fuhr Saskia auf der Rolltreppe herunter, riss die Packung auf, ließ das Plastik und die Pappe fallen, schob die Barbie im Pfirsichkleid unter den Parka. «Mensch, Kind, heb das auf», rief eine laute Männerstimme hinter ihr. Aber sie fuhr weiter, stieg auf die nächste Rolltreppe, ihre Schritte wurden schneller. Der Mann rief ihr etwas hinterher, aber Sas fuhr weiter. Ihr Herz raste vor Glück. Draußen stopfte sie die Barbie in ihren Rucksack und wartete vor dem Kaufhaus auf Meggie.

Der nächste erste Schultag nach den Weihnachtsferien war leicht. Ihr Finger war als Erster oben, als es ans Erzählen ging. Was hatte sie nicht alles bekommen! Teddy und Kuschelhund, Barbie und Barbiepferd mit weißer Mähne, Kassetten und Bücher. Andreas rief dazwischen: «Ich dachte, ihr feiert ohne Geschenke». Aber sie hatte die Barbie dabei, sie war der Beweis für das andere, was gar nicht gewesen war. Was aber wirklich gewesen war, war der Tannenbaum, den Georg zur Überraschung aller und zum Ärger von Hans mitgebracht hatte. Sie schmückten ihn mit weißen Friedenstauben aus Stroh, standen davor und sangen Friedenslieder, Hans erst widerwillig, dann inbrünstig. In der Schule verwandelte Saskia beim Erzählen das «Donna Donna Donna Dohonna» in «Alle Jahre wieder» und die Tauben in Lametta.

Das Weihnachten im Jahr darauf war das erste mit Geschenken und das erste ohne Meggie. Hans hatte die Mädchen zum Kaufmannsgroßvater in die Villa im Elbvorort geschickt. Sie waren bislang nur wenige Male dort gewesen, immer nur für ein paar Stunden, meist ohne Hans. Meggie hatte dann von ihren Schülern erzählt, den lauten und den stillen, von Aufsatz-Korrekturen, deutsch und englisch, von Redensarten, die sie versuchten, zu übersetzen, aber ohne Erfolg, you are on the wrong steamer, und von den unfreiwilligen Treffen mit immer wieder den gleichen falschen Freunden, Mist und mist, wer und where. Der alte Bergmann hatte gelacht, Meggie hatte gelacht, und Sas hatte sich gefragt, wo jetzt die falschen Freunde und wo die richtigen seien. Sophie hatte mit ihrem Stuhl gekippelt, die Großmutter die Stirn gerunzelt. Sas hatte es mit Stillsitzen probiert und Lächeln geerntet.

Jetzt hing in der Eingangshalle ein Adventskranz mit roten Kerzen an der Decke. In der Eingangshalle war eine Krippe aufgestellt, Maria und Joseph knapp halb so groß wie Saskia, mit Ochs und Esel, Engel und echtem Stroh. Sas blieb in der Tür stehen und hielt den Atem an. Nicht ausatmen, dann löst sich alles auf, wie Luft. Es war so schön, so groß.

Es war das erste Mal, dass Sas und Sophie am Heiligen Abend in der Kirche saßen, Sophie krakeelte mit, obwohl sie weder Text noch Melodie kannte. Saskia bewegte ihre Lippen, aber stumm. Sie kannte nur die Schullieder, Schneeflöckchen und Kling Glöckchen, aber das alles hier nicht.

Sie presste das Gesangbuch zwischen ihre Hände. Als der Gottesdienst sich dem Ende zuneigte, stupste die Kaufmannsgroßmutter sie sacht in die Seite. Sie flüsterte: «Du musst aufstehen, Saskia.» Sas erhob sich, der Pastor sprach: «Der Herr lasse leuchten sein Angesicht über dir und sei dir gnädig, der Herr hebe sein Angesicht auf dich und gebe dir Frieden.» Beim Frieden schob Saskia das Buch unter den neuen Dufflecoat, den die Großmutter ihr am Jungfernstieg gekauft hatte, um den alten grünen Kinderparka zu ersetzen. Noch eine Straftat auf ihrem Konto, dabei war sie erst zehn. Abends lag Saskia im Bett und las die Liedtexte. «Da du noch nicht geboren warst, da bist du mir geboren.» Sie fragte nicht nach dem Sinn des Textes, Sinn war ihn zu beherrschen. Die Kaufmannsgroßmutter kam noch einmal ins Zimmer, Licht aus, Saskia. Sie stand am Bett, faltete die Hände und sprach, Vater, lass die Augen dein über meinem Bette sein. Als sie wieder rausging, hörte Saskia sie murmeln, die Mädchen können ja nichts dafür.

Die nächsten Jahre brachte Hans sie häufiger zu den Großeltern. Manchmal blieb er zum Kaffee. Über Meggie sprachen
sie nie.

*

«Liebe Frau Baumgartner,

ich hoffe sehr, dass Sie mit Ihrer Familie einen besinnlichen
ersten Advent feiern konnten. Sicherlich sind Sie neben Ihrem
Engagement in der Bürgerinitiative ganz mit den Vorbereitun-
gen für das Fest befasst. Dennoch erlaube ich mir, Sie zum
Weihnachtsessen von Restitutio einzuladen.

Es werden etwa zwölf Gäste da sein, also ein kleiner Kreis.
Zum Auftakt gibt es einen Denkanstoß zur gesellschaftlichen
Lage. Anschließend tauschen wir uns beim gemeinsamen Essen
aus.

Liebe Frau Baumgartner, es wäre mir eine Freude, wenn
Sie sich die Zeit nehmen würden, uns am 18. Dezember ab
20.00 Uhr Gesellschaft zu leisten. Die Adresse finden Sie auf
der Rückseite des Briefumschlags. Neben einem geistig anre-
genden Abend erwarten Sie Ente mit Rotkohl und ein wun-
derbares Dessert!

Kommen Sie?

Herzliche Grüße

Ihr Joachim von Wedekamp

PS: Antwort per Facebook reicht ganz aus!»

Auf der fein säuberlich beschriebenen Karte prangt ein Bild
von Caspar David Friedrich, Grabmale alter Helden.

Saskia zögert. Sie zeigt die Karte Christian, der die dunklen
Augenbrauen zum grau werdenden Haaransatz hochzieht.
«Was ist denn das für einer?

«Ich hab dir von ihm erzählt. Älterer Herr, sehr nett, enga-

giert sich in der Bürgerinitiative. Hat hier ein Wochenendhaus.»

«Klingt irgendwie retro.»

«Der hat halt Manieren. Ist das schlimm?»

«Nein. Aber was willst du da? Und du isst doch gar kein
Fleisch …»

«Was hat das damit zu tun? Komm, ist doch interessant. Du
gehst ständig zu irgendwelchen Essen.»

«Ist halt so – 19. Jahrhundert? Aber wenn du willst, geh hin.»
Sein Blick wandert wieder von ihr weg zum Tablet, und dann
doch noch mal hoch, jetzt grinst Christian schräg.

«Vielleicht solltest du dir noch passende Klamotten kaufen.
Oder zum Kostümverleih. Reifrock und so.»

Sas verdreht die Augen. «Du hast keine Ahnung. Reifrock
war viel früher. 18. Jahrhundert.»

Christian lacht jetzt. «Egal, irgend so was halt. Mit Korsett.
Sah bei unserer Hochzeit gut aus.»

«Das, Christian, war eine Korsage. Du hast wirklich null
Ahnung.»

Saskia lächelt jetzt auch. So war es am Anfang gewesen.

Christian legt das Tablet weg.

«Lass uns schlafen gehen.»

*

Zwei Wochen später steht Saskia im Hauseingang der großen,
weiß gestrichenen Villa im Westen von Hamburg, nicht weit
von der Bergmann'schen Villa entfernt. Kerzen brennen, dunkelrote Teppichläufer dämpfen die Schritte. Saskia ist wieder
das kleine Mädchen, das das Haus der Großeltern betritt, und
nicht weiß, wohin es gucken soll oder wohin es treten darf. Es
greift nach der Hand des Vaters, aber der bleibt in der Tür

stehen, hinter der abgeranzten Reisetasche für sie und Sophie verschanzt, auf dem Sprung, wohin und mit wem, weiß Saskia nicht. Die Kinder werden in der geordneten Erhabenheit der Kaufmannsvilla bleiben. Sophie flößt das keinen Respekt ein. Sie fragt, wo schlafen wir, und kaum hat die Großmutter «oben» gesagt, rennt sie mit den dreckigen Stiefeln die Treppe hoch. Saskia wird rot, als die Großmutter: «Keine Manieren, keine Manieren» murmelt. Aber dann wendet sie sich zu Sas, die noch im Eingang steht. Sie mustert sie von oben bis unten: «So lob ich mir das, Kind.» Jetzt lächelt sie, leicht nur, aber immerhin. Sie streckt die Hand aus und sagt: «Guten Tag, Saskia, willkommen. Schön, dass ihr mal länger bleibt. Da werden wir uns sicherlich ein bisschen besser kennenlernen können.»

«Willkommen!» Von Wedekamp reicht ihr die Hand, hilft ihr aus dem Mantel und hängt ihn in einen Garderobenschrank, schwer und dunkel, ein Familienerbstück, sagt Herr von Wedekamp. Er führt sie in den Speisesaal, wo die Vorstellungsrunde beginnt. Fast alle Gäste sind Männer mit grau meliertem Haar und dunklen Anzügen, nur von Wedekamps Frau ist noch dabei, klein und rund im schwarzen Kleid.

«Ich möchte Ihnen und euch Saskia Baumgartner vorstellen, Richterin, gerade Hausfrau und Mutter von zwei prächtigen Kindern.» Sagt von Wedekamp, obwohl er Julius und Johann noch nie gesehen hat. «Lassen Sie uns anfangen, liebe Freunde.» Von Wedekamp steht am Kopf der langen Tafel, mit Weiß- und Rotweingläsern, weißem Porzellan und Silberbesteck gedeckt. Welche Gabel, welches Messer, wann, was? Zu Hause war es egal gewesen, Nudeln mit den Händen essen, Teller ablecken, dabei waren ihre Eltern Apothekersohn und Kaufmannstochter. Aber die Revolution war auch eine Frage des Bestecks gewesen. Also hatte Saskia es bei den Kaufmannsgroßeltern lernen müssen, beim Tischdecken, beim Essen, nein, so ist es falsch, Saskia, das Messer nicht da, sondern da. Dann hatte sie es als Referendarin in einer Großkanzlei trainiert. Bei Geschäftsessen saß sie da, unter Anzugmännern und Kostümfrauen, sie selbst auch im Kostüm.

Weckamp setzt an.

«Liebe Freunde, dass ihr hier seid, ist mir eine Ehre. Ich freue mich sehr, als neuen Gast in unserer Mitte Saskia Baumgartner zu begrüßen. Schön, dass Sie hier sind. Darauf sollten wir das Glas heben – zum Wohl. Lasst mich, bevor wir mit dem Essen beginnen, ein paar Gedanken skizzieren zu dem, was mich – und ich glaube auch euch – umtreibt.»

Aber es ist keine Skizze, die er so dahinwirft, unfertig, suchend, veränderbar. Nein, er zeichnet mit festen Strichen ein Bild des Zerfalls. Beklebte Laternenpfähle, geschlossene Schulen, leer stehende Häuser, verkommene Orte, am Ende der Verlust von Zusammenhalt und Tradition. Das alles, weil die linke Elite Vielfalt, Gender und Minderheitenrechte über alles stelle. «Am besten sollten alle vegetarisch oder vegan sein, also gibt es nächstes Jahr Tofu-Ente, meine Lieben», sagt er. Da lachen alle um Saskia herum. «Das ist nicht Vielfalt, sondern Beliebigkeit, nicht Selbstverwirklichung, sondern Egoismus, nicht Minderheitenrechte, sondern Verachtung der Mehrheit, nicht Freiheit, sondern Zerstörung.»

Jedes Wort schlägt auf Saskia ein, meint sie, ihre Sekunden, Minuten, Stunden, ihre Tage, Monate, Jahre. Kein Entrinnen trotz aller Versuche, trotz weißem Kleid und goldenem Ring, trotz neu gebautem Haus und Zweitwagen, trotz Garage und Gartenzaun. Du bist das, wo du herkommst, Flatterröcke und Regentänze, gehen, wohin man will, alle anderen sind egal, auseinandergehen in guten wie in schlechten Zeiten, lieben, wie es einem beliebt, also ist Liebe Beliebigkeit. Ich du er sie, die Welt löst sich in Einzelteile auf, du dich auch: Herz, Niere,

Leber, Magen, Darm, dein Innerstes driftet auseinander. Hier, nimm doch ein Korsett, Stahl oder Fischbein, egal, Hauptsache, es hält und formt, die Riemen links und rechts, halte den Atem an, ich ziehe, so kommt zusammen, was zusammengehört, dichter sogar als zuvor, ich ziehe ganz fest, auch wenn sich eine Rippe in deine Leber bohrt, auch wenn dir schwindelig und schwarz vor Augen wird und du fällst, aber dann fällst du wenigstens als Stück und nicht in Einzelteilen. Hier gehörst du nicht her, Sas, du bist nicht, was sie wollen. Und willst du wirklich sein, was sie wollen, Sas? Sie müsste aufstehen, jetzt, sie müsste gehen, sofort. Blut ist eben doch dicker als Wasser, aber da schenkt ihr ein kahlköpfiger Herr Wasser und Wein nach und lächelt. Saskia flüstert: «Danke», während von Wedekamp weiterspricht von der globalen Elite, die arbeiten und leben könne, wo es ihr gefalle, andere müssten zusehen, wie ihre Firmen und Arbeitsplätze verschwinden.

Dann ist er bei den Flüchtlingen. Wobei, Flüchtlinge, nun ja, Migranten, und es seien eben nur die Stärksten, die kämen; die Schwachen, die Hilflosen ließen sie zurück. Er spricht von Burka, Frauen, Freiwild, von Paris, Nizza, Brüssel, alles nur ein bitterer Vorgeschmack auf den Terror, der zu erwarten sei. Der Staat müsse dringend die Wehrkraft zurückerlangen, zum Wohle des Volkes, dafür seien sie hier, restitutio, zum Wohl.

Von Wedekamp erhebt sein Glas und die anderen klatschen im Gleichtakt. Saskia zögert, hebt die Hände, klatscht vorsichtig mit. Aber sie stößt sich an von Wedekamps Worten. Er hat nicht recht, so nicht. Dass die Starken fliehen und die Schwachen bleiben, weil sie die Flucht nicht auf sich nehmen können, mangels Geld, mangels Kraft, stimmt, und es ist ungerecht. Dass es Nizza gab, Paris, den IS, stimmt, und es macht dir Angst. Und doch ist es falsch, was Herr von Wedekamp sagt und wie er es tut. Du siehst, wie er seinen Stoff webt, die

Muster alt, Fremdheit und Furcht, Nation und Niedergang. Dann hält er ihn dir entgegen, hier, hüll dich ein, ein Tuch aus Angst, es wärmt und hält.

Aber es ist nicht recht, das weißt du. Hans würde, ohne zu zögern, aufstehen, nicht aus Scham, sondern aus Wut, er würde die Stimme erheben, reaktionärer Schwachsinn sei das, dann würde er gehen, mit großen Schritten, fest am Boden, fest im Wissen.

Danach sehnst du dich gerade, nach seiner Entschlossenheit, Hans der Große. Aber du bist nicht Hans, und jetzt sitzt du hier. Bei Burkas und Niqabs zuckst du doch auch zusammen, wenn du sie mal siehst. Letzten Sommer in München: eine schwarz verhüllte Gestalt. Da bäumt es sich auf in dir. Du wirst wütend, seltsamerweise auch auf die Frau, die dir das Gesicht nicht zeigt, sie hinter schwarzem Tuch, du nackt. Warum nimmt sie das Wort des Mannes statt das der Freiheit? Warum nimmt sie die dicken Tücher nicht ab, hier dürfte sie es doch, nutze, was unser Recht gewährt.

Und ja, wenn du nachher mit dem Zug zurückfährst, wirst du doch wieder die Männer mit deinem Blick scannen, bei den Dunkelhaarigen mit Bärten wirst du die Rucksäcke mustern, du wirst überlegen, ob du Christian noch schreiben könntest oder ob dich die Explosion gleich in Millionen Teile zerreißen würde. Du wirst versuchen, deinen Rock über die Knie zu ziehen, aber dafür ist er zu kurz. Deshalb wirst du die Tasche auf den Schoß legen, du wirst sie automatisch festhalten. Du wirst dich an den Moment im Bus erinnern, als du im Gedränge der fremden Körper eine fremde Hand an deinem Oberschenkel spürtest. Da erstarrtest du, es war so eng, du konntest sie nicht wegschieben, die Körper standen dicht an dicht, keine Möglichkeit, dich umzusehen, du bist zwar groß, aber du warst eingesperrt. Als sich die Tür öffnete, sahst du inmitten der aus dem Bus strömenden Menge von fremden Körpern dunkle Locken und dunkles kurz geschorenes Haar. Du hörtest laute fremde Stimmen, und du ordnetest ohne Zeugenaussagen, ohne Nachweis der Schuld ebendiesen Männern die Hände auf dem Bein zu, nicht den anderen mit den hellen Haaren und der hellen Haut, die ebenfalls mit dir aus dem Bus ausstiegen. Auch dass es ein Versehen sein könnte, eine sich aus dem Gedränge ergebende unabsichtliche Berührung, schlossest du aus. Du wusstest, was du gelesen hattest, dass die Frauen in der Menschenmenge angemacht, begrapscht, vergewaltigt, beklaut worden waren, teilweise von Männern, die nicht von hier kamen. Das war zwar Silvester und woanders, nicht dein Leben, aber es machte das hier bloß Vermutete auf einmal wahr für dich.

Als du Christian davon erzähltest, an dem Abend im letzten Winter, strich Christian dir über den Rücken. Er fragte nach, was genau, wer, wie. Du versuchtest, zu beschreiben, was du gesehen und gespürt hattest. Aber als du sprachst, merktest du die Lücken, du erkanntest den Mangel an Beweisen, und Christian sagte, vielleicht hast du dich geirrt, Sas. Ja, vielleicht, sagtest du und versuchtest, die Angst zu verscheuchen, aber die blieb da einfach sitzen, fest und dreist. Als du im Frühjahr mit Sophie in Berlin warst, gemeinsam mit ihren Freundinnen, da dachtest du, du kannst es mal aussprechen, dieses Unwohlsein, du kannst es benennen, Frau unter Frauen. Sophie war für ein paar Tage in Deutschland, sie hatte gesagt, komm mit nach Berlin, Sas, wir machen uns ein lustiges Wochenende. Du hast das Hotel gebucht, das war gar nicht zu besprechen. Ihr seid durch die Stadt gezogen, erst zu zweit, es war das erste warme Wochenende. Ihr lagt im Tiergarten im Gras, Sophie erzählte von Pit. Der war neu, sie hatte sich in ihn verliebt, rechtzeitig bevor Jonas – der ausnehmend hübsche, ein paar Jahre jüngere Jonas, der irgendwas mit Musik machte, was genau, war Sas nicht klar – sich vielleicht entleiben konnte. So schlug man Brücken über Gräben, zugemüllt mit Taschentüchern. Ihr lagt im Gras und lachtet, dann gingt ihr essen, komm, und jetzt noch mit Freundinnen von mir was trinken, sagte Sophie. Ihr fuhrt nach Kreuzberg mit der U-Bahn, da war es eng, dein Kleid war kurz, es war so ein Busmoment, die Mitfahrenden sicherheitshalber mit den Blicken abtasten und sortieren, nach Hautfarbe, Haarfarbe, Bart.

Als ihr mit den Freundinnen, die Sophie aus der Zeit im Kunststudium kannte, in dem Restaurant hocktet, ein Wein nach dem anderen, kam das Gespräch auf das Thema Angst. Ihr machtet es reihum als Spiel: Sag, wovor du Angst hast. Die eine sagte, das grüne Monster, das immer hinter meinem Vorhang stand, als ich Kind war, ich zucke immer noch, wenn der Wind im Sommer die Vorhänge aufbläst. Alle lachten, kennen wir. Die andere hatte ihr erstes Kind bekommen, seitdem habe ich jede Nacht Angst, dass es aufhört zu atmen. Du lächeltest, ja, das kenne ich.

Als du an der Reihe warst, beschriebst du den Busmoment, beschriebst, wie sich die Bilder von den dunkelhaarigen, bärtigen Männern mit Bildern von dem achtzehn Jahre alten Mädchen verbinden, Große Strafkammer, stranguliert, dann die Leiche geschändet. Sophies Freundinnen hörten zu. Eine nickte stumm. Eine andere sagte ja, Angst, vergewaltigt zu werden, hat jede Frau. Ich auch. Aber so, wie du die da einteilst, das ist jetzt schon rassistisch, weiße Männer vergewaltigen hier Tag für Tag Frauen. Wer war denn der Täter da bei deinem Fall? Du sahst sie an. Ein Deutscher, 1,90 groß, aber so meine ich das nicht. Wir reden doch über Angst, und die, die hergekommen sind, sind doch ganz anders aufgewachsen, die schauen doch noch mal anders auf Frauen. Die andere sagte, das sei kein Grund, Menschen gleich zu Verbrechern zu erklären, so per se, weil sie so oder so aussehen. Das habe ich doch nicht, sagtest du. Da war Stille für einen Moment.

Sophie durchbrach sie. «Kommt, jeder hat Ängste, und Sas hat halt rassistische Ängste, also ein bisschen jedenfalls. Jemand noch 'nen Grappa? Lasst uns was anderes spielen.»

Im Taxi ins Hotel blickte Sas aus dem Fenster. «Ich bin also rassistisch, ja?»

Sophie sah aus dem anderen Fenster. «Na ja, Leute zu beurteilen, weil sie vielleicht so aussehen, als könnten sie aus Afghanistan oder sonst wo herkommen, geht schon ein bisschen in die Richtung, finde ich.»

«Ach, und du tust das nie, so richtig nie?»

«Nicht so.»

Sas schwieg. Sophie schwieg. Sas zahlte.

Ja, jetzt bist du hier und müsstest aufstehen, aber das traust du dich nicht. Und übrigens, du wolltest doch ein Korsett, hier ist der Stoff dafür, dicht und fest, nicht von Zweifeln durchlöchert, den nimm, der hält. Wenn es nicht passt, keine Sorge, dafür ist ein Korsett doch da, dass die Form passend gemacht wird.

Die Herren und Frau von Wedekamp erheben die Gläser, Saskia etwas verzögert. Eine Frau mit dunkler Haut und schwarzem Haar, schwarzem Kleid und weißer Schürze trägt nach und nach Platten rein, auf denen Berge von Kartoffelklößen, Rosenkohl und Rotkohl aufgetürmt sind. Dann kommen die Enten, zwei Stück, braun und kross, aus dem Ofen. Von Wedekamp setzt das Messer an und schneidet damit in den vor Fett glänzenden Tierkörper. Flügel, Schenkel, Brust verteilt er auf den Tellern. Saskia würde gern «nein» sagen, aber sie hört von Wedekamp, wie er das Wort «vegetarisch» ausspuckt, und sie hört das Besteck klappern, wohliges Murmeln erklingt im Raum.

Saskia sticht auf das Fleischstück vor sich, schiebt die Gabel in den Mund, das erste Stück Fleisch seit mehr als dreißig Jahren. Trocken ist es, Fäden bleiben zwischen ihren Zähnen hängen, sie will es ausspucken, aber die Kiefermuskeln sind die stärksten des Körpers. Saskia kaut und kaut und schluckt es runter.

Der Herr neben ihr erkundigt sich nach ihrer Arbeit als Richterin, er war selbst Richter. Bald reden sie über Verfahrensstau, Personalmangel bei Staatsanwaltschaft und Gerichten, Sas spricht schnell, sich türmende Akten vor den Augen, schlaflose Nächte in Erinnerung, auch wenn es lange her ist. Ja, pflichtet ihr der Herr bei, der Rechtsstaat drohe zu erodieren.

Beim Nachtisch setzt Herr von Wedekamp sich neben sie, erkundigt sich nach dem Verfahrensstand beim Windpark und fragt, wie sie Weihnachten feiert. Oh, wie schön, dass Sie Ihren Vater und Ihre Schwiegereltern einladen, und es tut mir leid, dass Ihre Mutter schon so früh gestorben ist. Er erzählt vom Tod seiner Mutter, das war erst vor ein paar Jahren, die Dame war zäh, hat vieles überstanden, aber den Krebs dann doch nicht. Fünfundneunzig ist sie geworden. Herr von Wedekamp lässt Saskia ein Taxi rufen.

VI.

Hans zieht den Gurt fest um den Bauch und lehnt sich zurück. Er schließt die Augen, atmet tief durch die Nase ein und durch den Mund wieder aus. Gleich wird sich die Maschine in Bewegung setzen, die Startbahn entlangrollen, sie wird vibrieren und beschleunigen; wenn sie abhebt, wird er wieder in den Sitz gedrückt werden, er wird seine Füße in den schwarzen Lederschuhen auf den Boden pressen und den Impuls unterdrücken, das Vaterunser zu sprechen, der ihn seit einiger Zeit, wenn er fliegt, überkommt.

Er schließt die Augen, und wie so oft in der letzten Zeit sieht er seine Mutter vor sich, steif der Körper, die Haut gelblich, die Wangen eingefallen, scharfe Linien, die sich von der Nase zum Mund ziehen, kalt die Hand, über die er streicht, so kalt. Sie lag aufgebahrt im Sarg, zu ihrer eigenen Beerdigung in Schwarz gekleidet. Andere Farben hatte sie nicht mehr getragen, seit sie den Vater eines Abends im Hinterzimmer der Apotheke in seinem eigenen Blut gefunden hatte. Der Schmerz in der Brust musste ihn überrascht haben. Er musste sich gekrümmt, nach etwas zum Halten getastet haben, aber mit seiner Holzprothese hatte er sich nicht am Schrank festhalten können. Im Fallen war er mit der Schläfe gegen die Schrankecke gestoßen. Das war an einem Mittwochnachmittag gewesen, an dem die Apotheke geschlossen gewesen war und Friedhelm freigehabt hatte und er selbst die Zeit für die Buchhaltung genutzt hatte. So hatte der Vater Stunden dagelegen, ohne Bewusstsein, dafür mit fließendem Blut. So bekam Gott am Ende doch den ganzen Mann, die Hand hatte er ja schon.

Die Mutter hatte es schweigend wie immer hingenommen. Aber etwas hatte sich in ihr aufgebäumt, und zum ersten Mal trotzte sie dem Herrn. Sie stand weiter wie gewohnt morgens auf, wusch sich, kleidete sich an, machte Kaffee für zwei und deckte den Tisch für zwei. Sie kochte Mittagessen für zwei und schmierte zum Abend Graubrot für zwei, belegte es mit Schinken und Fleischwurst und schenkte Apfelmost und süßen Sprudel ein für zwei. Und wenn Friedhelm sonntags mit seiner Frau Irmgard und dem kleinen Peter kam, standen fünf Teller auf dem Tisch; als Hans einmal aus Hamburg zu Besuch war, waren es sechs.

Peter, gerade vier geworden, gab stolz seine Zählkünste preis und sagte:

«Da san sechs Teller, aber mir san doch nur fünf.»

Die Mutter antwortete leise und bestimmt. «Der isch für den Vadder.»

«Aber der isch doch tot», rief der Peter.

Die Mundwinkel der Mutter zuckten. Um dieses Zucken zu unterbinden, holte Friedhelm aus und schlug dem Kind ins Gesicht. Da schrie Peter, streckte die Arme nach seiner Mutter aus, Irmgard hob ihn hoch, trug ihn raus, kein Blick, kein Wort zu Friedhelm dem Stillen. Noch nie hatte Friedhelm seinen Jungen geschlagen. Und Hans, Vorkämpfer für Freiheit und Gerechtigkeit, gegen Gewalt und Autorität, sah auf die weiße Tischdecke hinunter, auf der das Wasser aus dem umgestürzten Glas eine Lache bildete.

Das Sterben der Mutter vollzog sich langsamer als das des Vaters. Der Krebs wucherte leise in ihrem Körper, auf die wenigen Laute, die von ihm herrühren mochten, hörte die Mutter nicht. Als er so laut wurde, dass Friedhelm sie zum Arzt schickte, hatte sich die Krankheit schon überall festgesetzt. Der ältere Sohn half ihr mit Schmerzmitteln, die die Ärzte nicht verschreiben wollten. Der jüngere ließ sich einmal blicken, versprach ein baldiges nächstes Mal, aber der Frühling und der Sommer lockten ihn wohl woandershin als in die schwäbische Kleinstadt.

Von Hans hatte Friedhelm eine Telefonnummer im fernen Hamburg, aber da meldete sich nur eine junge Männerstimme, laute Musik im Hintergrund.

«Der wohnt hier nicht mehr.»

«Wo kann ich den Hans denn erreichen, bitte?»

«Weiß ich nicht …»

«Unsere Mutter ist gestorben.»

«Ah.» Und nach einigem Zögern rief die junge Männerstimme in die laute Musik hinein:

«Annette, bei wem wohnt Hans jetzt noch mal?»

Und er gab Friedhelm eine andere Nummer – «da kannst du es mal versuchen.»

«Ich danke Ihnen.»

Es folgten zwei weitere Telefonate, bis Friedhelm die richtige Nummer hatte. Aber er konnte den Bruder nicht erreichen.

*

Als Hans tief in der Nacht in seine WG zurückkam, fand er einen Zettel auf seiner Türschwelle. Es standen nur wenige Worte darauf, Hans las sie im Schein einer kleinen Nachttischlampe, auf der Kante seiner Matratze sitzend. Er legte sich auf den Rücken, starrte nach oben und versuchte, sich das Pulsieren seines eigenen Körpers in Erinnerung zu rufen, die Wärme der ineinander verschlungenen, einander verschlingenden Körper, als er vor wenigen Stunden doch noch mal Monika gehalten hatte, obwohl ihn der Meggie-Duft schon eingenommen hatte. Aber jetzt war da nur die weiße Decke, die Poster an den Wänden, Bücherstapel in den Ecken. Hans lag da, bis die Sonne aufging. Er war achtundzwanzig Jahre alt. Elternlos.

Wenige Tage später schritten Hans, sein Bruder, sein Cousin, den er seit acht Jahren nicht gesehen hatte, und drei weitere Sargträger die Stufen der Kirchentreppe hinunter zum Friedhof. Schweiß lief Hans über den Rücken, das weiße Hemd, das schwarze Jackett klebten ihm am Körper. Er trug den Anzug seines Vaters. Einen eigenen Anzug besaß Hans schon aus Überzeugung nicht. Aus Überzeugung ließ er auch die Krawatte weg und trug die langen Haare offen. Sie klebten ihm im Nacken.

Die Spätsommerhitze glühte, und die Totenglocken läuteten, während die Bauern auf den Feldern rund um die Kleinstadt ihre Ernte einfuhren. Gott, dem sie gerade so ausgiebig gedankt hatten, war nichts als ein Bauer, der Leben schnitt, und sein Himmel nichts anderes als ein Silo, in dem sich Millionen, Milliarden, Abermilliarden von toten Körpern stapelten. Und ihm sang man das Halleluja. Hans hätte kotzen können. Aber er blieb im Gleichschritt mit den fünf anderen Männern und setzte den Sarg auf ein leises Kommando hin am Grab ab.

«Eberhard Bräuninger – 1902–1969» stand auf dem Grabstein, daneben «Luise Bräuninger – 1939–1945», bald würde der Name der Mutter eingemeißelt werden. Friedhelm stand vor dem Loch, die Schaufel voller Erde und in den Augen Tränen.

Gleich nach dem Leichenschmaus packte Hans seinen Rucksack. Er hatte neben den Trauernden gesessen, die Kaffee und Kuchen verzehrten. Sie hatten ihn nach seinem Beruf, seinem Auskommen, seinen Haaren gefragt, nach Frau und bald doch hoffentlich Kindern, ob er denn nicht zurückkommen wolle, ein Häusle bauen, oben im Neubaug'biet am Hang seien scheene Grundstücke mit Blick aufs Tal, weit sei's net in die Stadt, und außer der Kanzlei vom Eberle tät man einen Anwalt brauche, wär des net äbbes die Apotheke Bräuninger und die Kanzlei Bräuninger im Städtle? Des proschperiert so, und man müsse im Läbe doch äbbes werden.

Sonst sprachen die Frauen über die beginnende Gicht, die Enkelkinder und die Unzulänglichkeiter der Schwiegertochter. Die Männer waren dann doch irgendwann bei der Politik, der Nixon zurückgetreten, und des mit dem Brandt war doch auch g'rad erscht, des war ja net überraschend, dass da so a Spion an seiner Seit war, der Brandt, des isch ein Emigrant, dem koascht du doch net traue, der hat ja net so g'kämpft, weischt, Hans, dei Vadder, der isch et weggloffe, der het's Land verteidigt. Als Hans dann nicht anders konnte, als zu fragen, was das denn für ein Land g'wese sei, des der Vadder verteidigt hätt, doch des vom Hitler, da sahen sie ihn wieder an: Junge, jetzt, jetzt wissen wir ja, was der g'macht het, au mit ons, aber damals, du hascht da ja net gläbt, du koscht des doch net beurteile.

Hans hatte es hundertmal gehört, hundertmal war er aufgesprungen, hatte Stühle umgeworfen, jetzt aber saß er da, den Löffel im von Sahne geweißten Kaffee, der rührte, der zog immer schneller seine Kreise, Silber klirrte gegen Porzellan mit Goldrand, und das Klirren sagte: Trauerfeier, Trauerfeier, Trauerfeier. Hans atmete ein und lang aus, sie redeten weiter von der Gicht und wie schee die Rede vom Pfarrer g'wese sei. Da gab Hans das Rühren auf, einmal noch Löffel gegen Tasse. Er stellte die Ellenbogen auf, stützte das Kinn auf seine übereinandergelegten Hände und presste den Mund auf den Knöchel des Mittelfingers. Es widerte ihn an. Aber Hans blieb sitzen.

Am Nachmittag schüttelte er Hände, auch die von Friedhelm und seiner Irmgard, und verließ das Wirtshaus, allein. Nur das Peterle kam hinterhergerannt, sieben war es jetzt, dunkelhaarig und sommersprossig. Peter legte seine Hand in die des Onkels und lief mit ihm bis zum weiß getünchten Elternhaus.

«Wo gescht denn hi?», fragte der Peter.

«Muss zurück zur Arbeit», sagte Hans, geraden Rückens beim Lügen.

«Wo isch dei G'schäft?»

«In Hamburg. Im Norden.»

«Isch des am Meer?»

«Fast. An einem Fluss, der ist der Eingang zum Meer.» Hans erzählte vom Hafen, den großen Frachtschiffen mit vielen Containern, und wie sie hupen. Peter saß auf der Fensterbank, während Hans Anzughose und Hemd gegen Jeans und T-Shirt eintauschte und seine Sachen in den Rucksack stopfte.

«Können wir da mal zusammen drauf fahren?», fragte das Peterle.

«Ja, sicher», sagte Hans.

«Kommscht bald wieder und nimmscht mi mit?», fragte der Junge, und Hans sah Tränen in seinen Augen.

«Ja, sicher», sagte Hans. Er strubbelte dem Jungen durchs Haar.

Zur Testamentseröffnung erschien Hans nicht. Das halbe weiß getünchte Haus, die Hälfte der blauen, inzwischen abgeblätterten Fensterläden, der weißen Damastbettwäsche mit eingewebten Blumen, der halbe Eichenschrank, das halbe Buffet und die halbe Wärmflasche aus Messing gehörten dennoch ihm. Friedhelm wohnte mit Peter und Irmgard in einer Neubausiedlung und überwies Hans den ihm zustehenden Teil an der Miete fürs Elternhaus und einen genau berechneten Anteil an den Einkünften der Apotheke, stets pünktlich und ohne Worte. Inhaber der Apotheke war jetzt Friedhelm.

Hans blickt von oben auf die Wolkenschicht. Wenn das Flugzeug fällt, wird der Tod weich sein, eingebettet in Milliarden von Wassertröpfchen, nicht Staub zu Staub, sondern Wasser zu Wasser. Sterben, bevor der Körper vertrocknet.

Es gab das Hochzeitsfoto, auf dem die Mutter lächelte, sogar die Augen lächelten. Groß war sie, die Haare zum Kranz geflochten, sie hatte sich Blumen hineingesteckt, 30. August 1937 stand auf der Rückseite des Fotos. Ob sie bei der Hochzeit getanzt hatten, der Vater mit der einen Hand in ihrem Rücken, die andere fest um die seiner Braut geschlossen?

Abgesehen von dem Foto hatte sie in Hans' Erinnerung nur ein einziges Mal gelacht. Er war an ihrer Hand zum Bäcker gelaufen, als ein kleines Mädchen aus einem Hauseingang gesprungen war. Es hüpfte auf sie zu, die Knie riss es hoch, das Kleid flog, die dunklen Zöpfe ebenso, es trällerte, und trällernd stolperte es in die Arme von Hans' Mutter. Sie fing es auf, lachte, hielt es für einen Moment fest und strich dem Kind über den Kopf. Dann fiel ein Schatten auf das Lachen, und sie ließ das Kind los, das pfeifend weiterhüpfte.

Daran denkt Hans erst jetzt wieder, im Flugzeug, irgendwo über Deutschland, mehr als sechzig Jahre danach, und zum ersten Mal ahnt er, wen die Mutter in dem Mädchen gesehen hatte. Die Mutter. Katharina Bräuninger, 1910 bis 1974.

*

Als sich die Maschine Hamburg nähert, klart der Himmel auf. Die Elbe zieht sich breit durch die Landschaft und teilt die Stadt in Hamburg und den südlichen Rest, alles gestochen scharf in strahlender Dezembersonne. Hans wendet den Blick ab, klappt den Laptop auf dem Tischchen vor sich zu.

Er spürt die Anspannung vor dem Landen, die Erleichterung, als die Räder aufsetzen, jetzt stört ihn das Ruckeln des Flugzeugs nicht mehr. Beim Aufstehen stößt er mit dem Kopf gegen das Gepäckfach, mit einem Griff holt er seinen Handgepäck-Koffer heraus, zieht seinen Anzug glatt, nur Krawatten trägt Hans noch immer nicht.

Mit der S-Bahn fährt er in die Stadt, Umsteigen zur Hafencity, wo man ihn in einem der neuen Gebäude, verklinkerte Fassade mit viel Glas, begrüßt. Dr. Bräuninger, wie schön, hatten Sie eine gute Reise? Möchten Sie etwas trinken? Bleiben Sie anschließend noch zu einem Glas Prosecco? Wir rufen Ihnen gern ein Taxi zum Hotel, sagt die Frau von der Stiftung, die ihn eingeladen hat, damit er über die Ungerechtigkeit des globalen Kapitalismus spricht. Es gibt belegte Schnittchen, mit Mozzarella, Avocado-Creme, Ziegenfrischkäse mit Feigen. Das Publikum ist bürgerlich, viele in seinem Alter, aber auch junge Leute, einer trägt ein Che-Guevara-Shirt.

Hans steht auf dem Podium vor dem Rednerpult. Er beginnt mit dem Novembermorgen vor einigen Wochen, als alle beim Erwachen von einem Schauder erfasst wurden, weil das Undenkbare Wirklichkeit und Trump Präsident geworden war; dabei hätte es nach Bush I und Bush II nicht schlimmer kommen können, hatte man gedacht. Aber nun eben Orbán, Kaczyński, Trump, Le Pen vielleicht bald Frankreichs Präsidentin – Islamfeinde, Ausländerfeinde, Europafeinde auf dem Vormarsch.

«Sie alle sagen, der Staat hat versagt. Aber – haben sie nicht recht?»

Hans sieht das Zucken in den Gesichtern, hört ein Murmeln. Er lächelt.

«Haben sie nicht recht?», wiederholt er und legt los, spricht von einem Staat, der sich zum Erfüllungsgehilfen, ja Befehlsempfänger der Wirtschaft gemacht habe, der zulasse, dass die Armen ärmer und die Reichen reicher würden. Hans beschreibt Finanzströme, Steuermodelle, die zum Austricksen angelegt seien; er kenne sie alle, er kenne das System von innen.

Ja, Hans hatte in Frankfurt bei einer Großbank angefangen, um die Mechanismen der Ungerechtigkeit aus eigener Anschauung kennenzulernen. Zur Wahrheit gehörte auch, dass die angesparten halben Einnahmen aus der Vermietung des Elternhauses zwar für seine Promotion im Wirtschaftsrecht gereicht hatten, aber als Meggie ging und ihr Gehalt als Lehrerin an einem altsprachlichen Gymnasium in der Stadt wegfiel, sich die WG im großen, gelben Haus auf dem Land auflöste, wurde es knapper für Hans allein mit seinen beiden Töchtern.

Ruth und Georg beschlossen, nach Hamburg zu ziehen, auch mal Familie ausprobieren, Vater, Mutter, Kind, so war es am Ende vielleicht doch besser nach allem, sagten sie. Hans zog mit Sas und Sophie auch nach Hamburg, in eine eigene Wohnung, und stieg wieder ein in die kleine Kanzlei, enge Räume nahe der Hafenstraße. Die kleinen Honorare für die Verteidigung von Staatswiderständlern, die Häuser besetzten oder sich aus Unwillen gegen die Atomkraftwerke an Gleise gekettet hatten, waren nicht genug zum Leben in einer Großstadt. So unterschrieb er, Dr. jur., einen Vertrag bei der großen Bank und zog nach knapp einem Jahr mit Saskia und Sophie weiter nach Frankfurt.

Plötzlich verdiente Hans Geld, etwas mehr als vierzig Jahre alt. Erstmals bügelte er Hemden. Er reihte sich ein in die Herde: morgens im Anzug raus aus der U-Bahn, die Treppenstufen hoch, hinein in eines der Hochhäuser in dieser einzigen Wolkenkratzerstadt des Landes. Wenn er sich selbst sah, wunderte er sich, und um die Verwunderung zu mildern, ließ er zwei Hemdknöpfe offen statt einem, statt einer schwarzen Ledertasche nahm er den Rucksack, auch wenn die Dame am Empfang ihn schief anschaute.

Er war allein mit den Mädchen, das sah die Welt so nicht vor: ein Vater mit zwei Töchtern und ohne Frau. Die einen schüttelten den Kopf, die anderen warfen ihm mitleidige Blicke zu. Beides genoss er, wenigstens da schwamm er noch gegen den Strom.

Die unabgewaschenen Teller und Töpfe, der Staub auf den Regalen waren somit Ausdruck seiner männlichen Emanzipation. Bald fing Saskia an, die Geschirr- und Wäscheberge abzubauen, die Küche zu fegen, Socken zu rollen, damit Sophie nicht zwei verschiedene trug und sie selbst auch nicht. Sie schrieb Hans Zettel, wenn er abends erst spät nach Hause kam, von der Arbeit oder anderswoher «Hallo Hans, hattest Du einen schönen Abend? Ich habe Milch und Brot und Käse gekauft, es fehlen noch Staubsaugerbeutel. Kannst Du Geld für die Klassenfahrt bezahlen? Sophie fährt an die Nordsee, die Zettel da musst Du unterschreiben. Heute habe ich mit Sophie Mathe geübt, sie hatte wieder eine Vier.» Neben der Nachricht lagen zerknitterte Zettel aus der Schule, wo Saskia schon «Sophie Bräuninger» und das Datum eingetragen hatte. Nur bei «Unterschrift des Erziehungsberechtigten» stand noch nichts, der Stift lag daneben. Hans nahm ihn und unterschrieb.

Neben den Zetteln stand ein Teller, mit einer schief abgeschnittenen Scheibe Brot und Käse darauf. Wenn er dann nach ihnen sah, lag Sophie in Saskias Bett, im Arm der großen Schwester, die Decke lag quer. Manchmal war Sas noch wach, legte den Finger an die Lippen, scht, Hans.

Und manchmal saß Hans dann auf dem Balkon, rauchte eine Zigarette, den Kopf an die Steinwand gelehnt. So war es doch nicht vorgesehen für ein Kind.

Nun beugt Hans sich vor, die Hände auf das Rednerpult gestützt. «Und wenn die einen sagen, Steuern einnehmen sei die Kleptokratie des Staates, sage ich: Die Konzerne sind die Kleptokraten. Sie bestehlen die Allgemeinheit.» Es werde Zeit, dass die Politik die Grenzen zöge, entschieden und konsequent. Hans hört den Applaus, atmet durch und lächelt. Mit dem Großen und Allgemeinen, da kennt Hans sich aus.

VII.

Am nächsten Tag fährt Hans mit dem Zug in die mittelgroße Stadt. Saskia hatte ihm nicht angeboten, ihn mit dem Auto abzuholen, und Hans hatte sie nicht darum gebeten. Also wartet er am Bahnhof eine halbe Stunde auf den Bus. Dann läuft er durch den Ort, der einmal ein Dorf gewesen ist. Sein großer, schwerer Reiserucksack, der mehrfach gerissen und mehrfach von Ruth geflickt worden ist, lastet auf seinen Schultern. Ab und an bleibt Hans stehen, er, den der Staat der Statur und Sportlichkeit wegen zu seiner Verteidigung aufgerufen hatte, krümmt sich, muss Luft holen, sich festhalten am Zaun, bis der Schwindel vorbei ist. Graue Haarsträhnen fallen aus dem Pferdeschwanz raus, Hans streicht sie zurück – eine Bewegung, die für ihn fast so selbstverständlich ist wie das Atmen.

Transparente mit der Aufschrift «Kein Windpark» stehen vor mehreren Häusern, alles sieht für Hans gleich aus, mehrmals fragt er nach dem Weg. Dann steht er vor einem kleinen, alten Backsteinhaus, das Gras im Vorgarten steht hoch und das Gartentor halb offen, Lack platzt von den Fensterrahmen ab. Sandeimer, Schaufel und Backförmchen liegen auf dem Pfad zum Haus verstreut und Gummistiefel in verschiedenen Größen kreuz und quer vor der Tür. An der Tür hängt ein Klopfer aus Messing. Hans zögert. Er hat Saskia noch nie hier besucht. Seit sie mit Christian und den Kindern aus Hamburg weggezogen ist, hat Hans sie nur in seiner Münchner Wohnung gesehen, wohin sie zum Kaffee, aber nie zum Übernachten kam.

Jetzt klopft Hans, und plötzlich freut er sich – auf sein kleines Mädchen, das lachend auf der Holzschaukel sitzt, die lan-

gen, mageren Beine nackt, nur eine rote kurze Hose, aufgesto-
ßene Knie mit Wundschorf, die kurzen Haare flattern. Er ruft:
«Spring, spring!», und es zögert, traut sich nicht, doch dann –
endlich – lässt es die Schaukel los, fliegt, landet im Sand, Sas
lacht. Hans ist bei ihr, hebt sie hoch, bis auf die Höhe seines
Gesichts, Sas ruft, «höher, höher», er streckt die Arme in den
Himmel, hält sie über seinen Kopf, dreht sich mit ihr, bleibt
stehen. «Jetzt kannst du mir auf den Kopf spucken», ruft er
hoch, und sie spuckt, ja, sie spuckt wirklich. Sie lachen beide.
Hans lässt sie ein Stück runter, zieht Sas zu sich heran, drückt
sie an sich, riecht an ihrem Haar. Vier war sie, gerade Schwester geworden, es war Hans- und Sas-Zeit, weil Meggie das Baby
stillte. Die Schaukel hing am alten Apfelbaum. Sie knarrte beim
Schwingen.

Ein großer Mann öffnet. Hans kann ihm direkt in die Augen
sehen. Das passiert ihm selten.

«Moin», donnert die Stimme.

«Äh – grüß Gott, moin», sagt Hans, dem einfällt, dass seine
Tochter und Christian neu gebaut haben, dass es also nicht so
sein kann, wie er für einen Moment geglaubt hatte. «Ich will
eigentlich zu Sas. Also Saskia. Baumgartner. Ich bin ihr
Vater.»

Die Donnerstimme lacht.

«Saskia? Klar, da hinter unserm Haus. Am besten einmal
durch unsern Garten, sonst musst du wieder die Straße zurück
und ganz rum. Komm.»

Der Hüne läuft voraus, durch das dezembernasse Gras.
Hans sieht erst jetzt, dass er barfuß ist.

«Hah, so bin ich auch mal rumgelaufen. Hab versucht, ein
Jahr ohne Schuhe zu schaffen. Habe dann aber vor Weihnachten aufgegeben.»

Der Hüne dreht sich um und grinst. «Ich merk das nicht

mehr, wenn ich so loslaufe. Mir ist nie kalt. Ich bin übrigens Markus.»

Markus streckt die Hand aus, Hans schlägt ein. «Hans.»

«Sieht nach weiter Reise aus.»

«Frankreich, Périgord.» Und weil Hans weiß, dass das nach Großkapital klingt, Swimmingpool und SUV, sagt er: «Das Haus gehört unserer alten kleinen Kommune. Wir haben damals alle zusammengeschmissen. War 'ne halbe Ruine, kein warmes Wasser und so. Es kommen immer noch alle hin. Ein großartiger Ort für Kinder – und fürs Barfußlaufen.» Jetzt grinst Hans.

Schon sind sie drüben auf der Terrasse aus poliertem Estrich. Markus hämmert gegen die Glastür. Hans erkennt nur schemenhaft eine große Frau, die sich auf sie zubewegt, öffnet, ansetzt, etwas zu sagen, die Worte wieder herunterschluckt, nach neuen sucht.

«Hab dir jemanden mitgebracht.» Markus lacht.

«Hallo, Hans.»

«Hei, Sas.»

«Johann, Julius, Opa Hans ist da!»

«Was? Du nennst mich Opa Hans?» Aber da stürmen schon zwei kleine Jungen auf ihn zu, springen an ihm hoch. «Opa Hans, Opa Hans!»

Saskia blickt zu ihnen hin, dann zu Markus, der mit verschränkten Armen in der Tür lehnt, breitschultriger als der Vater. Markus erwidert ihren Blick.

«Spielst du mit uns Fußball? Mama, können wir mit Opa Hans Fußball spielen, bitte!»

Saskia zögert.

«Lasst Opa Hans doch erst mal ankommen, er ist sicher erschöpft.»

«Wenn du ‹Opa Hans› sagst, dann bin ich erschöpft», sagt

113

Hans. Er lacht, das junge Leben springt an seinen Armen empor, der Sechsjährige auf der einen und der Achtjährige auf der anderen Seite.

«Mama, Mama, bitte!», rufen die Jungs. Markus grinst.

Saskia atmet ein, aus, lächelt, jetzt ohne langes Suchen.

«Okay. Aber zieht euch Schuhe an. Und Mützen und Handschuhe. Und wenn es dunkel wird, seid ihr zurück. Um halb fünf.»

«Wir kommen mit», sagt Markus. «Holt uns gleich ab.»

«Halb fünf – pünktlich», ruft Saskia.

Markus ist mit wenigen Schritten am Gartentor und schwingt das Bein darüber. Kurz darauf laufen zwei Männer mit fünf Kindern zum Fußballplatz, bei neun Grad und bewölktem Himmel, Saskias Jungen in dunkelblauen, frisch gewaschenen Steppjacken, Mütze, Schal und Handschuhen, die anderen Kinder mit offenen Strickjacken und zotteligem, dunklem Haar.

*

Hans hat seinen Rucksack die Treppe hochgetragen, er schläft in Johanns Zimmer. Im Gästezimmer übernachten Christians Eltern. Christian wird erst um neun mit ihnen kommen, ihr Flugzeug aus München landet spät. Die Kinder werden dann schon schlafen, die Erwachsenen werden zusammen einen Wein trinken, Erika und Ludwig, Christian und sie, ja, und Hans.

Weihnachten hatte Sas sich von ihrer Schwiegermutter abgeguckt. Als sie das erste Mal bei ihnen feierte, nahm sie alles in sich auf: den Herrnhuter Stern unter dem Vordach des Hauseingangs, den mit Tannenzweigen geschmückten Flur, die säuberlich gefalteten gelben Sterne aus Transparentpapier an den Fenstern, die große Nordmanntanne, die Keksplatten, das «O du fröhliche» am Flügel, gespielt von Ludwig, begleitet von Christian auf der Bratsche, seinem älteren Bruder auf der Geige und seiner älteren Schwester auf der Querflöte. Die Männer trugen Anzug, die Frauen Kleider und glitzernden Schmuck.

Saskia übernahm das Arrangement. Ein Klavier musste her für das neue Haus, für Julius. Gebastelte Sterne und Tannenzweige folgten. Nur vom Gänsebraten hielt sie Abstand; es war Erika, die das tote Tier wusch, ihm den Bauch aufschnitt, Gänseleber, Gänseherz, Gänsemagen entfernte und dafür Zwiebeln, Äpfel, Maronen hineinsteckte, während Saskia Glaskugeln aus einem Karton holte, gegen das Licht hielt, um sie auf Staubschimmer zu prüfen, ein weiches Tuch nahm, polierte, prüfte, polierte.

Christian ließ Saskia gewähren, die Gestaltung von Festen war mütterliche Angelegenheit gewesen, so hatte er es gelernt und nie infrage gestellt. Nur als Sas für die Kinder das Christkind einführte, lachte Christian sie aus, nannte sie seine Vorzeigebayerin, sie rieb ihm ihre drei Jahre in München unter die Nase. Da hätten sie sich schon begegnen können, aber dann war es doch Hamburg geworden, wo sie sich kennenlernten. Ihn hatte die Promotion dorthin getrieben, sie die Zentrale Vergabestelle für Studienplätze.

Doch als Christian meinte, dass die Kinder vielleicht komisch angeguckt werden könnten, weil das Christkind doch die Ausnahme und der Weihnachtsmann die Regel sei, da, wo sie lebten, stellte Saskia alles wieder um. Sie erzählte vom Mann mit Bart und rotem Mantel, woraufhin Johann im Kindergarten berichtete, zu ihm komme an Weihnachten der Christmann. Die anderen Kinder lachten, aber Johann beharrte auf seinem Recht: Christmann, bei uns kommt der Christmann, nicht der Weihnachtsmann. Davon erzählte die Erzieherin lachend und strich Johann übers Haar. Auch Saskia lächelte, aber sie verschränkte ihre Hände ineinander, ihre Fingernägel gruben sich ins Fleisch, die roten Abdrücke auf den Innenseiten der Finger waren noch zu sehen, als sie die Tür zum Auto zugeschlagen hatte. Noch immer machte sie es falsch.

Jetzt schließt Saskia die Haustür und räumt die Hausschuhe der Kinder in den weißen Schuhschrank. Sie zieht einen Zettel aus ihrer Jeanstasche, eine lange Liste, sie muss noch Staub wischen, aus dem Keller den Weihnachtsbaumständer holen, die Decke, den Karton mit Schmuck, sie muss das Bett für Erika und Ludwig beziehen, Handtücher, kleine Seifenstückchen und Marzipansterne auf den Kopfkissen zurechtlegen, Blumen in die Vase auf den Nachttisch stellen, so macht Erika es ja auch, wenn sie kommen. Bei Erika sieht es immer so leicht aus, Saskia aber muss sich mühen, nichts zu vergessen, die Handtücher ordentlich zu falten, den Puderzucker gleichmäßig auf den Plätzchen zu verteilen.

Sie wirbelt und eilt, faltet und saugt, bügelt und rückt zurecht. Es wird dunkel, das Shirt hat Schmutzflecken. Von Hans und den Jungs keine Spur. Halb fünf, Viertel vor fünf, fünf, Viertel nach fünf, kein Hans, kein Johann, kein Julius. Regentropfen prallen jetzt gegen die Fensterscheiben und werden zu kleinen Rinnsalen. Saskia wusste es, Hans kommt immer zu spät, kein Fels in der Brandung, sondern nur Sand, der einem durch die Finger rinnt.

*

Um halb sechs schlüpft Saskia in ihre Stiefel, wirft einen Mantel über, läuft durch Straßen im Regen zum Fußballplatz, leer liegt er im Dunkeln da, genauso der Spielplatz. Sie läuft zurück, sieht Licht bei Markus, nähert sich dem Haus, laute Musik dringt nach draußen. Sie klopft an die Tür, einmal, zweimal, drei-, vier-, fünf-, zehnmal, aber die Musik ist zu laut, niemand kommt an die Tür. Sie läuft um das Haus herum und sieht durch die große Terrassentür in die Küche, die ins Wohn- und Esszimmer übergeht.

Auf der Arbeitsplatte stehen Bierflaschen, Markus hält seine E-Gitarre, die Haare hängen ihm ins Gesicht, Hans hat ein Mikrofon, seine Haare fallen ihm über die Schultern, er singt. Die Kinder sind in Unterhemd und barfuß, bewerfen einander mit Kissen, klettern aufs Sofa und weiter auf die Lehne, springen herunter, kreischen. Das glaubt Saskia jedenfalls, sie sieht die geöffneten Münder, aber die Musik ist lauter als jedes Kindergeschrei. Saskia trommelt an die Glastür, bis Johann sie sieht und angehüpft kommt.

Saskia bleibt im Eingang stehen, regennass das Haar, der Mantel, die Schuhe, der Mund offen.

«Mensch, mach die Tür zu, es zieht», ruft Hans durchs Mikro, als er sie sieht. Er lacht.

Markus blickt auf, spielt noch drei Akkorde, lässt dann die Gitarre sinken.

«Du bist ja ganz nass. Regnet es?»

Saskia blickt an ihm vorbei zu Hans.

«Wo bleibt ihr denn?» Man kann auch ohne «sch»-Laute zischen.

«Komm rein, Bier oder Wein?», fragt Markus.

«Ihr solltet um halb fünf zu Hause sein.»

«Kannst auch 'nen Grog haben. Hilft gegen die Nässe.»

«Das war vor mehr als einer Stunde.»

«Zieh erst mal die Schuhe aus, du brauchst trockene Strümpfe.»

Markus ist mit ein paar Schritten im Flur und kommt mit

einem grau-beigen und einem blauen, löchrigen Wollstrumpf zurück, drückt sie ihr in die Hand und schließt die Terrassentür hinter Saskia.

«Den Mantel kannst du einfach hier hinwerfen. Also: Was trinkst du jetzt?»

«Meine Schwiegereltern kommen heute Abend, Hans.»

«Grog.» Markus zündet den Gasherd an, füllt Wasser in einen Topf, holt Zucker und Rum. Saskia sieht zu Hans hinüber, der Miriam an den Beinen gepackt hat und sie kopfüber zwischen seinen langen Beinen hin- und herschaukeln lässt. Beim nächsten Mal wird er Schwung holen, sie hoch in die Luft werfen, fast bis zur Decke, und sie dann auffangen. Er wird sie über seinen Kopf gestemmt halten und zu ihr hochsehen.

So hat Hans damals zu Saskia hochgeschaut und sie hinab auf sein dunkles Haar, dann sagte er: «Jetzt kannst du mir auf den Kopf spucken.» Saskia zögerte. Aber dann sammelte sie Speichel und spuckte. Hans ließ Saskia ein wenig sinken, hielt sie nur mit einem Arm und wischte sich mit dem anderen das Gesicht trocken.

«Bäh. Das waren Liter.»

Er verzog Augen, Nase, Mund und lachte.

«Noch mal?», fragte das Mädchen.

«Bloß nicht.»

Das Mädchen vergrub sein Gesicht in der Halsbeuge, Hans' Barthaar kitzelte, er roch nach Rauch und Wind.

Jetzt ist es Miriam, die in die Höhe fliegt, Hans fängt sie auf, setzt sie ab. Saskia steht da, in nassen Schuhen und Mantel, die ungleichen Socken in der Hand. Markus kommt vom Herd auf sie zu und sagt: «Du hast ja 'n coolen Vater, hätt ich gar nicht gedacht. Und singen kann er auch noch.»

Saskia zieht die Augenbrauen zusammen, sieht sich selbst

mit ihrem hochgesteckten Haar und ihren Perlenohrringen. Aber Markus lacht laut und drückt ihr den heißen Grog in die freie Hand.

«Prost!» Saskia nippt. Es ist nicht nur der Grog, der ihr die Kehle wärmt, auch dieser Geruch von Rauch und Wind, an den ihr Körper sich erinnert, ja, und das Lachen hier, das ihre Augenbrauen wieder auseinanderzieht.

Hans steht da. Saskia sieht erst jetzt, dass sein Wollpullover nur locker am Körper hängt. Ihr Vater ist schmaler geworden, seine Schultern sind nach vorne gebeugt.

«Lass uns noch was spielen», sagt Hans.

Markus spielt ein Riff an. «Kennst du das?», ruft er über den Klang hinweg, Hans nickt, stimmt ein. Saskia steht unbeweglich da, groß und nass.

Hans verstummt. «Wir brauchen was, wo Sas mitsingt», ruft er.

Sas schüttelt den Kopf, Hans sagt: «Doch», und Markus schlägt ein paar Töne an. Aber Saskia bleibt stumm, die Finger ums Glas gelegt.

«Wir nehmen was von früher. Hier, das kennst du bestimmt noch.»

Hans stimmt an, solo:

«Sag mir, wo die Blumen sind, wo sind sie geblieben ...»

Er steht am Mikro, die Töne sitzen. Markus verdreht die Augen.

«Nicht dein Ernst, so ein Kitsch?»

Aber Hans lässt sich nicht irritieren, und als Saskia bei «weiß ganz allein der Wind» leise einfällt, den Blick noch auf das Glas in ihrer Hand gerichtet, stimmt auch Markus mit ein.

Nach den Blumen kommen Shalom Chaverim und Moor und Heide nur ringsum, nach dem Grog kommen Wein, Bier und Biermann, Hans holt das ganze alte Repertoire hervor.

Zwischendurch stöhnt Markus auf, oh nein, nicht das auch noch, rollt mit den Augen, aber spielt mit. Saskia trägt jetzt die dicken löchrigen Socken, ihre Wangen sind gerötet, ihr fallen jetzt Haarsträhnen aus der hochgesteckten Frisur, seitlich und hinten. Sie steht neben Hans am Mikro, die Stimme zurückhaltender als die seine, aber sicher in der Melodie, das jedenfalls hatte sie Sophie immer voraus. Die Worte sind gleich da, kein mühseliger Akt des Erinnerns, sondern sie fließen ihr über Zunge und Lippen, Silbe für Silbe. Da ist es: Feuer, Meggies Pony, Wärme, da sind Markus' Augen, erstaunt auf sie gerichtet. Sie will gar nicht raus aus diesem Blick. Wann hat sie zuletzt so gelacht?

Sie machen weiter. Hans fordert die Kinder auf, mitzusingen: «Was, ihr kennt den Baggerführer nicht, nicht die Rübe? Sas, verflucht, das ist Tradition, Mensch, beste Familientradition.» Das Wort bleibt in ihren Gedanken hängen, fremd, sie zerlegt es: «Fa-mi-li-en-tra-di-tion», sieben Silben, so viele Personen würden sie heute Abend sein, mit Erika und Ludwig. Dazu das «Ich steh an deiner Krippen hier», die Moorsoldaten. Etwas verhakt sich in ihr, es müssten mehr sein als sieben – mehr Silben – «ti-on» noch geteilt – mehr Menschen?

Aber Markus schenkt ihr Rotwein ein, ein schwerer im Ikea-Glas, und ihr Grübeln löst sich auf in weichem Nebel. Sie streicht sich eine Haarsträhne aus dem Gesicht und stimmt wieder mit ein. Markus begleitet sie mit seinen Akkorden, hier ist er textfremd, aber ihm ist so etwas egal.

Jetzt steigt Markus um. Er spielt REM, da kann Saskia mithalten. Sie wundert sich, dass Hans sogar Losing My Religion singen kann. Sas bittet um Wonderwall, Markus sagt, alles besser als das Zeug vorhin, den Text gibt's auf seinem Tablet. Bei I Will Survive muss Hans passen. Die Kinder hüpfen, werfen Kissen, jagen sich. Saskia tanzt, jetzt ohne Socken, spürt ihre bloßen Füße auf den Dielen, ihre Muskeln in den Beinen, im Rücken, fühlt ihre Schulterblätter unter dem glatten Stoff der Bluse, spürt, wie Blut, Wein und Wärme sie durchströmen. Saskias Arme fliegen, sie wirft den Kopf in den Nacken, ihre Haare fallen offen herab, fast bis zur Taille. Auch Hans sieht sie an, ihr Bild vermischt sich mit einem anderen, wieder mal, das stille Mädchen aus der Küche, dem beim Tanzen alles egal war. Es zerfiel nach und nach, und irgendwann zu Asche.

Keiner hört das Klingeln des Telefons, keiner das Klopfen an der Terrassentür. Erst Julius sieht den dunklen Schatten hinter dem Glas, die erhobene Hand, die Knöchel, die auf die Scheibe klopfen, dann das Gesicht. «Papa», ruft er, «Papa», und rennt zur Tür.

Christian steht in dunklem Anzug, weißem Hemd und Krawatte in der Tür, den hellgrauen Kaschmirschal noch um den Hals geschlungen. Markus hört auf zu spielen, ein letzter Ton rutscht aus dem Verstärker, klingt noch einen Moment im Raum nach. Saskia bleibt stehen, öffnet die Augen, sie ist außer Atem, ihr ist schwindelig, sie hält sich an einem Holzbalken fest, der Küche und Wohnzimmer voneinander trennt. Ihre Wangen glühen.

«Saskia, was macht ihr hier?» Christians Stimme ist leise.

«Wir machen Musik. Hi, Christian», antwortet Hans.

«Willst du ein Bier?», fragt Markus.

«Ich hab euch gesucht. Meine Eltern sind da.»

«Ah», sagt Saskia. Sie atmet jetzt etwas ruhiger.

«Es ist fast zehn.»

«Ja, natürlich.»

Sie schaut sich um und sieht, was Christian sieht: Kinderpullis, Kinder-T-Shirts und Socken auf dem Boden verstreut, inmitten von Chipskrümeln, Kissen und Weißbrotresten. Weingläser und Bierflaschen stehen auf dem Esstisch, daneben eine halb volle Cola-Flasche, eine fast leere Fanta-Flasche, und in dem Chaos auf dem grauen Sofa schläft die kleine Miriam, die dunklen Locken im Gesicht.

*

So lag auch Sas einmal da, auf einem anderen Sofa in einem anderen Chaos, im Arm die kleine Schwester, die Großen tanzten. Hans hielt eine Frau, ihr Haar an seinem Kinn. Im Türrahmen stand Meggie, die Hand auf den runden Bauch gelegt. Auf der hellen Schlafanzughose zeichneten sich dunkle Flecken ab, die größer wurden, ihre Arme ausstreckten, ihre Finger wachsen ließen, sich an Meggies Beinen entlangzogen. Meggies Augen waren weit offen, der Mund geschlossen.

Hans sah sie nicht, er war mit dem Haar beschäftigt. Als Saskia sich aufsetzte und «Meggie» flüsterte, war schon Ruth zur Stelle, nahm Meggie am Arm, führte sie zum Sofa, drückte sie hinunter, hob ihre Beine an und bettete sie auf die Polster. Ihr Blut tropfte auf die Sofakissen. Meggie lag jetzt ganz nah bei Sas und Sophie. «Was hast du?», fragte Saskia leise, aber die Mutter hörte die Tochter nicht, sie starrte bloß zur Decke. Ruth kam mit Handtüchern, schob sie unter den Körper, Meggies Hand rutschte vom Bauch, ihr Arm baumelte herab, schwang hin und her, Puppenarm am Mutterkörper. Hans stand ein paar Meter entfernt, nun ohne Frau im Arm und ohne Regung. Stille hing im Raum, obwohl Musik aus den Boxen schallte. Und sie herrschte noch, als die Männer mit den orangen Jacken Meggie auf eine Trage hoben und davontrugen.

Ein paar Tage später kam Meggie wieder. Ihre Hosen hatten keine Flecken mehr, und ihr Bauch war nicht mehr gewölbt.

*

«Julius, Johann, zieht euch an», sagt Saskia, streng, fast fauchend. Sie bückt sich, um aufzusammeln, was ihren Söhnen
gehört. Die Haare fallen ihr ins Gesicht, sie schiebt sie zurück,
aber die Schwerkraft leistet Widerstand, die wenigstens, da
sind sie schon wieder im Gesicht, kleben an den Wangen, hängen ihr vor den Augen. Das «Och nö» der Jungs hört Saskia
nicht. Sie kniet, sucht auf dem Boden nach ihrer Spange, verteilt die Kleidung, ihr wird schlecht, sie stützt sich ab, endlich
hat sie sie, greift nach ihrem Haar, dreht es im Nacken zusammen, steckt es hoch, aber die Spange springt raus, Saskia muss
sich umdrehen, wieder suchen, nein, tasten, weil ihr schwarz
vor den Augen wird, für Sekunden.

Dann hat sie die Spange gefunden, steckt sie in die Hosen-
tasche, zieht sich am Balken hoch, fixiert die Wand, an der sich
Punkte jagen, wartet, bis Ruhe eingekehrt ist. Saskia schaut auf
Hans: einen alten Mann im abgewetzten, verwaschenen T-Shirt
und verbeulter Jeans, mit langen, grauen Haaren. «Hans.
Komm.»

Sie bringt die Jungs ins Bett, zischend, als wenn sie schuld
daran wären, dass die Großeltern warten mussten, dass der
Vater nach ihnen suchen musste, dass Hans Hans ist. Dann
kehrt Sas an den Wohnzimmertisch zurück, wo Erika und Ludwig sitzen, mit Hans und Christian. Es wird noch mehr Rotwein getrunken. Hans redet, die Worte ohne Konturen, dafür
voller Inbrunst, es geht um irgendetwas mit Frankreich und Le
Pen, den Brexit, Ludwig nickt, ja, wenn die Briten gehen, wirklich beängstigend, wirklich beängstigend, und Erika streicht
die dunkelroten Sofakissen glatt. Was ist der Brexit, fragt
Julius, der im Schlafanzug auf den Treppenstufen zum Wohnzimmer steht, anstatt im Bett zu liegen. Saskia nimmt ihn an

die Hand, bringt ihn hoch, kommt wieder runter, und stößt Christian zuliebe noch mal an, trinkt den Wein, obwohl die Kehle nichts mehr hereinlassen will.

Im Bett legt Christian sich neben sie, streckt die Hand nach ihr aus und berührt ihre Schulter, dann vorsichtig ihren Rücken. Er schiebt seine Hand unter ihr Nachthemd. Sie regt sich nicht, wenigstens sie muss unbeweglich bleiben, wenn schon das Bett den Boden unter den Füßen verliert. Erst als sie seine Finger zwischen ihren Beinen spürt, dreht sie sich leicht auf den Bauch. Christian zieht ihr den Slip aus. Sie fühlt die Schwere seines Körpers.

VIII.

Ihr Heiligabend beginnt morgens um sechs vor der Kloschüssel. Saskia kniet auf den hellgrauen, matten Fliesen, deren Kälte an ihren Schienbeinen und Knien hinaufkriecht, unter das hellblaue Nachthemd, die Oberschenkel und den Bauch entlang, an den Schlüsselbeinen weiter zu den Armen, hinauf bis zum Haaransatz, auch da spürt Saskia Gänsehaut. Sie beugt sich vor, mit der einen Hand hält sie ihre Haare im Nacken fest, mit der anderen stützt sie sich ab, in der Erwartung, dass sich ihr Innerstes nach außen kehrt, sich in die Kloschüssel ergießt und sich dann hinunter in die Tiefe spülen lässt. Aber nichts regt sich; wenn sie doch nur spucken könnte.

Christian schläft noch. Saskia duscht, zieht Jeans und einen weiten Wollpullover an und geht leise die Treppe hinunter. Sie sucht im Kühlschrank nach etwas zu essen, damit die Tabletten wirken, öffnet die Käseglocke, schließt sie, holt Gläser mit vegetarischen Pasten heraus und schiebt sie wieder zurück. Erst die Plastikbox mit dem Fleischsalat, den sie immer für Erika und Ludwig kauft, behält sie in ihrer Hand. Ein unbändiger Appetit auf Mayonnaise, Gurkenstückchen, säuerlichen Geschmack überkommt Sas, und plötzlich sitzt sie am Esstisch, sie, die vor wenigen Tagen zum ersten Mal seit dreißig Jahren ein Fleischstück hinuntergewürgt hat, verschlingt Brot mit dicken Schichten Fleischsalat.

Die Zeitung liegt daneben, auf der Titelseite das Bild eines dunkelhaarigen Mannes. Die Zeitungen der vergangenen Tage hatte sie nur verkehrt herum auf den Frühstückstisch gelegt und erst wieder umgedreht, wenn die Kinder aus dem Haus waren. Widerwillig ließ sie dann ihre Blicke über die Zeilen laufen, schaute weg, dann wieder drauf. Sie blieben an der Zahl der Toten haften.

«Schrecklich, ich bin fassungslos», postete Christa aus der Bürgerinitiative am Montagabend in die Facebook-Gruppe. Herr von Wedekamp schrieb: «Ja, grausam. Wir haben uns den Terror ins Land geholt.» Manche likten das. Bernd schrieb: «Aber es war in Berlin. Zum Glück leben wir nicht mehr in einer Großstadt …», worauf Herr von Wedekamp schrieb, dass die muslimischen Terroristen perfiderweise überall zuschlügen, in der Kirche einer Kleinstadt bei Rouen, in Würzburg … Darauf postete Klaus: «Herr von Wedekamp, dies ist eine Facebook-Gruppe gegen die Windkraftanlagen hier, nicht gegen Flüchtlinge.» Von Wedekamp antwortete, es gehe nicht um «gegen Flüchtlinge», selbstverständlich seien die Deutschen als Nation geprägt von Humanität, aber es gebe auch eine Schutzverpflichtung. Die Frage sei, wie die Sicherheit der Bürger gewährleistet werden könne, wenn man nicht wisse, wer ins Land komme, wie die Männer sozialisiert und indoktriniert seien.

Saskia schloss die Netzseiten. Die Augen aber blieben offen in der Nacht.

Sie lag in ihrem Bett, in ihrem Haus, in dem Ort, der mal ein Dorf gewesen war. Und überall lauerten Nachtmonster, sie steuerten Flugzeuge in Hochhäuser, Lastwagen auf Bürgersteige, Schritte waren auf dem Pflaster zu hören, rennend, stolpernd, ein Aufprall, Menschen wurden zur Seite geschleudert, von Reifen zerquetscht. Abgetrennte Arme und Beine lagen am Straßenrand, darunter auch die Hand des unbekannten Großvaters, und aus den Trümmern der Weihnachtsmarktbuden, aus einem Wust von Weihnachtssternen, Lichterketten, zerbrochenen Glühweinbechern, Currywurstscheiben, Mutzen, Waffeln, kopflosen Räuchermännchen voller Curryketchup wurde ein kleines Mädchen getragen, den Kopf seltsam zur Seite fallend, die dunklen Zöpfe und ein Arm hingen schlaff herab; der andere wurde von einem Hund hinterhergetragen. Luise hatte das Kind geheißen, das hatte Hans erzählt. Der Hund hieß Millie. Er trug nicht nur den zweiten Mädchenarm, sondern ein Baby, winzig klein, ohne Gesicht. Es blutete.

Hans, ist Meggie wegen dem Baby im Krankenhaus?

Ja.

Blutet das Baby?

Nein, Meggie hat geblutet.

Warum?

Weil das Baby im Bauch gestorben ist.

Wieso?

Ich weiß es nicht.

Gehen wir jetzt zur Beerdigung?

Dafür war es zu klein, Sas.

Und wo ist das Baby jetzt?

Saskia setzte sich auf. Christians Atem ging ruhig. Er hatte die Nachrichten an diesem Abend zur Kenntnis genommen, so, wie er die unabänderlichen Dinge immer zur Kenntnis nahm, mit einem kurzen Murmeln. «Unfassbar», hatte er gefasst gesagt. Nun saß Saskia neben ihm, mit ihren Monstern. Sie hatten Maschinengewehre gezückt und zogen maskiert durch Cafés, feuerten wahllos, brachten Züge zum Explodieren, stachen mit Messern auf Kinder ein, andere schmiegten sich an sie, berührten ihr Haar, ihre Schultern. Sie nahm eine Monsterhand in ihre und führte sie über ihre Brust, tastete, gewiss, dass die Finger über ein Knötchen stolpern würden, das erste von Hunderten, die sie zur Mutter bringen würden in die Aschewelt.

Saskia stand auf, ließ sich im Bad Wasser übers Gesicht laufen, ging zurück durch das Schlafzimmer und die Treppe hinunter in den ersten Stock. Leise öffnete sie die Tür zu Johanns Zimmer. Da lag das Kind, im Schein des Nachtlichts. Die phosphoreszierenden Sterne an der Decke waren zu erfolgreichen Bekämpfern seiner Nachtmonster geworden. Das elterliche Bett hatten sie ihm verwehrt, meist jedenfalls, zum Schutz des Kindes – vor plötzlichem Kindstod, vor der Abhängigkeit, nur allein würden Kinder lernen zu schlafen und so das nötige Selbstvertrauen fürs spätere Leben zu erlangen, so stand es in den Büchern.

Johann hatte es schließlich gelernt, widerwillig und unter Zwang. Kräftig und lange hatte er geschrien, und Saskia waren die Tränen hinuntergelaufen, sie hatte sich die Ohren zugehalten und ihn dann doch zu sich geholt, wo er in ihren Armen einschlief, zwischen ihr und Christian, aber sie hatte wach gelegen, die Abstände zwischen den Atemzügen gezählt und gemeint, die Aussetzer zu hören.

Jetzt atmete Johann gleichmäßig, den Mund leicht geöffnet. Saskia setzte sich auf den Bettrand, legte ihre kalte Hand in die

warme Kinderhand, sie wollte so gern unter die Decke kriechen, die Wärme spüren. Aber sie sollte das Kind doch beschützen, nicht das Kind sie. So blieb Saskia eine Weile sitzen,
stand dann auf, schaute noch bei Julius rein auch er schlafend,
ihr Herz war schon ein wenig ruhiger geworden.

Den Rest der Nacht verbrachte Saskia auf dem Sofa, in eine
Wolldecke gewickelt, studierte den Bescheid der Genehmigungsbehörde für die Windkraftanlagen und formulierte den
Widerspruch. Sie verlinkte Studien, zitierte Urteile, Paragrafen
und Halbsätze, sie benutzte Technik und Recht, um die Monster zu vertreiben. Christian fand sie morgens, halb sitzend
über dem Laptop schlafend. Die Kinder kamen zu spät in die
Schule, zum ersten Mal.

*

Aber jetzt sind Ferien, jetzt ist Heiligabend. Allmählich beginnen die Paracetamol zu wirken, ihre Kopfschmerzen lassen
jedenfalls nach. Saskia schiebt die Zeitung beiseite, deckt den
Frühstückstisch, schneidet Äpfel, Apfelsinen und Bananen
klein, wirft sie in die Smoothie-Maschine. Mit der Post kommt
noch ein kleiner Schub Weihnachtskarten, von Ruth, Christians Verwandten und von Herrn von Wedekamp: Es sei eine
Bereicherung, sie zu Gast in seinem Kreis gehabt zu haben. Er
wünsche trotz der belastenden Umstände nach dem Anschlag
ein gutes, so sorgenfreies Jahr wie möglich.

Dann sitzen sie an der gedeckten Tafel, die Kinder heute
ausnahmsweise mal im Schlafanzug, Christian in Jeans und
Hemd, Ludwig ebenso. Erika trägt schon Ohrringe, Rouge und
Wimperntusche, dezent, korrekt. Nur Hans taucht nicht auf.
Die Kinder quengeln nach ihrem Großvater, der sie auf sich
turnen lässt, dem sie die Füße kitzeln dürfen und auch kön-

nen, barfuß, wie er herumläuft. Ludwig ist derweil notgedrungen in die Lokalzeitung vertieft, die andere aus der Bankenstadt hat Christian nur auf dem iPad, und nur einmal schaut Ludwig auf und fragt: «Saskia, habt ihr zufällig Fleischsalat da?» Saskia schüttelt stumm den Kopf. Erika sagt: «Dein Vater scheint ja einen gesegneten Schlaf zu haben. So würde ich auch gern mal wieder schlafen können.» Zwischen Saskias Augenbrauen bilden sich mal wieder zwei steile Falten.

Die Falten werden tiefer, als Hans mittags in Unterhemd und Boxershorts in die Küche schlurft, wo Erikas gummibehandschuhte Hände gerade im Bauch der Gans stecken. Er riecht nach Wein und Bier und Rauch und Knoblauch, Saskia nimmt aus den Augenwinkeln wahr, wie Erikas Augenbraue, die linke nur, nach oben wandert, als sie den Vater ihrer Schwiegertochter sieht. Dann lächelt Erika und sagt:

«Guten Morgen, ausgeschlafen?»

«Ich brauch einen Kaffee», sagt Hans und reckt die Arme, auch seine Achselhaare sind grau.

Saskia wendet sich von Hans ab, der Espressomaschine zu, die auf Knopfdruck fauchend wie ein Drache heißen Dampf in die norddeutsche Winterküche ausstößt. Hans zieht die Schultern hoch und hält sich den Kopf.

«Geht das nicht leiser», sagt er, als wieder Stille herrscht und Saskia ihm wortlos den Becher mit Cappuccino hinstellt.

«Gibt's Frühstück?»

«Im Kühlschrank.»

«Hast du was für den Kopf?»

Saskia legt ihm ihre Tablettenpackung hin, beißt sich auf die Innenseite ihrer Unterlippe und zählt im Kopf die Socken zusammen, die sie für ihren Vater gerollt hat.

«Saskia, bringst du mir bitte die Maronen?», fragt Erika, während sie Apfelstücke in die Gans schiebt.

«Ja, klar, gleich.» Saskia zieht den Schrank auf, in dem Vorratsbehälter ordentlich nebeneinanderstehen, Zucker, Mehl und Grieß, Walnüsse, Haselnüsse, Cashewkerne, aber keine Esskastanien.

«Moment bitte. Sie müssen im Keller sein.»

Saskia läuft die Steintreppe hinunter, hinein in den Vorratsraum, in dem die Getränke, Marmeladen und Kartoffeln lagern. Sie hebt Schalen und Behälter, Dosenpaletten und Kisten hoch, kniet nieder, schaut unter die Regale, nirgendwo Esskastanien. Dabei standen sie ganz oben auf der Liste. Sie hatte sie in eine weiße Plastiktüte getan, sie sieht sie vor sich, sie kann sie nicht vergessen haben. Saskia läuft nach oben, ihr ist immer noch schlecht oder schon wieder.

«Da bist du ja», sagt Erika.

«Ich, ich glaube, die Esskastanien sind ... Ich habe sie vergessen.»

«Vergessen?»

«Ja.»

«Aber Saskia.»

«Ich fahre schnell los.»

«Das schaffst du nicht mehr, es ist schon fast eins», sagt Christian.

«Aber für Gans mit Maronen brauche ich Maronen», sagt Erika, die Hände auf dem Küchenbrett, links und rechts vom toten Tier.

«Sie lagen an der Kasse, ich bin sicher», sagt Saskia, ihre Stimme vibriert kaum merklich. Saskia überragt Erika um einen halben Kopf.

«Nimm einfach mehr Äpfel», sagt Hans, der am Kühlschrank lehnt.

«Äpfel sind keine Maronen», sagt Erika. «Wie kannst du die Maronen vergessen, Saskia!» Dafür wählt Erika ein Ausrufezeichen, dazu eine gerunzelte Stirn. «Gans ohne Maronen», sie schüttelt den Kopf.

«Och», sagt Hans. Er stellt den Kaffee beiseite, macht zwei Schritte und hebt die tote Gans aus dem Bräter, hält sie sich vor das Gesicht, legt den Kopf schräg. «Frau Gans, brauchen Sie Maronen?» Er wartet einen Moment, «Frau Gans, sage Sie doch äbbes.» Er zuckt die Schultern. «Ich glaub, der sind die Maronen wurscht.» Hans legt die Gans zurück.

Erika sieht ihn an, die Lippen schmal. Saskia schaut auch zu Hans, wie er dasteht, jetzt wieder mit Kaffeetasse in der Hand, im Unterhemd, seine Augen blitzen, er grinst. So hatte er ausgesehen, als Andreas ihr in der Grundschule wie so oft hintergerufen hatte: «Das ist die Dumme, die Dumme kennt Gott nicht. Die Dumme, die Dumme!» Hans, der gerade gekommen war, um sie abzuholen, war stehen geblieben, hatte sich umgedreht: «Kennst du ihn denn?» Er hatte einen Moment gewartet, Hans groß, Andreas klein. «Wo ist er denn, dein Gott? Kannst du ihn sehen, wenn er neben Jesus rumhockt? Oder hören, wenn er mit dir schimpft? Oder riechen, wenn er pupst?» Andreas hatte stumm zu Hans aufgesehen. Hans hatte gesagt: «Also, wer ist hier der Dumme?» Da war Andreas, ohne zu antworten, weggerannt. Hans hatte Sas angeblickt, ihr zugezwinkert, sie an die Hand genommen und diese fest gedrückt. Das konnte Hans auch, manchmal. Jetzt zwinkert er wieder. Saskia zwinkert zurück.

Christian, der Gefasste, beugt sich mit seiner Mutter über das iPad, er hat Gans-Rezepte gegoogelt, ohne Maronen, und so kommt die Gans nach einigem Murren Erikas doch noch in den Ofen. Als Abbitte für die vergessenen Esskastanien putzt Saskia die Küche umso gründlicher, während Hans, zusammen mit Christian und Ludwig, die Jungs auf den Fußballplatz jagt. Sas schließt die Haustür hinter ihnen und lehnt den wieder schmerzenden Kopf an die Glasscheibe, aber sie muss lächeln.

Es sind die Jungs, die an diesem Nachmittag das Weihnachtswunder vollbringen. Als Hans sagt, in die Kirche geht ihr mal allein, das ist nichts für mich, ziehen und zerren sie an seinen Armen, er müsse mitkommen, bitte, bitte, sie seien beim Krippenspiel dabei. Nach dem 200. «Bitte» der Kinder und ihrem Versprechen, nie, aber auch nie wieder «Opa Hans» zu sagen, sondern nur «Hans», lässt Hans sich erweichen, geht die Treppe hoch, ins Gästebad, duscht und kommt im Anzug, mit Pferdeschwanz und ohne Krawatte wieder die Treppe hinunter. Zum Erstaunen von Christians Eltern singt er, als er auf der Kirchenbank sitzt, alles mit. Während sie Gesangbücher brauchen, weiß er jedes Wort auswendig. Ab und zu zieht er Grimassen, sodass die Jungs in ihren Engelskostümen sie sehen können. Sie müssen sich die Hände vor die Münder halten, um das Kichern zu verbergen. Aber es ist ein erfolgloses Unterfangen; der Pastor runzelt die Stirn. Beim Vaterunser steht Hans auf und bewegt sogar die Lippen mit. Auf dem Rückweg hakt sich Saskia bei ihm unter und singt mit ihm: «Es ist ein Ros entsprungen».

*

Saskia faltet Geschenkpapier zusammen. Sie kommt mit dem Sammeln und Falten und In-die-Müllkiste-Legen kaum hinterher. Johann und Julius reißen ein Geschenk nach dem anderen auf, die Papierfetzen verteilen sich auf dem Wohnzimmerboden, gemischt mit Geschenkband und Tesafilm. Zum Vorschein kommen Star-Wars-Lego, Playmobil-Circus, die Carrera-Bahn, die es auf den letzten Drücker noch auf Johanns Wunschzettel geschafft und gedroht hatte, die Geschenkeverteilung aus der Balance zu bringen, bis Saskia für Julius noch die Brio-Eisenbahn um den tönenden Tunnel, Brücke und Fähre aufstockte.

Die Kinder reißen auch die Kartons auf, stechen mit Scheren in die vielen Plastikbeutel, ziehen Männchen und Bauteile und Autos heraus, Julius schneller und ungeduldiger als der große Bruder. Saskia holt Schalen und Teller, damit nicht alles gleich unter dem Teppich und in den Ritzen verschwindet. Dann noch CDs, Bücher, DVDs, neue Sportschuhe, Sporthosen, Trikots mit dem Emblem von Bayern. Ja, das hatte Christian in den Norden importiert und dann dafür Sorge getragen, dass seine Kinder Bayern-Fans wurden – «Praktisch, dann ist man immer auf der Siegerseite», stellt Hans trocken fest.

Ohnehin sitzt Hans nur da und wird immer schweigsamer, je lauter die Kinder über die Unmengen an Geschenken jubeln. Er hört ihr glückliches Glucksen, aber für ihn klingt es wie das Geräusch von Ertrinkenden. Sie haben den Boden unter den Füßen verloren, japsen nach Luft, noch klingt das nach Lachen und Glück, aber schon versetzt mit Panik, als die nächste Welle heranrollt.

Die Mutter kann sie nicht retten, weil sie selbst gegen die Flutwellen aus Plastik, Pappe und Papier ankämpft. Sas, der Herr ist dein Hirte, dir wird nichts mangeln, aber Mangel hast du nicht, im Gegenteil, es ist viel zu viel, du Kind, nicht gewollt und doch geliebt, aber das hast du nicht verstanden. Und jetzt sitzt du da und willst dich für das Leben entschuldigen, das du deinen Kindern gegeben hast, und glaubst, das geht mit Playmobil aus China. Wer hat dir das beigebracht, kluges Mädchen, klüger als die anderen, wer hat dir das beigebracht?

Hans beobachtet sein kniendes Mädchen. Er spürt wieder den Schwindel, sein Kopf schmerzt. Er lehnt sich im Sessel zurück, presst beide Arme in die Lehnen und die Füße fest auf den Boden, wie im Flugzeug, aber wo ist der Gurt, der ihn hält? Hans greift nach einem Weinglas, auch wenn er sich vorgenommen hat, nach der gestrigen Nacht weniger zu trinken, aber wenn ihm schon ohne Wein schwindelig ist, dann doch lieber mit.

Weihnachten war ein Fest der Leere, so hatte Hans es gelernt. Dabei hatten seine Eltern das gar nicht so vorgesehen. Großeltern, Onkel, Tanten und Kinder sollten beisammen sein, darunter auch der kleine Friedhelm, geboren 1938, ein dickes, rundes Baby ohne Haare. Weniger als zwei Jahre später kam Luise. So wurde gefeiert, leise zwar und andächtig ob der Geburt des Herrn Jesu Christi, aber gemeinsam – bis das Volk auszog, die Welt das Fürchten zu lehren. Da schrumpfte der Kreis, wie es diese Zeit so an sich hatte.

Der erste Onkel fiel in Frankreich.

Der zweite in Russland.

Der dritte im Baltikum.

Dessen Frau lief in den Keller, als Bomber über die Stadt flogen. Da blieb sie, begraben unter brennenden Trümmern, zusammen mit der Großmutter, die es trotz ihrer wackeligen Beine noch die Treppen hinunter geschafft hatte.

Der Großvater starb an einem Schlaganfall.

Dann das Luisle. Danach wurde Hans gezeugt, ungeplant, wie aus Versehen. Der Staat hatte den Vater für kurze Zeit vom Töten beurlaubt, und in einer Nacht überkam den Apotheker noch einmal die Lust, die Hoffnung auf Leben. Das war im Winter. Als er die Mutter das nächste Mal sah, hatte er einen Hans, aber keine Hand und kein Luisle mehr.

Der Herr gibt, der Herr nimmt, amen.

Aber Hans konnte die Abwesenden nicht ersetzen. Sie waren immer da, in den Ecken, auf den Fensterbänken, auf leeren Stühlen. An Heiligabend saßen sie mitten unter ihnen in der Stube. So war Weihnachten ein Ort der Leere geworden, sogar jetzt, inmitten des Jubels von Julius und Johann. Da lärmte das Leben um ihn herum, und Hans hatte schlechte Laune.

«Wisst ihr eigentlich, wo das herkommt?» Hans beugt sich in seinem Sessel vor.

«Was?», fragt Christian.

«Der ganze Plastikkram.»

«Das Spielzeug?»

«Das haben kleine fleißige chinesische Bienchen gemacht. Die fliegen vierzehn, sechzehn Stunden am Tag, brauchen nichts zum Anziehen und schlafen dann im Bienenstock. Arbeitsbienen, nach sechs bis acht Wochen tot. Summ, summ, summ, Bienchen, summ herum.»

«Häh, was haben die Bienen gemacht?», fragt Julius.

«Dein Playmobil», sagt Hans.

«Echt? Nee. Oder?»

«Du Dödel, Bienen machen Honig, nicht Playmo», sagt Johann und zeigt dem kleinen, dummen Bruder einen Vogel.

«Ach nicht, keine Bienen? Vielleicht Heinzelmännchen?» Hans zieht die buschigen, grauen Augenbrauen hoch.

Julius guckt Hans an, groß die braunen Augen, schüttelt den Kopf, grinst. «Nee, Opa Hans, die gibt es doch nich.»

«Kluges Kind. Aber wer denn dann?» Hans hat das Schwindelgefühl vertrieben.

«Hans.» Saskia kniet noch immer auf dem Boden.

«Julius, ich verrate dir ein Geheimnis: Das haben Menschen gemacht. Aber nur so kleine Chinesen, die sind fast so was wie Bienen, die arbeiten beinahe umsonst, vierzehn Stunden am Tag, für Hungerlohn, damit wir hier unter unserem schönen Tannenbaum große Geschenkeberge haben.»

«Hans.»

«Was, wieso Hans? Sollen deine Kinder nicht wissen, wer ihr Lego und ihr Playmobil und ihre Autos und den ganzen Müll gebaut hat? Und wie diese Menschen leben? In Kammern schlafen sie, atmen Gift ein, bringen sich um, weil sie die Hölle nicht mehr ertragen. Und ihre Chefs – Kinder, die sitzen wie Dagobert Duck auf ihren Geldbergen.»

«Aber es ist doch Weihnachten», sagt Erika.

«Hans», sagt Saskia.

«Eben, Weihnachten, Fest der Liebe. Nicht der Gier», sagt Hans.

«Wer bringt sich um?», fragt Johann.

«Die Arbeiter, Johann, die dein Spielzeug machen.»

«Warum?»

«Hans, bitte.»

«Hans, bitte, Hans bitte. Saskia, du liest doch Zeitung.»

«Und die sind dann tot?», fragt Julius.

«Ja, mausetot. Gestorben für dein Legomännchen.»

«Hans, hör auf, ihnen Angst zu machen.»

«Saskia, so ist die Wirklichkeit.»

«Es sind Kinder.»

«Ja, und die müssen nicht arbeiten. Aber die kleinen, chinesischen Arbeiter, das sind Kinder, stellt euch vor, wie …» Hans sieht nicht, wie Johann Tränen in die Augen schießen und wie er das Carrera-Rennauto umklammert und Julius wahllos Legosteine aufeinandersteckt, in einem Affentempo eine Mauer baut. Er sieht nicht, dass Saskias Lippen zittern. Dabei hat Hans doch Adleraugen.

«Johann, Julius, geht euch mal die Hände waschen. Wir essen gleich», sagt Christian.

«Ich schau mal nach der Gans», sagt Erika.

«Lassen wir die Kirche doch mal im Dorf», sagt Ludwig.

Aber er kennt Hans nicht, der jetzt auf der Sesselkante sitzt, die Ellenbogen auf die Knie gestützt, die Sehnen gespannt wie zum Sprung.

«Ihr könnt nicht so tun, als gäbe es das nicht. Dafür sind wir verantwortlich. Für das, was um uns herum passiert.» Saskia kniet noch immer. Sie faltet Geschenkpapier auseinander, um es wieder zu falten, glatt zu streichen, zu stapeln, obwohl sie es doch nie aufhebt. Den Blick aufs Papier und ihre Hände gerichtet, sagt sie leise: «Genau, für alles um uns herum hast du dich immer interessiert. Aber was mit uns ist, das war dir immer schon egal.»

Das Wort «egal» bringt alles zum Verstummen. Die Stille wächst, breitet sich aus, saugt Stimmen und Töne auf, legt sich über Hans' Gesichtszüge, sie färbt sie grau. Sas legt die Hände in den Schoß, strafft den Rücken, holt tief Luft und blickt auf zu Hans. «Wenn wir schon bei dem sind, was um uns herum passiert: Das sehe ich. Da fährt ein Tunesier zwölf Leute tot. Das geschieht nicht irgendwo in China, sondern hier.»

Hans beugt sich weiter vor. «Was hat das mit dem Spielzeug zu tun?»

«Weil du davon eben nicht sprichst. Ihr redet immer nur von globaler Ungerechtigkeit und vom Elend der Menschen irgendwo in Asien oder Afrika, aber was mit uns ist, das schert euch nicht.»

«Kommt ihr essen?» Erika ruft aus der Küche. Ludwig steht rasch auf.

«Hm, sieht das lecker aus, Mama», sagt Christian.

«Kommt ihr?», ruft Erika noch einmal.

«Wen meinst du mit ‹euch›?», fragt Hans. «Mich oder mich und Ruth oder mich und Ruth und Georg oder mich und Ruth und Georg und wen sonst?» Hans blickt seine Tochter an, Frau

Dr. jur. Baumgartner, summa cum laude, die kraft ihres Amtes nach Befragung von Zeugen und Wägung von Beweismitteln ungezählte Male aus einem Verdacht Wahrheit gemacht hat, Frau Dr. jur. Baumgartner also, die gewohnt ist zu strafen, jetzt ohne Robe, aber auch ohne zitternde Lippen.

«Euch.»

Sie steht Hans jetzt gegenüber, schlank, groß. Wie der Vater, so das Kind.

«Euch Gutmenschen.»

Jetzt ist es passiert, es ist doch immer das Gleiche mit diesen elenden Wörtern, kaum ausgesprochen, machen sie sich dick und breit.

«Gutmenschen?»

«Gutmenschen.»

«Weißt du, was das für ein Wort ist?»

Christian legt seine Hand auf Saskias Arm. «Kommt bitte essen.» Saskia zieht ihren Arm weg, folgt ihm zum Tisch, der mit Zweigen, goldenen Nüssen und kunstfertig gefalteten Servietten geschmückt ist. Erikas Werk. Sie setzen sich, Hans ihr schräg gegenüber. Christian schenkt Wein ein, und Erika redet vom Schnee, der leider dieses Jahr nun gar nicht gefallen sei, ausgerechnet dieses Jahr keine weiße Weihnacht, dabei wäre es doch so schön gewesen, gerade nach diesem schrecklichen Anschlag. Ludwig erklärt, Schnee sei zu Weihnachten schon immer die Ausnahme gewesen. Hans sagt, er könne sich aber erinnern, dass sie Weihnachten fast jedes Jahr durch den Schnee gestapft seien, es sei ja keine Überraschung, dass es jetzt anders sei, der Klimawandel. Erika pflichtet ihm bei, in der Tat, das ist schon beunruhigend. Hans nickt und sagt, wir leben ja aber trotzdem auf der richtigen Seite der Erdkugel, wir verlieren dadurch nur unsere weiße Weihnacht, andere dagegen ihr Land und ihr Leben. Ohne Klimaschutz …

Frau Dr. jur. Baumgartner legt die Gabel beiseite und schaut hoch. «Schon wieder. Siehst du? Ihr redet vom Klimaschutz für irgendwelche Menschen auf irgendwelchen Inseln. Aber was euer Klimaschutz hier für Folgen hat, fragt ihr nicht.»

Sie spricht jetzt von ihren Windrädern, beschreibt Ludwig und Erika, wo sie stehen werden, da gleich hinter dem Weg, auf dem Julius Laufradfahren geübt hat, wisst ihr? Jetzt nickt Erika ihr zu, ach je, der schöne Spazierweg, das ist ja wirklich schade. In Bayern werde zum Glück darauf geachtet, dass die Landschaft nicht so zerstückelt werde, Bayern ist da ja auch besonders. Schnell sagt Christian, Mama, die Gans ist vorzüglich. Ludwig brummt zustimmend. Erika sagt, das freut mich, aber jetzt ist Hans bei den Bayern, die immer nur laut riefen, aber nie Verantwortung übernähmen.

Saskia ist auch bei den Bayern, doch, die hätten wenigstens erkannt, dass man den Menschen im eigenen Land nicht alles zumuten dürfe, sie arbeiteten auch als Einzige an der Wiederherstellung des Rechts.

«Was meinst du denn damit, Saskia?», fragt Christian. Saskia sagt zu Hans:

«Ihr habt doch gejubelt, als die Flüchtlinge kamen. Aber die kamen einfach so rein, ohne Kontrolle. Wir wissen also gar nicht, wer da gekommen ist. Und offensichtlich haben wir da auch Terroristen ins Land gelassen. Jetzt sind zwölf Menschen tot, und ich muss Angst um meine Kinder haben, wenn sie auf den Weihnachtsmarkt gehen.»

«Wieso können wir eigentlich nicht auf den Weihnachtsmarkt?», fragt Julius.

«Sind jetzt alle Frauen und Männer und Kinder, die fliehen, weil sie nicht im Krieg, in Angst und Elend leben wollen, Terroristen? Saskia, das sind Flüchtlinge. Dieses Land sollte wissen, was da zu tun ist», sagt Hans.

«Der Attentäter kam aus Tunesien, da ist kein Krieg.»

«Siehst du, dann kannst du doch auch nicht die Flüchtlinge dafür verantwortlich machen.»

«Ach, und was ist mit dem Jugendlichen mit dem Beil im Regionalzug in Würzburg? Wie willst du wissen, ob unter den Flüchtlingen nicht noch einer ist? Man braucht nicht Hunderte von Terroristen, um Hunderte Menschen zu töten. Es reichen wenige für viele. Der Staat hat die Kontrolle aufgegeben. Du, Hans, redest doch immer von Staatsversagen. Hier kann man dein Staatsversagen sehen ...»

«Was für ein Beil im Zug?», fragt Johann.

«Noch Gans, Hans?», fragt Erika. Sie tut Hans auf und Saskia gleich mit. Dann sagt sie: «Oh, tut mir leid, ich vergesse immer, dass du das ja gar nicht isst.» Sie klaubt die Gans wieder von Saskias Teller.

«Staatsversagen? Hast du Staatsversagen gesagt?», fragt Christian.

«Saskia, hörst du dir eigentlich selbst zu?», fragt Hans.

«Hörst du denn mir mal zu? Als ob das alles nur Opfer wären, die da kommen.»

Das Telefon klingelt.

«Also, ich finde, das ist nicht ganz von der Hand zu weisen. Die wurden ja ohne Kontrolle hereingelassen. Da hat der Staat versagt», sagt Ludwig.

«Papa, das war eine Notsituation in dem Sommer. Schon vergessen, dass Mama in München am Bahnhof stand und Essen ausgeteilt hat?», sagt Christian. «Und ich möchte bitte mal festhalten, dass wir nicht in Somalia leben. Da kannst du von Staatsversagen sprechen, aber nicht hier. Unser Staat funktioniert ziemlich gut.» Christians Stimme wird von Wort zu Wort lauter.

«Sag das mal den Frauen, die letztes Silvester in Köln waren.

Da hat der Staat nicht so super funktioniert. Aber davon sprecht ihr nie», sagt Saskia.

Christian wendet sich ihr zu. «Saskia, sag mal!»

«Mama, das Telefon klingelt», sagt Johann.

«Und dann wundert man sich, wenn das Volk damit ein Problem hat und rechts wählt», sagt Saskia.

«Volk? Wie redest du denn auf einmal?», fragt Hans.

«Wieso? Wegen Volk? Grundgesetz, Hans, Artikel 56. ‹Ich schwöre, dass ich meine Kraft dem Wohle des deutschen Volkes widmen, seinen Nutzen mehren, Schaden von ihm wenden …›»

«Nein, das meine ich nicht, verdammt noch mal. Und das weißt du auch. Du redest von Gutmenschen, Volk, den bösen Flüchtlingen …»

«Das habe ich so nicht gesagt.»

«… von Wiederherstellung des Rechts, Staatsversagen. Hör dir mal selber zu, das ist nicht richtig und nicht recht, das ist rechts.»

«Wieso, das hast du mir doch beigebracht: immer kritisch zu sein gegenüber der Macht.»

«Nein, das habe ich dir so nicht beigebracht. Ich habe dir beigebracht, was dieses deutsche Volk getan hat. Soll ich es dir aufzählen, in Namen und Zahlen?»

«Als ob ich das jemals vergessen würde. Aber es …»

«Saskia, das Telefon klingelt», sagt Erika.

«Ich fasse es nicht, dass meine Tochter jetzt mit dem deutschen Volk anfängt. Nicht meine Tochter.»

«Ach so, vielleicht bin ich wohl nicht deine Tochter?»

«Johann, geh doch mal ran», sagt Erika.

«Saskia», sagt Christian. Er streckt die Hand aus. Saskia wehrt ab. «Vielleicht ist es ja sogar so. Vielleicht bin ich gar nicht deine Tochter. Vielleicht hast du ganz andere Töchter. Ihr habt immer bloß herumgevögelt. Familie war dir ja egal. Du wolltest alles bloß kaputt machen, und ich wäre …»

«Saskia», sagt Christian.

«Was für Vögel?», fragt Julius.

«Mama, für dich», sagt Johann. Er steht jetzt neben Saskia und hält ihr das Telefon hin.

Saskia nimmt den Hörer entgegen. «Hey du alte Nudel, ich habe fünfmal versucht anzurufen. Stell mich mal auf laut.» Sophie schreit in den Hörer, und Saskia gehorcht, drückt auf die Taste mit dem Lautsprechersymbol. Es ertönt die Stimme der Schwester, schief und laut wie immer: «We wish you a merry Christmas, we wish you a merry Christmas, we wish you a merry Christmas and a happy new year.»

Bei «good tidings we bring» stimmen Erika und Ludwig ein, obwohl das Lied auf ihrem Index steht, gleich hinter «Jingle Bells». Mit jedem Wort werden ihre Mienen wieder heller, fast schon ist weiße Weihnacht. Christian und die Kinder singen mit, Julius ruft: «Noch mal», und dann fällt auch Hans mit ein. Seine Stimme dringt am lautesten zu Sophie durch, «good tidings we bring, to you and your kin». Er richtet den Blick über Saskias Schulter hinweg. Saskia hält das Telefon in die Mitte des Tisches, die Blicke fest auf den Lautsprecher gerichtet, unbeweglich, eingefroren. Nur das Tränenwasser friert noch nicht, es tropft auf Saskias Lippen.

Sophies Stimme scheppert im Lautsprecher, als sie verstummen. «Wie cool! Mensch, ich heul gleich. San Francisco ist eigentlich total blöd, überhaupt nicht gemütlich, Pit macht auf Superpapa, und seine Mary zickt die ganze Zeit rum. Und bei euch?»

«Ja», sagt Sas.

«Oh, frohe Weihnachten, Sas und alle anderen. Beim nächsten Mal komme ich zu dir. Dann sind wir alle zusammen.»

«Ja, klar», sagt Sas leise.

«Ich hab Heimweh, Sas. Frohe Weihnachten!» Sophie legt auf. Über den Esstisch ertönt das regelmäßige Tuten des Telefons.

IX.

Christian lehnt im Türrahmen zum Bad und beobachtet, wie Saskia sich die Zähne putzt. Sie steht am Waschbecken. Nur ihr Rücken blickt ihn an.

«Sas.»

Sie antwortet nicht.

«Sas, es gibt einen Unterschied.»

Ihr Nacken schweigt.

Christian war ihr Nacken zuerst ins Auge gefallen, vom Sommer noch braun gebrannt, das blonde Haar hochgesteckt. Sie hatte in der Bibliothek eine Reihe vor ihm gesessen. Während die anderen die Rücken krümmten, die Schultern nach vorne fallen ließen, die Hälse beugten, die Nasen in den Büchern, hielt sie sich aufrecht, den Kopf nur leicht gesenkt, der Nacken gerade. Er lud dazu ein, die Finger nach ihm auszustrecken, das feine Haar auf der Haut zu berühren, die Nase in der Vertiefung oberhalb der Halswirbelsäule zu vergraben.

Nach ein paar Tagen sprach Christian sie an, als er in der Mensa hinter ihr in der Schlange stand. Sie drehte sich um und blickte ihn an, unverwandt. Saskia steckte mitten im Referendariat und lernte fürs zweite Staatsexamen. Er war fast fertig mit der Promotion, jüngstes Kind von Dr. med. Baumgartner, Chefarzt, die Mutter war mal Lehrerin gewesen. Aber dann war sie wegen der drei Kinder zu Hause geblieben, das gehörte sich so: nach der Schule warmes Essen mit Nachtisch, nach den Hausaufgaben schauen für die Noten, Musikunterricht. So hatten es die drei gelernt. Im Einfamilienhaus im Münchner Vorort herrschte viel Ernsthaftigkeit – dabei war Christian einer, der über alles lachte und gern mit Lehrerwitzen seine Freunde und irgendwann seine Freundinnen zum Lachen brachte; mit Leichtigkeit und ohne Ärger. Die Lehrer waren mild mit diesem klugen und hübschen Jungen.

Aber bis Saskia einmal richtig mit ihm lachte, musste Christian sich gewaltig anstrengen. Wühlarbeit, dicke Schichten abtragen, bis er zu ihrem Lachen vorstieß. Ein Lachen, das, hatte es einmal begonnen, nicht mehr aufhörte, bei dem eine ganze Sas lachte, selbst die Beine vibrierten Das kann sonst nur Sophie, sagte Saskia, als sie auf dem Rücken lag und sich die Lachtränen wegwischte. Sie war nackt und hatte sich gerade die Schamhaare rasiert. «Mit der Frisur, da musst du was machen», hatte er gesagt, und als sie wiederkam, hatte Christian ihre neuglatte Haut vor dem Spiegel geküsst, sie aufs Bett gezogen. Aber sie war so ernst, dass er mit den Liebkosungen wieder aufhörte.

«Was ist?»

Da erzählte Sas von gerupften Hühnern, die ohne Kopf zuckten. Von Meggie im Wollpullover, mit kurzem Pferdeschwanz. Vom Warten auf Meggie.

Christian saß neben ihr und streichelte ihr, während sie sprach, die Wange. Es wurde still, Sas sah an ihm vorbei. Plötzlich kniete Christian sich vor Saskia und fragte: «Und die Hühner? Wie zuckten die eigentlich? So?» Er zuckte. Sas schwieg. «So?» Er zuckte nur mit einem Arm. «Nein», sagte Sas, mit steiler Falte zwischen den Augenbrauen. Die hatte sie schon damals, mit sechsundzwanzig. «Mach mal», sagte Christian.

144

«Spinnst du?» Christian zuckte noch einmal, dieses Mal mit dem Oberkörper vor und zurück. Dann gackerte er. Saskia rief: «Du bist so blöd!» Doch er hörte nicht auf, zucken, gackern, zucken, gackern, mit den Armen wackeln, mit dem Kopf picken. Sie schlug nach ihm, «blöd bist du, so so so so blöd», aber weil er so dämlich aussah, wie er da hin- und herwackelte, nackt und gackernd, musste sie lachen, sie konnte nicht mehr anders. Sie lachte, lachte und lachte.

Christian machte immer weiter, Monat für Monat, Jahr für Jahr. Er vertrieb mit seinem Witz immer wieder neu das Ernste, Traurige und machte Platz für eine Leichtigkeit, die sie vielleicht selbst nicht geahnt hatte. Aber es war so eine Sache mit den leichten Dingen, ein Windstoß nur und sie wehen davon.

Ein Besuch bei Christians Eltern in ihrem ersten Jahr. Ein großes Einfamilienhaus aus den Siebzigerjahren, Blumen im Flur, ein Klavier im Wohnzimmer. Nach dem Kaffee holte Erika Fotoalben. Mama, nein, ich glaub, das interessiert Sas doch gar nicht. Aber Sas schüttelte den Kopf, doch natürlich, ich will doch sehen, wie du aussahst. Bald saß sie neben Erika auf dem Sofa, Erika blätterte von einem Bild zum nächsten: Ludwig und Erika bei Christians Taufe, seine beiden Geschwister daneben. Später: Christian zwischen seinen Eltern, linke Hand in der seiner Mutter, rechte in der seines Vaters, Christian lernte gerade laufen. Dann Christian auf einem Bobbycar, Christian mit Ranzen, neben seiner Mutter. Bilder von Familienfesten, Familienurlauben, Familiensonntagen, Vater, Mutter, zwei Jungs, ein Mädchen, innig. Erika erzählte von Christians ersten Worten, seinen Albernheiten, seinen kindlich weisen Erkenntnissen. Christian rutschte tiefer in den Sessel und verbarg sein Gesicht hinter der Zeitung. Saskia sagte «oh, wie süß» und «oh, da erkennt man ihn», aber ihr Lächeln war angespannt. Abends in seinem alten Kinderzimmer schlang er seine Arme um sie, vergrub sein Gesicht in ihrem Nacken und murmelte, tut mir leid, dass sie dich so zugetextet hat. Aber Sas wand sich aus seinen Armen, die Lippen schmal.

Nach ihrem Referendariat fand Saskia ihren Platz hinter dem Richterpult des Landgerichtes. Von dort aus versuchte sie, das Elend der Welt zu ordnen. Diebstähle, Drogen, blutig geschlagene Gesichter, Stichwunden, Schnittwunden, Schusswunden.

Anfangs sprach Saskia darüber, in der Dunkelheit, neben Christian auf dem Rücken liegend, ihre Hand in seiner. Christian alberte nicht herum, er schwieg und drückte fest ihre Hand. Wie leicht hatte er es mit seinen Firmen, das hätte sie machen sollen, Wirtschaft, Verwaltung, nicht die dunkle Seite der Welt. Aber wenn er es ansprach, zog sie nur wieder die Augenbrauen zusammen.

Dann kam die Geschichte mit dem toten Mädchen. Es war auf dem Heimweg von der Disco gewesen. Fünfzehn Jahre später hatte man die DNA des Täters aus Hunderten von Speichelproben herausgesiebt, und da saß er, auf der Anklagebank, Pranken, die sich mit Leichtigkeit um den schmalen Hals dieses Mädchens geschlossen hatten. Fotos der geschändeten Leiche lagen in der Akte, Saskia hatte sie zu betrachten und einzubeziehen in die Urteilsfindung der Kammer. Da half kein Doktortitel, nicht das in den ersten Berufsjahren selbst angeeignete forensische Wissen, nur Zähnezusammenbeißen. Abends duschte Sas jetzt lange und überprüfte mehrfach, ob die Tür verriegelt war. Sie sprach weniger.

Als Sas schwanger wurde, atmete Christian auf. Das Kindergeschrei, das Lachen und Brabbeln würden die Gequälten und Getöteten, die Schläger und Mörder aus ihren Gedanken vertreiben. Ihm war egal, wie das Kind auf die Welt kam, Hauptsache, es kam. Als er Johann in den Armen hielt und Sas zu ihm aufsah, fühlte es sich wieder an wie damals, als sie gelacht und herumgealbert hatten, nur leiser.

Aber den Kampf, den Sas danach aufnahm, verstand er nicht. Die Stillerei, mit Tränen und Pumpen, konnte man doch lassen, und Christian sagte: «Lass es doch einfach.» Aber einfach war nichts mehr.

Christian hätte gern wieder fest ihre Hand gedrückt, aber ihre Hände waren immer beschäftigt: an der Pumpe, am Pürierstab für den Brei, an der Waschmaschine, der Wäscheleine, sie zupften an Kinderhaaren, Kinderhemden, Kinderjacken, sie wischten Nutellaflecken von Wange und Kinn, sie blätterten durch Immobilienanzeigen, später dann in Unterlagen für den Hausbau, in Katalogen für Inneneinrichtungen.

Christian hatte gezögert, als seine Eltern die Idee für etwas Eigenes aufbrachten. Sie waren zu Besuch in seinem Elternhaus in München gewesen. Ihr solltet etwas kaufen, sagte Ludwig. Er verwies auf die Zinslage und sprach von der Sicherheit des Eigentums, weil das Geld sonst auf den Konten zerrinnen würde. Erika zeigte auf den Garten, der sich weit hinter dem Haus ausstreckte, das alte Schaukelgerüst stand immer noch da, jetzt für die Enkel. Saskia, damit wird es viel einfacher, ich habe die drei immer zum Spielen rausgeschickt.

Aber wenn sie nach Häusern und Grundstücken suchten, schweifte Christian manchmal ab, unbemerkt klickte er Wohnungen in Washington, London, Brüssel an; dort, wo er während des Studiums, im Referendariat und während der Promotion einige Zeit verbracht hatte. Er hatte andere Bilder für ihr Leben im Kopf.

In den ersten Jahren hatten sie sogar davon gesprochen, woanders zu leben, meist auf ihren Reisen. Nach deinem Referendariat, Sas, oder etwas später oder am besten, wenn unsere Kinder noch klein sind. Vielleicht in die USA, vielleicht auch nur was in Europa, noch mal etwas Neues probieren. Als Johann zwei Jahre alt und Saskia wieder schwanger war, bekam er ein Angebot, Dr. jur. Christian Baumgartner, Washington, Weltbank, drei Jahre. Er wollte sie fragen, wollen wir das nicht machen, Sas, wenn der Kleine da ist? Aber dann kam sie vom Arzt zurück, liegen sollte sie.

Christian, ich habe Angst. Wenn das Baby stirbt.

Das wird nicht passieren, Sas.

Aber es kann passieren.

Wird es nicht.

Ich hätte einen Bruder gehabt.

Sie biss sich auf die Lippen.

Er strich ihr übers Haar und ließ seine Hand in ihrem Nacken ruhen.

Christians Mutter stieg in den Zug nach Hamburg und sorgte für Essen und Ordnung. Julius kam gesund zur Welt. Da war es wieder da, das gemeinsame Lachen, sanft, zärtlich. Die Weltbank war vom Tisch.

Als sie ein Grundstück und einen Architekten gefunden, aber die Verträge noch nicht unterschrieben hatten, versuchte Christian es doch noch einmal. Es war einer der seltenen Abende, die nur ihnen gehörten, Weingläser am Bett, Lippen, die sich berührten. Da sagte er leise, willst du das denn wirklich, das mit dem Haus und so? Wir wollten doch mal was anderes. Aber Sas rollte sich zusammen, die Kinder brauchen ein Zuhause, weißt du, einen festen Ort, nicht so viel Hin und Her. Sie nahm einen der Kataloge vom Nachttisch und fing an, darin zu blättern. Christian ertappte sich dabei, wie er sich die Kinder aus ihrem gemeinsamen Leben wieder wegdachte.

Aber dann verschnürte er seine Bilder von einem Wechsel ins Ausland und packte sie weg. Sie kauften das Grundstück und stellten ein Haus darauf. Als es eingerichtet und dekoriert

war, versenkte sich Saskia in Bücher über das richtige Groß-
werden, in Bastelanleitungen für die erste Schultüte, für die
zweite, später dann in Studien über Windräder. Christian ließ
sie. Er stieg morgens früh ins Auto, fuhr nach Hamburg, arbeitete zwölf Stunden, stieg wieder ins Auto, kam nach Hause,
sagte den Jungs Gute Nacht, und später am Abend lagen sie
lesend nebeneinander im Bett. Christian hätte so gern seine
Witze gemacht, so gern nach dem gemeinsamen Lachen ge-
graben, aber er war zu müde dafür.

Jetzt fasst sich Saskia an den Hinterkopf, öffnet die Spange,
ihr Haar bedeckt den Nacken, sie bürstet sich. Christian sagt
noch einmal: «Saskia, es gibt einen Unterschied. Es ist nicht
alles gleich. Das weißt du.» Saskia dreht sich um, geht an ihm
vorbei, legt sich auf ihre Bettseite unter die weiß bezogene
Bettdecke. Einrollen, kein Blick, nur der Rücken.

Christian verharrt im Türrahmen, seine Sätze bleiben ihm
im Hals stecken – über verschiedene Kategorien von Ungerechtigkeit und Sicherheit, über Wahrscheinlichkeitsrech-
nung, darüber, dass die Wahrscheinlichkeit, in Syrien oder Afghanistan von einer Bombe in den Tod gerissen zu werden,
unvergleichlich viel höher sei als hier – und Sätze, die er noch
nicht zu Ende gedacht hat, die entstehen würden beim Sprechen. Aber im Eis erfriert jedes Wort. Er hatte ja auch gesagt:
Stimmt, vielleicht ist es besser, wenn die Kinder nicht auf den
Weihnachtsmarkt gehen. Dass es eigentlich Unsinn sei, Windkraftanlagen zu bauen, wenn es noch gar nicht genug Strom-
netze gebe, andersrum oder wenigstens gleichzeitig wäre das
schon vernünftiger gewesen. Und oft hat er selbst gemeint, dass
Hans ein alter Rechthaber sei, stur und selbstgerecht.

Diese Nacht ist es Christian, der nicht einschlafen kann.
Seine Nachtmonster haben sich um das Bett herum postiert,
hager sind sie, groß. Sie streichen mit ihren Nebelfingern über

Saskias Körper, jede Berührung lässt ein Stück mehr von ihr schwinden. Wo bist du, Sas, wo? Christian spürt Angst vor der Einsamkeit.

Am nächsten Vormittag packt Hans seinen Rucksack, schultert ihn und stapft durch den Garten am kleinen Backsteinhaus vorbei zum Bus. Saskia hat nicht gefragt, ob sie ihn fahren soll, und er hat sie nicht gebeten. Christian sitzt mit den Jungs auf dem Boden und spielt Carrera-Bahn, die ungesagten Sätze noch im Kopf.

X.

Hans starrt von oben auf die Gleise. Regionalzüge, ICE, Eurocitys fahren ein, entlassen ein paar Weihnachtsreisende, saugen neue wieder ein und rollen davor, manche fahren zurück, andere weiter. Hans bleibt sitzen, bei Pommes mit Mayonnaise und Ketchup, Hamburger, Cola, dann bei Kaffee im Pappbecher und Pappkuchen. Sein Flugzeug nach Bordeaux geht erst in zwei Tagen.

Am Vormittag hat er sich aus Johanns weißem Bett geschält, hat auf der Kante sitzend abgewartet, bis der Schwindel nachließ, der schmerzende Kopf wieder klar war, und ist dann, ungewaschen, in seine Jeans geschlüpft. Er zog T-Shirt und Pullover über und stopfte seine restlichen Sachen vom Fußboden in den Rucksack, die Lücken füllte er mit einzelnen Socken. Auf der Suche nach den dazugehörigen Exemplaren fand er hinten unter Johanns Bett, im letzten Winkel, einzelne Kindersocken, zwei versteckte Brotdosen mit schimmeligem Brot und nicht mehr identifizierbarem Aufstrich, zerknüllte Taschentücher,

150

Quartettkarten, aufgerissene, glänzende Papiere von Schoko-
bonbons und sogar noch ein paar unausgepackte in dem ganzen Wust. Schnell bugsierte Hans Johanns kleine Geheimnisse,
sein kleines Chaos, so weit wie möglich in die Ecke zurück.

Hans stieg die Treppe hinunter, zog sich die Stiefel an, die
ordentlich nebeneinander im Flur standen, warf sich die Jacke
über und ging ins Wohnzimmer. Erika und Ludwig saßen auf
dem Sofa, Christian kniete auf dem weichen Teppich vor dem
Weihnachtsbaum und spielte Carrera-Bahn mit Johann und
Julius. Saskia stand in der offenen Küche und schnitt Zwiebeln.
Einen Moment lang blieb Hans stehen, blickte auf diese große
Frau mit ihrem hochgesteckten Haar. Sie stand nur drei Meter
von ihm entfernt.

«Ich geh dann mal.»

Saskia blickte kurz hoch. «Ja.» Kein: «Jetzt schon?», keine
Frage.

Hans stand für einen Augenblick da, und obwohl die Kinder
miteinander sprachen, Erika Ludwig etwas zuraunte, war es,
als erfüllte sein und Saskias Schweigen den Raum.

Er drehte sich um und lief in Stiefeln über den Teppich,
schmutzig auf hell, wuschelte Johann durchs Haar, dann Julius,
klopfte Christian auf den Rücken, der immerhin aufstand und
sich vorbeugte, beide Arme öffnete, ausstreckte, aber dann auf
einmal kraftlos den linken Arm fallen ließ, nur die rechte
Hand auf der Schulter des Schwiegervaters platzierte. Das war
sein: «Mach's gut».

«Ja, dann», sagte Hans, hob die Hand gen Erika und Ludwig,
die mit Strickzeug und Zeitung auf dem Sofa saßen. Ludwig
erhob sich, beugte sich etwas vor, aber kam nicht auf ihn zu,
Erika legte Nadeln und Wolle beiseite und ihre Hände auf den
Schoß, «ach, du fährst schon? Dann gute Fahrt.» Als Hans sich
zur Tür wandte, sah er aus den Augenwinkeln, wie Ludwig den

Kopf schüttelte. Hans musste unwillkürlich an Meggies Eltern denken, deren Kopfschütteln ihm wieder und wieder diebische Freude bereitet hatten, nicht nur stille.

Oft hatte er mit Freunden in der Runde gesessen, im Schneidersitz auf dem Boden, andere auf Matratzen oder auf dem Sofa, Meggie ein paar Meter neben sich, und die Kaufmannsgroßeltern nachgemacht, die prüfenden Blicke, die gesuchte und mühsam gefundene Höflichkeit, mit der sie ihn baten, ihre Tochter doch zu heiraten. Ein Gang, zwei Unterschriften, ein Stempel, geordnete Verhältnisse beurkundet von Amts wegen. Die Kirche brachten sie gar nicht mehr ins Spiel, das immerhin hatten sie inzwischen verstanden. Den Rest aber nicht. Hans saß zwischen den Freunden, faltete die Hände im Schoß und sprach: «Hans, denken Sie doch an die Fa-Mi-Li-E.» Und zog die Augenbrauen hoch und hob den Zeigefinger. Dann stand er auf, stellte sich in die Mitte des Raumes, nun Johann Maximilian Bergmann, stramm, das Kinn in die Luft gestreckt: «Ich dulde kein Konkubinat, Herr Bräuninger. Ich dulde nicht, dass sie die Ehre dieser Familie und den Ruf dieser Firma zerstören. Wir haben zwei Kriegen standgehalten, wir werden auch Ihnen standhalten.» Hans rollte dabei das R, streckte den rechten Arm aus. Dann zog er – wieder als Hans der Große – Meggie an der Hand hoch, in die Mitte und schließlich hinaus aus dem Raum. Die anderen lachten, Meggie auch, den Kopf in den Nacken gelegt.

Aber als er jetzt die Terrassentür von Saskias und Christians Haus öffnete und durch den Garten stiefelte, obwohl er doch wusste, wo der Eingang war, spürte er – Jahrzehnte später – plötzlich ein Widerstreben in Meggies Arm, hörte hinter ihrem Lachen etwas anderes, Anspannung, Traurigkeit, Zerrissenheit. Ein stilles: «Hör auf, so sind sie doch nicht, nicht so.» Aber es war unausgesprochen geblieben. Meggie spielte mit.

Für einen Augenblick wurden Hans' Schritte langsamer. Er hätte sich umdrehen, mit den dreckigen Schuhen wieder ins Haus gehen können, wenigstens jetzt, wenigstens Saskia die Hand auf die Schulter legen können. Stattdessen ging er schneller, durchquerte ihren Garten und dann den von Markus.

Als er an dessen Hauseingang, vor dem immer noch die Gummistiefel herumlagen, vorbei war, hörte er, wie sich die Tür öffnete: «Heiho, schon wieder los?» Markus stand da in Unterhose und ausgeleiertem T-Shirt. «Warte noch mal», rief er. «Hei, kommt mal, Hans Tschüss sagen», und eins der drei Kinder sprang die Treppe herunter. Hans wusste nicht mehr, wie es hieß, nur, dass er es zwischen seinen Beinen hatte schaukeln lassen. Aus der Küche kam eine kleine, dunkelhaarige Frau, ebenfalls in T-Shirt und Slip. «Hallo», sagte sie, mit tieferer Stimme, als der zierliche Körper hätte erwarten lassen. Sie streckte ihm die Hand entgegen, und Hans ergriff sie.

«Musst du zum Bahnhof?», fragte Markus.

«Ja.»

«Fährt Saskia dich nicht?»

«Passt da gerade nicht, die essen gleich Mittag.»

«Aha. Warte kurz, ich bring dich rum.»

«Nicht nötig.»

«Doch, jetzt fährt ja nur alle hundert Jahre ein Bus. Bin gleich da.» Markus sprintete die Treppe hoch, drei Stufen auf einmal, kam in Jeans wieder, nur die Suche nach dem Autoschlüssel dauerte, er war nicht in seiner Jackentasche, nicht im Rucksack, nicht in Jasmins erster Handtasche, nicht in ihrer zweiten, sie wühlten herum und leerten die Taschen, scheuchten die Kinder zum Suchen auf.

Hans stand in der Tür. Er konnte nicht anders, als zu vergleichen; auch er hatte seine Vorstellungen, wie die Dinge zu sein hatten, was richtig und falsch, was fremd und vertraut war, und er stellte fest, wie das Eigene plötzlich fern und das Fremde vertraut war.

Plötzlich entdeckte Hans das Schlüsselbrett neben der Tür und einen VW-Schlüssel daran und fragte: «Ist er das?» Markus fluchte so laut, dass die Wände vibrierten, während Jasmin in Lachen ausbrach. Sie konnte vor Lachen nicht mehr «tschüss» sagen, nur noch winken.

*

Nun sitzt Hans in Hamburg in der Filiale der Fast-Food-Kette, bei der er eigentlich fragen müsste, ob und wie und wo sie Steuern zahlen, wie die Tiere gehalten werden, bevor sie zu Burgerpatties werden, und wie die Arbeitsbedingungen sind. Aber er starrt nur auf die Gleise und schiebt sich einen Pommesstängel nach dem anderen rein, wie in Zeitlupe. Beim Kaffee fangen die Fast-Food-Mitarbeiter an, öfter nach ihm zu schauen, weil der ungekämmte, alte Mann immer noch dasitzt.

Hans sucht in seinem Handy nach Céciles Nummer. Er lässt das Smartphone wählen und presst es ans Ohr, bis er ihre Stimme auf der Mailbox hört. Er muss für Sekunden überlegen, wie man ein Gespräch, das noch gar nicht begonnen hat, wieder beendet. Die Gesten und Bewegungen geschehen nicht mehr automatisch, sondern zeitversetzt, da ist etwas zwischengeschaltet, ein Stolpern, ein Warten. Hans' Finger zögert, er weiß nicht, ob er wischen soll und wohin. Hans hört den Piepton der Mobilbox, also sagt er «Salut, Cécile, joyeux Noël» und noch ein paar Sätze. Dann hat sein Finger wieder die Richtung gefunden. Hans legt auf. Cécile wird bei ihren Kindern sein, fällt ihm ein. Natürlich, sie hatte ihm das sogar vor ein paar Wochen gesagt und ihn gefragt, ob er über Silvester zu ihr kommen möge, nach Paris, da wäre sie wieder zurück und würde mit Freunden feiern, er sei herzlich eingeladen. Aber Ruth und Georg haben sich im Haus im Périgord angekündigt. Also hat er es im Ungefähren gelassen, so wie er die Dinge mit Cécile auch sonst im Ungefähren ließ. Hans sitzt weiter vor den Pommes, die skeptisch blickenden Angestellten im Nacken. Er versucht es bei Ruth und Georg. Das wäre das einfachste, unterzukommen in ihrer Wohnung in Ottensen, aber während das Telefon klingelt, fällt ihm ein, dass auch sie bei Bastian oder Hannes sind, den Söhnen, Familie halt.

Ruth und Georg, Georg und Ruth. Als Meggie und er, Meggie mit dickem Schwangerschaftsbauch, in die riesige Hamburger Altbauwohnung gezogen waren, anfangs zusammen mit Heidi, Annette, Richard – oder waren es Susanne und Reinhard? –, waren die beiden kein Paar und trotz der Kinder nur locker miteinander verbunden gewesen.

Ruth, älter als Georg und Hans, war der Mittelpunkt gewesen. Sie zog alle an: Die Kinder hingen ihr am Rockzipfel – und Ruth trug Röcke, da gab es keine Auflehnung und keine Prinzipienreiterei. Die Kinder zogen und zupften also an ihren Röcken, Ruth nahm das eine hoch und beruhigte das andere. Die Frauen legten Ruth ihre Köpfe an die Schulter und ließen ihren Tränen freien Lauf, weil Heiner oder Christoph ein Arsch und dauernd bei irgendeiner Katrin oder Karin im Bett waren. Wenn Annette oder Richard sagten, sie müssten sich aber von ihrem Besitzdenken befreien, sie seien als Menschen doch frei geboren, also gehörten sie niemandem, wie sollten sie für die Freiheit anderer kämpfen, wenn sie sich selbst nicht von Eigentumsansprüchen lösen könnten, die Revolution beginne nicht erst vor der Haustür, sagte Ruth: «Lass sie. Zur Freiheit gehört auch das Recht, eifersüchtig zu sein.» Dann weinte die, die ihren Kopf an Ruths Schulter gelegt hatte, noch heftiger, war aber froh, wenigstens das Recht dazu zu haben. Und die anderen um sie herum stritten darüber, ob es das geben konnte: ein Recht auf Eifersucht. Aber Ruth war das egal. Sie stritt nicht mit ihnen, sie wischte die Tränen ab. Auch die Männer fühlten sich zu Ruth hingezogen; Georg schien das nicht zu stören. Sie war klein und zierlich, aber nie Mädchen, immer Frau. Hans blieb ihr fern.

Wann Ruth und Georg sich entschieden hatten, dieses Wechselspiel aufzugeben, hatte Hans nicht mitbekommen. Aus den vielen im großen, gelben Haus im Dorf in Niedersachsen wurden weniger, es bildeten sich Pärchen, Kinder wurden zugeordnet. Georgs rundes, jungenhaftes Gesicht wurde schmaler, seine Augen auch, wenn Hans den Jungs seine üblichen Vorträge so hielt wie Saskia und Sophie, wenn er mit ihnen schimpfte wie mit den Mädchen, weil das Schimpfen, wenn überhaupt, doch ihm, Georg, zustand, nicht einem anderen. Dann ging Meggie fort. Da waren es nur noch drei, Georg, Ruth und Hans. Dann gingen auch Ruth und Georg, zogen in eine Wohnung in Hamburg. Da war es nur noch einer. Hans, wie aus Versehen, allein mit seinen beiden Töchtern.

Ruth geht an den Apparat.

«Hans!»

«Hallo.»

«Das ist aber eine Überraschung!»

«Ja.»

«Warum rufst du an?»

«Nur so. Zum Frohe-Weihnachten-Wünschen.»

«Du rufst sonst nie zu Weihnachten an. Ist Sas so streng mit dir? Musst du Hausschuhe und Krawatte tragen und dich beim Essen benehmen? Und ihre Schwiegereltern wollen mit dir den Stammbaum malen?»

Er hört Ruths Gelächter, ihre typischen Gurgellaute.

«So ungefähr.»

«Mal ihnen deine Apothekerfamilie auf, mit den sieben Generationen. Das beeindruckt sie sicher.»

«Es waren fünf.»

«Dann eben fünf. Und schreib den Dr. jur. in dein Stammbaumfenster. Erzähl ihnen von deiner Bankkarriere.»

«Pff.»

«Stell dich nicht so an. Bei mir ist es schlimmer: Ich muss die ganze Zeit Lillifee vorlesen.»

«Was ist das denn?»

«Prinzessinnenkram mit Elfen oder rosa Schweinchen, die Pupsi heißen und tanzen. Schlimmer als jede Barbie.»

Sie lacht wieder. Woher hatten manche Menschen diese Gabe zur Zufriedenheit?

«Hier gab es Legofluten. Alle drin ertrunken. Wann kommt ihr ins Haus?»

«Silvester. Wie gesagt.»

«Gut.»

«Halt durch.»

«Ja.»

«Sei artig.»

«Ja.»

«Und grüß Saskia und alle.»

«Ja, du auch deine Leute.»

Hans wischt übers Telefon. Er stützt den Kopf in die Hand, steht auf, holt sich den nächsten Kaffee. Er denkt, seit Jasmin sich so vor Lachen gekrümmt hat, immer wieder an Sophie. Wieso war das eine Kind so und das andere so? Er sucht unter seinen Kontakten nach ihrer Nummer; das ist der Vorteil eines Handys, kein Herumwühlen mehr zwischen lauter Zetteln nach der neuen Nummer. Auch wenn Sophie mal wieder woanders lebte, ihre Handynummer blieb gleich und war gespeichert.

Sophie hebt ab und nuschelt: «Hao?»

«Hier ist Hans.»

«Is was?»

«Nein, wieso, ich wollte nur mal fragen, wie es bei dir so ist!»

«Wie es is? Is sechs Uhr morgens.»

«Wie?»

«Bin in San Francisco.»

«Ah, ach so.»

«Von da hab ich gestern angerufen.»

«Vergessen.»

«Das war doch erst gestern.»

«War viel los.»

«Bei Sas? Never ever. Aber ruf später wieder an, ja? Ist echt zu früh.»

«Ja, dann schlaf mal.»

Jetzt ist auch der zweite Fast-Food-Kaffee ausgetrunken. Hans starrt auf die Gleise, er kann die Abfahrtsanzeigen von oben nicht erkennen. Er sollte aufstehen, aber er ist auf einmal so müde. Er stützt die Ellenbogen auf, legt die Hände zusammen und das Kinn auf die Daumen und wartet, worauf, das weiß er nicht.

Im Périgord steht ein leeres Haus, aufgeräumt und geputzt, weil er die Haushälterin darum gebeten hatte. Er könnte einfach einen früheren Flug nehmen. Oder nach München fahren. Auch in München gibt es eine leere Wohnung. Wann ist er zuletzt da gewesen? In dieser Stadt, die ihm in ihrer Reinheit immer fremd geblieben ist? Warum hatte er die Wohnung überhaupt noch? Er sollte sie vermieten. Er könnte hinfahren und nach Weihnachten einen Makler beauftragen. Doch

braucht er sie nicht noch manchmal, um näher dran zu sein –
aber näher an was?

Er sucht im Rucksack nach seinem Schlüsselbund, wühlt
herum, wirft Pullover, Kulturtasche, Socken auf den Stuhl
neben sich. Die Fast-Food-Angestellten blicken wieder und
wieder zu ihm herüber, Hans' Hände verheddern sich beim
Suchen, er bleibt in den Rucksackriemen hängen, dabei muss
ihm der Fast-Food-Mann doch egal sein. Als der Rucksack
leer ist, findet Hans den Schlüssel in seiner Jackentasche, aber
ohne den Schlüssel für München am Bund. Im Handy sucht er
nach der Nummer von Katrin, seiner Nachbarin in München,
sie hat einen Zweitschlüssel für alle Fälle. Aber es antwortet
nur eine Mobilbox.

«Wollen Sie noch was bestellen?», fragt jetzt der Fast-Food-
Mann, der doch nie zu den Tischen kommt, das ist in seiner
Jobbeschreibung gar nicht vorgesehen. An der Frage hängt
hörbar ein Ausrufezeichen, da kennt Hans sich aus.

«Nein, danke.» Hans steht auf, stopft seine Sachen in den
Rucksack zurück, legt das Brillenetui obenauf, schultert ihn
und fährt mit dem Fahrstuhl in die Wandelhalle hinunter. Er
bleibt vor der Anzeigetafel stehen, die Buchstaben sind verschwommen, er kramt die Brille wieder hervor. Lübeck, Kiel,
Berlin, München, Stuttgart. Daran bleibt sein Blick hängen.

«Wo gehscht denn hi?», hatte der kleine Peter gefragt. «Arbeiten.» Nur zu Friedhelms Beerdigung war Hans noch mal
wiedergekommen. Das war vor acht Jahren gewesen. Dieses
Mal hatte er seinen eigenen Anzug getragen, nicht mehr den
des Vaters. Er kam allein, ohne Sas, ohne Sophie. Warum sollten sie den toten Onkel nun noch kennenlernen, wo ihnen der
lebendige doch schon fremd gewesen war? Anschließend fuhr
Hans wieder weg. Anders als vor mehr als dreißig Jahren fragte
das Peterle ihn nicht mehr. Es war längst ein erwachsener

Mann geworden, mit ersten grauen Haaren an den Schläfen, und stieg selbst in den Zug und in das Flugzeug, das ihn zurück in die USA brachte. Auch das Peterle war gegangen. Geblieben waren Irmgard, eine verkaufte Apotheke und Hans' Anteil am Erlös.

Hans löst am Automaten eine Fahrkarte in die schwäbische Kleinstadt. In Stuttgart wird er den letzten Anschluss nicht mehr erreichen. Also wird er den Abend des ersten Weihnachtstags im Zug und im Hotel verbringen. Eine Reise zu den Toten. Deinen Toten. Deine Heimat. Er wundert sich über den rührseligen, alten Mann, der da im ICE sitzt, auf seinem Platz, mit seinem Rucksack, und das Wort Heimat denkt.

*

Der Bahnhof war jahrzehntelang ein toter Ort gewesen. Kein Zug war hier mehr durchgefahren, Gräser, Löwenzahn und Brombeersträucher wuchsen über die Gleise. Aber einige Zeit vor Friedhelms Tod änderte sich das wieder. Das Grünzeug wurde entfernt, um wieder Zügen Platz zu machen. Jede Stunde fuhren sie nun aus der Großstadt das kleine Städtchen an. Der Zug hält, Hans steigt aus. Im alten Bahnhof gibt es inzwischen einen Bäcker, einen Kiosk und einen Fahrkartenautomaten. Hans bleibt einen Augenblick stehen, um sich zu orientieren. Hinter dem Bahnhof verläuft die Schnellstraße, dort erstreckt sich ein Gewerbegebiet. Seit Hans ihn verließ, ist der Ort um das Dreifache gewachsen. Dreimal so viele Häuser, doppelt so viele Menschen, neue, glatt asphaltierte Straßen. Ein Sammelsurium aus Einfamilienhäusern und Mietwohnungen, zusammengestückelt aus verschiedenen Jahrzehnten, die meisten Gebäude frisch verputzt und gestrichen. Er geht zu Fuß hinunter in den Flecken – die alten Worte kommen

160

ihm wieder in den Sinn, dabei hatte er so sehr versucht, alles Frühere abzulegen. Im Ortskern stehen noch immer die vereinzelten Fachwerkhäuser, übrig geblieben von den Bombardierungen. Über den Straßen hängen Weihnachtslichter, die Fensterläden sind geschlossen, die Rollos heruntergelassen.

Auf dem Rathausplatz bleibt Hans vor einem der Fachwerkhäuser stehen. Das rote Apothekenschild hängt noch über der Tür. Durchs Schaufenster zieht sich eine Lichterkette, darunter sind Gesichtscremes, Nahrungsergänzungsmittel und Tablettenschachteln drapiert – alles versehen mit großen, leuchtenden und kleinen, weißen Schildern, auf denen der alte Preis durchgestrichen ist. In geschwungenen Buchstaben ist auf das Schaufenster ein Name geklebt, den Hans schon bei Apotheken in München und Hamburg gesehen hat. Und darunter: «Erlebnis Gesundheit – Die Wohlfühl-Apotheke».

Hans presst sein Gesicht an die Schaufensterscheibe und schirmt mit den Händen das Licht ab, um einen Blick ins Innere zu erhaschen. Der Raum wirkt größer, weitläufiger, dehnt sich nach hinten aus. Die Wand zum Hinterzimmer ist verschwunden. Dort, wo der Vater gegen den Schrank gestoßen und auf den Boden gestürzt war, stundenlang in seinem Blut gelegen hatte und gestorben war, können die Kunden jetzt Gesundheit erleben.

Hans' Blicke suchen die Ladentheke, hinter der der Vater gestanden hatte: groß und hager, schütteres Haar, etwas vorgebeugt, seine Hand aufgestützt. Und dann Friedhelm, ebenso groß, ebenso vorgebeugt, genauso schütteres Haar, nur, dass er zwei Hände zum Aufstützen hatte. So sieht Hans den Bruder, Friedhelm den Immertreuen.

Aber er kann keine Ladentheke und keine hohen Apothekerschränke mehr ausmachen, in denen der Apotheker sein Wissen um die Macht der Medikamente, um ihre Heilkraft

und ihre Gefahren, bis an die Decken und bis in die Tiefen der
Schubladen gelagert hatte. Stattdessen erkennt Hans im vorde-
ren Teil des Geschäfts niedrige Regale voller Körperlotionen
und Handcremes, Lippenstifte und Lidschatten. Einkaufs-
körbe stehen dort ineinander gestapelt wie im Supermarkt.
Ein kleines Regal mit Metallkörben nahe bei der Eingangstür,
darin Werbeflyer und Kataloge mit der Aufschrift: «Deine
Gesundheit, deine Prämien».

Hans tritt einen Schritt zurück. Friedhelm der Immertreue
hatte die Apotheke in fremde Hände gegeben. Ein neuer Inhaber, dem eine Firma ihren Namen und ihr Erscheinungsbild
gegen Franchisegebühr verliehen hatte, mit dem Versprechen,
so den Gewinn zu erhöhen und der Konkurrenz durch On-
line-Händler standzuhalten. Hans wird zornig, nicht auf den
Inhaber und die Firma, sondern auf Friedhelm. Was hätte der
Vater dazu gesagt? Dass Friedhelm das Band durchtrennt und
die altehrwürdige Apotheke, die für Wissen und Können, für
Vertrauen und Tradition, stand, zu einem gewöhnlichen
Gemischtwarenladen degradiert hat. Hans schnaubt. Aber der
alte Mann mit Rucksack, der ihm im Schaufenster entgegen-
blickt, schaut ihn, etwas verschwommen, genauso zornig an.
Verrat. Ja. Aber von wem? Was war schlimmer: Das Band am
Anfang zu zerschneiden oder kurz vor dem Ende?

Hans war nie mit Meggie und den Kindern hier gewesen.
Als Saskia geboren worden war, hatte Meggie gefragt. Sie hielt
das flaumköpfige Baby in ihren Armen, strich mit ihrem Zeigefinger, diesem Riesen, über Saskias Stirn und Nase, Mund
und Kinn und sah zu Hans hoch. Sie suchte nach Zeichen der
Ähnlichkeit. Mal glaubte sie, sie in den Augenbrauen zu entde-
cken, obwohl das Kind kaum welche hatte, mal in der Kinn-
partie, mal in der Form des Mundes, wenn beide schliefen. Sie
fragte: Wie hat eigentlich deine Mutter ausgesehen? Katharina

hieß sie, oder? Und dein Vater? Wem sahst du als Baby ähnlich? Und dein Bruder? Zeig mir doch mal Fotos. Wollen wir nicht mal hinfahren? Damit ich wenigstens deinen Bruder mal kennenlerne? Aber Hans zuckte nur die Schultern und ließ sie mit der Spurensuche allein.

Einmal, als Meggie nachts neben ihm lag, auf den Ellenbogen gestützt, und ihren Finger über seine Nase und Lippen gleiten ließ wie sonst über die Saskias und noch einmal fragte, dieses Mal drängender, Hans, wollen wir nicht zusammen mit Saskia sehen, wo du herkommst, zeig es ihr – und mir bitte, wie sollen wir sonst eine Familie sein?, da schnellte er hoch:

«Familie. Hör doch auf! Ich brauch den Scheiß nicht. Sie braucht den Scheiß nicht. Wir brauchen das nicht.»

Er stieß sie zur Seite, packte ihre Hände und drückte sie in die Matratze. Im Licht der Straßenlaterne, das durchs Fenster fiel, sah er Meggies schmalen Körper, unter dem T-Shirt zeichneten sich ihre Brüste ab. Ihr Shirt war ihr bis zum Bauch hochgerutscht, er ahnte im Halbdunkel ihre nackte Haut. Mit dem Zorn überkam ihn die Erregung. Hans presste Meggies Arme mit einer Hand tiefer in die Matratze, mit der anderen schob er ihre Beine auseinander und hielt ihren überraschten Blick fest. Ihm war egal, dass ihre Schenkel nicht zitterten und dass sie den Kopf abwandte.

Als er sich von Meggie herunterrollte, drehte sie sich zur Seite. Hans lag auf dem Rücken und starrte an die Decke. Wut und Erregung waren verschwunden. Im Nebenzimmer begann Saskia zu schreien, und eines der anderen Kinder fiel ein. Hans blieb liegen, Meggie auch. Es wird Ruth gewesen sein, die aufstand und Saskia in den Schlaf wiegte. Vielleicht auch Georg.

Hans streckt die Hand aus, dem schemenhaften Mann entgegen, der ihn im Schaufenster ansieht und wiederum ihm die Hand reicht. Er spürt das kalte Glas auf seiner Handfläche.

Der Rucksack liegt schwer auf seinen Schultern. Hans geht weiter durch die Straßen, durch die der Bruder ihn immer zur Kirche mitgenommen hatte, geht bis dahin, wo früher Felder gewesen waren. Über die war er damals gerannt, mitten durch die frische Saat. Jetzt wächst dort kein Getreide mehr, stattdessen stehen Einfamilienhäuser da. Er sucht auf dem Handy im Telefonbuch, Friedhelm Bräuninger, Lerchenstraße vier. Das Telefonbuch weiß noch nicht, dass es da keinen Friedhelm mehr gibt, nur noch seine Knochen nahe der Friedhofstraße, unter Schaufeln von Erde.

Es ist mittags, als Hans im Windfang der Lerchenstraße vier steht und bei Irmgard klingelt. Der zweite Weihnachtstag. Erst als er den Finger wieder von der Klingel nimmt, fällt ihm ein, dass sie gar nicht da sein könnte. Aber er hört Schritte und sieht hinter dem dicken Ornamentglas der Tür einen Schatten. Irmgard öffnet ihm. Ihr Haar wellt sich grau. Sie trägt über der rosa Bluse eine beige Strickjacke und eine beige Hose mit Bügelfalten. Sie sieht ihn an und tritt einen Schritt zurück.

«Hans?»

«Ja. Grüß Gott.»

«Wo kommscht du denn her?»

«Vom Bahnhof.»

«I han grad Mittag gesse. I wollt mi nalege.»

«Dann komm ich besser später wieder.»

«Ja nei, komm doch nei.»

Irmgard macht zwei Schritte zur Seite und hält ihm die Tür auf. An der Garderobe im Flur hängen ein Mantel, eine Jacke, ein Schal, und auf der Hutablage liegt ein einzelner brauner Hut. Auf dem PVC-Boden, der so tut, als bestehe er aus hellbraunen Kacheln, stehen ein paar Stiefel und ein paar Halbschuhe in Beige. An den Wänden hängen Fotos. Das Hochzeitsfoto zeigt Irmgard und Friedhelm: Irmgard mit Pony und glattem, dunklem Haar, das leicht nach innen fällt, Friedhelm mit kurzen Haaren und Seitenscheitel. Daneben das Hochzeitsbild der Eltern in Schwarz-Weiß, darauf lächelt die Mutter. Dann ein weiteres Hochzeitsfoto, sicher aus der gleichen Zeit, vermutlich Irmgards Eltern. Weiter unten das Foto von einem jungen Mann mit einer blond gelockten, jungen Frau.

«Peter?», fragt Hans und zeigt auf den jungen Mann.

«Ja, des isch der Peter.»

«Lebt er noch in den USA?»

«Nein, der isch jetzt in Shanghai.»

Irmgard geht in die Küche. «Hast du äbbes gesse?»

«Nei, koa Zeit g'het», sagt Hans.

«Dann ischt du ebe jetzt», sagt Irmgard und holt aus dem Kühlschrank zwei Tupperschalen. Ihre Hände zittern. Hans fragt sich, wie viel älter sie ist als er. Sie war mit Friedhelm in der Volksschule gewesen, erinnert er sich.

Dann sitzt er auf der dunklen Eckbank in ihrer großen Küche, die Unterarme auf die weiße, mit grünen Ranken bestickte Tischdecke gelegt, und isst Spätzle und Gulasch von einem Teller mit Blumenmuster. Mehr als einen davon hatte er seinen Eltern einst entgegengeschleudert, wegen des Krieges, wegen Hitler, wegen der Juden, wegen des ewigen Betens, wegen des Kirchenchors, wegen ihres Schweigens. Das gute Geschirr, hatte die Mutter dann nur gemurmelt, das Kehrblech geholt, sich hingekniet und die Scherben aufgekehrt. Beim Vater zuckten bloß die Mundwinkel. Jetzt sitzt Hans still da, beugt sich über den Teller und löffelt das Essen in sich hinein.

«Hat der Peter eigentlich Kinder?», fragt er.

Irmgard schüttelt den Kopf. «Hat nicht sein sollen.» Ihr Blick senkt sich hinter den dicken Brillengläsern. «Die Mary, die isch ja auch eine Wissenschaftlerin, da war koa Zeit.»

Da also hört es auf. Vater, Mutter, Kind, Schluss. So hatte

Hans es gewollt, als er Meggie kennenlernte. Es würde ohnehin schon viel zu viel Gedränge geben auf der Welt, auch ohne sein Zutun. Aber jetzt schluckt er die letzten Spätzle herunter und sieht Irmgard an, die sich selbst die Hände hält, sie im Schoß gegeneinanderpresst, um ihrem Zittern wenigstens für ein paar Sekunden Einhalt zu gebieten. Das Haus ist groß, leer und still.

«Hm», sagt Hans. Da beginnt Irmgard zu erzählen. Sie nennt Straßen und Häuser, malt auf dieser Landkarte die Leben von Menschen auf, von denen sie meint, Hans müsse sie doch kennen – Schulkameraden von Friedhelm, Großcousins und -cousinen. Aber er erinnert sich kaum, fällt von einem Erinnerungsloch ins nächste, nur manchmal hängt da ein loser Faden, an den er anknüpfen kann. Irmgard redet und redet, während er ihren lauwarmen Kaffee aus den Goldrandtassen seiner Mutter trinkt und ihr Weihnachtsgebäck isst. Ihre Wangen sind gerötet.

Sie hat Nadel und Wolle hervorgeholt und häkelt, unter Bändigung ihrer widerspenstigen Zitterfinger, Mützen, geringelt, damit sie auf dem Tapetentisch beim Kirchenbasar drapiert und für ein paar Euro verkauft werden können, um Geld für die Flüchtlingsfamilien im Ort zu sammeln.

Des sind ja so arme Leit, sagt Irmgard, Schlimmes haben die erläbt, da bringt der Mahmud den Kleinen zur Schul', da unte in Syrien, und auf dem Schulweg explodieren Bomben, der Vadder weiß nie, ob er des Kind noch lebendig zur Schule bringt oder nur noch tot. Und des Kind erscht, des muss des alles ansehe, wie die Häuser brennet und einstürzet.

Hans, ich hatte damals solche Angst. Und das Luisle erst. Es hat draußen mit der Millie gespielt. Das Luisle warf das Stöckchen und die Millie holte es zurück, wieder und wieder. Da dröhnte es am Himmel, und mit dem Dröhnen kamen die Bomben.

Die Piloten waren gar nicht auf dem Weg zu ihnen gewesen. Das hier war doch nur ein kleiner Ort, mit Rathaus, Schlösschen, umgeben von einem schmalen Wassergraben, Fachwerk und Apotheke, ein Nichts, keine Autofabrik, keine kriegswichtige Industrie. Aber Dorf und Fabrik ließen sich wohl gut verwechseln. Weil die Piloten irrten, lief das Luisle schreiend auf Irmgard zu. Irmgard, die Ältere, packte es an der Hand, die beiden Mädchen rannten, Hand in Hand, die Zöpfe flogen, Millie bellend hinterher. Aber wie flieht man vor diesem Lärm, der das Innere explodieren lässt, und wohin?

Da hatte die kluge Irmgard eine Idee, sie sah die Rettung: Das Kellerfenster eines Hauses in der Gass' stand offen. Irmgard schob die Jüngere hinein und rief: «Spring!» Aber das Luisle schrie und klammerte sich an Irmgards Hand. Für einen Atemzug wurde es still, dann ertönte ein Pfeifen, und ein Knall sprengte die Luft, die Erde bebte, von oben stürzten Steine herab, hinein in das Kellerfenster. Irmgard spürte Schläge auf ihrer Hand, sie riss sie weg, das Fenster stürzte in sich zusammen, die Welt gleich mit. Jetzt wollte Irmgard schreien, aber es kam kein Laut, und der Tag wurde zur Nacht, um vier Uhr nachmittags im Staub, wo man doch eigentlich mit dem Hund spielen gegangen war.

Es dauerte zwei Tage, bis sie das tote Luisle aus den Trümmern zogen. Ein Arm fehlte. Friedhelm stand daneben, Tränen fand er nicht mehr, Berge von Schutt und Schmerz. «I hab des dem Friedhelm nie erzählt. Sonst auch niemandem.»

Hans starrt auf Irmgards Häkelnadel, die den Faden greift, Masche für Masche, Hände, Metall und Wolle, blind geführt. Die Frau, der die Hände gehören, findet auch keine Tränen mehr.

Hans schweigt. Das Foto seines toten Bruders hängt im Flur an der Wand, auch seine nie gekannte Schwester lebt täglich in

Irmgards Erinnerung, und in seinem Gedächtnis noch die anderen – der Vater, die Mutter, Meggie, das tote, unfertige Kind.

Als Hans am frühen Abend aufbricht, hält er Irmgards Hand lange in seiner. Da hört das Zittern für einen Moment auf. «Viel Erfolg beim Kirchenbasar», sagt er und geht durch die Dunkelheit. Zum Friedhof geht er nicht mehr.

*

Im Regionalzug ruft Hans Katrin an, sie wird ihm am späten Abend die Wohnung in München aufschließen. Er versucht, Sophie zu erreichen, aber sie geht nicht ans Handy. Und Sas? Hans' Zeigefinger schwebt über dem Telefonhörer-Zeichen auf dem Display, nur noch ein Zentimeter, bis das Handy wählen wird. Was wird er sagen? «Sas, hier ist Hans.» Und dann? Er sieht das schmale Gesicht vor sich, die steilen Falten zwischen den Augenbrauen, die harten Züge um den Mund. Wo bist du geblieben, Sas? Käfer, Ameisen, Spinnen, du hast sie alle gerettet vor unseren großen Händen, die zupacken wollten, um sie zu zerschlagen, zerquetschen, du hast geschrien: «Nein, nicht!» Du hast die Tierchen in die Hand genommen, sie hinausgetragen, draußen auf den Rasen gesetzt, Mücken hast du an deinem Arm saugen lassen, sie müssen doch auch von etwas leben. Tränen liefen dir herab, wenn Meggie das Beil hob, den nächsten Hühnerhals durchtrennte, ihr das Blut ins Gesicht spritzte und auf die Wangen. Als du verstanden hast, dass der Kopf nicht wieder dranzumachen war, die gackernde, gluckende Hilde, Rike, Lulu nie wieder über den Hof laufen würden, hast du kein Fleisch mehr angerührt, Sas. Dein Herz ist so weit, deine Welt so eng. Woher kommt deine Wut, Sas?

Hans lässt den Finger neben dem Telefon sinken, lehnt den Kopf an die Rückenlehne und fixiert mit dem Blick die gegenüberliegende Kopfstütze, vielleicht hilft das gegen den Schwindel, der ihn wieder erfasst hat. So bleibt er sitzen, spürt, wie sein Kopf ruckt, wie ihm die Lider zufallen, er öffnet sie mühsam wieder, einmal, zweimal, dann gibt er den Widerstand auf, sein Kopf kippt nach vorn. Hans beginnt zu schnarchen.

Als er aufwacht, schließen sich gerade die Zugtüren, durch die halb geschlossenen Augenlider erkennt Hans auf dem Bahnhofsschild «Stuttgart». Er springt auf, reißt seinen Rucksack von der Gepäckablage, taumelt, fängt sich, macht ein paar große Sätze zur Tür und drückt auf den grünen Knopf. Aber es ist zu spät, die Tür bewegt sich nicht mehr, der Zug fährt zurück in die Gegenrichtung, Stuttgart ist Endstation. Hans ist allein im Waggon, allein im Zug, der Bahnhof gleitet an ihm vorüber. Hans ruft laut, hämmert gegen die Tür, aber der Zug fährt weiter. Hans wühlt sein Handy aus der Jackentasche, ruft die Bahnserviceseiten auf, sucht eine Nummer, wählt, hört, er möge sich entscheiden, ob er eine Frage zur Bahncard oder zum Fahrplan habe, und die Ziffer eins für das eine, die zwei für das andere drücken. Er drückt das zweite, hört eine freundliche Frauenstimme sagen: «Zurzeit sind alle Plätze belegt, bitte haben Sie einen Moment Geduld.» Doch der Zug geduldet sich nicht, er fährt weiter in die Dunkelheit. Hans flucht, schreit in die Leitung, legt auf, versucht es noch einmal, tritt gegen die Tür, verfluchte Scheiße, wo ist hier ein Schaffner, früher hätte es einen Schaffner gegeben, da wäre das nicht passiert. Hans tobt, die Hand schmerzt vom Hämmern gegen die Tür, der Schwindel setzt wieder ein.

Plötzlich bleibt der Zug stehen. Hans presst sein Gesicht an die Scheibe, schirmt die Augen mit den Händen ab und erahnt Gleise, nur Gleise, sonst nichts. Er lehnt sich an die Glaswand neben der Tür und rutscht allmählich an ihr herunter, als auf einmal der grüne Türknopf aufleuchtet. Hans steht auf, drückt auf den Knopf, die Tür öffnet sich. Er steigt aus, aber sein Fuß findet nicht den gewohnten Halt, der Boden ist tief unten, tiefer als am Bahnhof, Hans fällt vornüber, der schwere Rucksack auf der Schulter reißt ihn mit hinab.

Einen Moment lang kniet Hans auf dem Gleisschotter, seine Arme zittern, die Beine auch. Hans der Große zittert. Er richtet sich auf und erkennt ganz vorn neben dem Zug ein Licht, und im Lichtkegel steht eine Gestalt, dunkel, klein und breit.

«Hallo!», brüllt Hans.

«Grüß Gott!», brüllt die Gestalt zurück, die Stimme ist tief.

«Gott hat Feierabend!», brüllt Hans. Sogar mit aufgeschürften Knien und schmerzendem Knöchel kann er es nicht lassen.

«Spaßvogel!», ruft der Mann. «Steigen's wieder ein, ich bring Sie zurück.»

«Was?»

«Steigen Sie wieder ein. Und fallen's mir net hi.» Der Mann schwingt sich trotz seiner Breite behände auf die Treppenstufe der Zugmaschine. Hans, der alte Gebirgsjäger, zieht sich mühsam hoch. Kaum ist er im Zug, ruckt dieser und fährt an, wieder zurück. Am erleuchteten Bahnhof öffnet sich die Tür. Hans steigt aus. Er geht ein paar Schritte auf dem Bahnsteig nach vorn, ihm wackeln die Beine.

«Halt, Ihr Rucksack!» Hans dreht sich um und sieht den Zugführer, einen kleinen, dicken, dunkelhaarigen Mann, der mit dem schweren Rucksack auf ihn zukommt. Er zeigt auf Hans' aufgeschlagenes Knie. «Brauchen Sie einen Arzt?»

«Nein, das geht schon. Danke. Wo fährt der Zug nach München ab?»

«Nach München? Der ist schon weg.»

«Herrgott noch mal», sagt Hans.

«Gott hat Feierabend», sagt der Mann.

«Stimmt.»

«Jetzt können Sie immerhin nicht mehr im Zug einschlafen.»

«Spaßvogel», sagt Hans.

Der Lokführer lacht. Hans lacht.

«Bräuninger.»

«Yildiz.»

Sie geben sich die Hand.

Den zweiten Weihnachtsabend verbringt Hans mit Herrn Yildiz in der Kneipe. Sie trinken Bier und Schnaps und sagen du, Hans und Murat. Nachts wankt Hans ins Hotel. Am Morgen liegt er im Bett und kann kaum aufstehen.

XI.

Das neue Jahr beginnt als Nichts. Die Zeit steht im Grau, kein Schnee, nicht mal Regen oder Wind. Die Weihnachtslichter in den Fenstern erinnern an die kleine Hoffnung, die sich immer noch und jedes Jahr wieder hinter Saskias Weihnachtsprogramm versteckt: dieser Glaube, dass ein neues Jahr etwas Neues hervorbringe, etwas Großes, etwas anderes: eine andere Saskia, eine andere Vergangenheit, eine fröhliche, unbeschwerte Kindheit, dass wiederkehrt, was nie gewesen war. Diese Hoffnung schleicht sich Jahr für Jahr wieder an, trotz aller Erfahrung, dass sie sich selbst nicht entkommen kann, nicht den zwanzig, dreißig, vierzig Jahren. Umso größer ist die Enttäuschung, wenn der Januar kommt und alles genauso ist wie in den Monaten davor und den Monaten danach, ein gleichfarbiges Band, nur die Zahlen und Namen ändern sich. Die kommende Enttäuschung macht sich schon vor dem Jahreswechsel breit, macht es schwierig, aufzustehen, den Tisch zu decken, aufzuräumen, zu reden, einzuschlafen.

Die Kinder haben genauso schlechte Laune, zunächst, weil mit Hans das Herumgewirbeltwerden, das Geschaukeltwerden zwischen seinen langen Beinen, das laute Lachen verschwinden, das haben sie sich gemerkt, nicht die lauten Stimmen von Großvater und Mutter. Dann, weil Erika und Ludwig wegfahren und weil Markus, der andere, mit dem man laut lachen kann, mit seinen Kindern in den Zug steigt und zu Freunden fährt. Und so beginnen sie zu zählen, wie lange noch bis zum nächsten Weihnachten? Johann hat den neuen Kalender für das nächste Jahr vor sich auf dem Tisch liegen. Er tippt auf jeden Tag und zählt durch, eins, zwei, drei, Tag für Tag, über die Monate hinweg. Bei hundert Tagen gibt Johann das Zählen auf, danach erstreckt sich die schiere Endlosigkeit. Immerhin ist sein Geburtstag schon am 83. Tag zu finden und wird angemalt, in Rot, Blau, Grün und mit Raketen. Johann trumpft auf, weil er vor Julius dran ist, vier Wochen vor ihm, und vier Wochen weniger warten muss. Also heult Julius, weil das ungerecht ist. Und Christian fährt in die Kanzlei, auch wenn es vielleicht gar nicht nötig ist.

So zieht sich die Zeit zwischen den Jahren hin. Silvester feiern sie bei Freunden, kleiner Kreis, gutes Essen, guter Wein. Christian und die Jungs knallen und feuern Raketen ab. Saskia hält sich die Ohren zu. Wenige Wochen nach Jahresbeginn findet sie im Briefkasten Post von der Genehmigungsbehörde. Die Einwände seien geprüft worden, in Abwägung aller Belange und des geltenden Genehmigungsanspruchs sei dem Widerspruch nicht stattzugeben. Genauso geht es den Andresens, Schröders, Meyers, wie sie an den Push-Nachrichten für den Facebook-Messenger im Smartphone erkennen kann.

«Das darf doch nicht wahr sein!!!», schreibt Silke. Bernd meint, da seien endlich mal Bürger, die sich engagierten, und dann werde ihnen so eine Entscheidung vorgesetzt. «Das nennt man dann Demokratie. Kann schon verstehen, dass manche Leute keine Lust mehr darauf haben. Zum Kotzen ist das», schreibt er. Christa schreibt: «Diese Energiepolitik ist Wahnsinn, nur Wahnsinn!» und postet einen Artikel zum Stopp des Windwahns. Von Herrn von Wedekamps Account kommt immer wieder der gehobene Daumen.

Sie treffen sich im Café am Kirchplatz. Saskia, du bist doch Juristin, wie geht es weiter, du musst für uns klagen. Aber Saskia beißt sich auf die Unterlippe. Sie hatte den Text für die Widersprüche entworfen, die Betroffenheit geschildert, Eingriffe in Rechtspositionen geltend gemacht. Aber umsonst. Gelernt hat Frau Dr. Baumgartner ja auch etwas anderes: Als neutrale Instanz über Fremde zu richten, individuelle Schuld zu wägen, nach der Schwere der Schuld die Strafen zu bemessen und über die Freiheit oder Unfreiheit eines Fremden zu entscheiden, ein Jahr, zwei, drei, lebenslänglich. Aber für eine Seite zu kämpfen, das hatte ein anderer gemacht, Hans, der war mit großen Schritten in der Küche, im Wohnzimmer, im Gerichtssaal auf und ab gegangen.

Aber jetzt reicht es nicht mehr, das Leben der anderen zu sortieren. Die Windräder, 140 Meter hoch, schon vorweggenommene Schlafstörungen, Infraschall, die Zerstörung künftiger Erinnerungsbilder, das ist ihre Angelegenheit. Plötzlich kommt Sas mit ihrem Wissen und Können nicht weiter. Sie kann ihnen nicht helfen, wie dumm zu glauben, dass es hätte anders sein können.

Saskia schüttelt den Kopf, als sich alle Augen auf sie richten. «Ich bin keine Anwältin», sagt sie, jeder müsse selbst entscheiden, ob er sich einen Anwalt nehmen und bezahlen wolle.

Das hatte sie schon ein paar Mal erwähnt, aber keiner hatte darauf geachtet; sie waren so sicher gewesen, dass sie im Recht waren und der Staat im Unrecht. Nun kommt Unruhe auf. Silke und Bernd müssen den Kredit für das Haus und das Studium der Kinder abzahlen, bei Jörn und Christa ist es ähnlich, nur haben sie gerade ein Wohnmobil für ihre Reisen gekauft, die sie das Sommerhalbjahr über machen wollen, jetzt, wo nach Jörns Pensionierung endlich nicht mehr die Schulferien den Rhythmus ihres Reiselebens bestimmen. Es wird gemurrt, gemurmelt, gegrummelt.

Herr von Wedekamp ergreift das Wort. Vielleicht gäbe es eine Lösung, sagt er. Es gebe da einen Verein, der sich dem Erhalt von Werten verschrieben habe. Es wäre denkbar, Spenden zu akquirieren, mit denen sich solche Klagen unterstützen ließen. Er könne eine Anwaltskanzlei empfehlen, die ähnlich gelagerte Verfahren erfolgreich bestritten habe. Für einen Augenblick ist es still im Raum, dann sagt Christa: «Wäre das möglich? Wirklich?», während Jörn auf den Boden seines Bierglases starrt, murmelt, so war das nicht gemeint, das wäre ja noch schöner, wenn dieser ... Christa stößt ihn mit dem Ellenbogen in die Seite, er sieht, dass an einem Tisch nach dem anderen immer nachdrücklicher genickt wird. Erst Klaus stoppt diese Welle der Zustimmung.

«Was ist das für ein Verein? Und was heißt hier ‹Erhalt der Werte?›», fragt er.

«Ist doch egal», hört man es von vorne murmeln und in der Mitte brummeln. Aber hinten bei Klaus sagt Rainer: «Na ja, da hat Klaus recht, das sollte man schon wissen.»

Klaus setzt nach: «Eben. Wer das Geld gibt, hat die Macht. Ist wie'n Naturgesetz.» Saskia beißt sich wieder auf die Lippen. Klaus weiß immer, wie die Dinge liegen, der auch.

Bernd rollt mit den Augen. Er steht auf und sagt, halb zu

Klaus gewandt: «Klar, Klaus. Du hast gut reden, für deine Vögel kannst du ja klagen, dich kostet das nichts. Aber das hilft nur deinen blöden Vögeln. Wen interessieren die schon?»

«Meine Vögel? Wieso meine Vögel? Worum geht es hier denn? Wohl um dein Haus, damit es in drei Jahren doppelt so viel wert ist, wenn die Immobilienpreise weiter so steigen. Dafür brauchst du wohl einen Verein für den Erhalt von Werten.»

«Klaus», sagt Christa.

Klaus ist aufgestanden, sein Gesicht rot angelaufen.

«Erhalt von Werten. Wenn ich das höre. Was denn für Werte, Herr von Wedekamp? Sie wohnen ja nicht mal hier.»

Herr von Wedekamp sitzt entspannt da und lächelt Klaus an. «Es ist ein Verein von Bürgern, denen dieses Land etwas bedeutet. So wie allen hier im Raum.» Er redet von ausgiebigen Spaziergängen mit seiner Frau an den Wochenenden, durch den Wald, über die Felder. «Unsere Heimat verändert sich so rasant, ungesteuert, an allen Fronten wird unsere Kultur herausgefordert …»

«Ja, weil zu viele Flüchtlinge kommen, das meinen Sie doch. Das schreiben Sie doch ständig, dass das alles Terroristen und Vergewaltiger sind und außerdem der böse Islam.» Klaus hat sich vorgebeugt, die Hände auf dem Tisch. «Ich weiß schon, was Sie für einer sind. Heimat verändern. Ja, Sie wollen keine Windräder, und Sie wollen keine Ausländer …»

«Jetzt halt mal den Mund. Was soll denn jetzt der Scheiß mit den Flüchtlingen? Was haben die denn hier mit dem Windpark zu tun?», ruft Bernd.

«Mehr, als du glaubst. Wir müssen doch wissen, mit wem wir hier zusammenarbeiten. Wenn ihr mal die Posts von Herrn von Wedekamp lest, dann wisst ihr das. Macht doch die Augen auf! Das hier ist denen doch wurscht.»

Klaus hat seinen Unterkiefer vorgeschoben, Saskia sieht das kräftige, starre Kinn. Herr von Wedekamp sitzt noch immer aufrecht auf seinem Stuhl. Das Lächeln verschwindet nicht aus diesem Gesicht.

«Herr Wedemeyer-Mühlenberg, Sie irren sich. Mir sind die Vögel nicht egal. Das Wochenendhaus, das wir besitzen, hat meinem Vater gehört.» Er habe ihn mit zur Jagd genommen, morgens ganz früh, und sie seien in der Morgendämmerung durch den Wald gestreift. Jeden Vogellaut habe er gekannt. «Die Vögel waren für ihn wie das Tor zu einer Welt, die er durch den Krieg verloren hat. Ja, ich wohne nicht hier, und ja, meine Familie kommt auch nicht von hier. Aber der Wald – der ist Heimat für mich. Diese Heimat darf uns nicht verloren gehen.»

Klaus sieht ihn an. Sein Kiefer schiebt sich vor und zurück, er weiß nicht, wohin mit den Zähnen. Noch immer steht er da, im grauen Wollpullover mit Zopfmuster, von seiner Ulrike gestrickt, die Hände auf den Tisch gestützt. Silke sagt: «Siehst du, Klaus, so ist es. Da kannst du doch nicht mit deinen Flüchtlingen ankommen. Wäre ja noch schöner, wenn die Flüchtlinge jetzt noch verhindern, dass wir deine Vögel schützen.» Da sacken erst Klaus' Schultern herunter, dann lässt sich der ganze Mann auf seinen Stuhl fallen, er plumpst auf das Holz, nicht einsichtig geworden, aber geschlagen.

In die anschließende Stille hinein sagt Saskia: «Es wäre nicht gut, nur auf eine Klage der Naturschutzverbände zu setzen.» Es kommt wieder Gemurmel im Raum auf, wohlwollendes jetzt. Da ist Hoffnung, die trägt Anzug, nicht Pulli.

Zu Hause aber verfliegt dieser Hoffnungsschimmer wieder. Als Saskia Christian auf dem Sofa ein Glas Rotwein in die Hand drückt, mit ihm anstößt, von Klaus und von Wedekamp erzählt und lächelt, weil sie eine Lösung für die Klagen gefunden haben, blickt Christian sie nur kurz an und sagt leise:

«Und wenn Klaus recht hat?»

Dann blickt er wieder auf seinen Laptop.

«Na ja, für uns ist das doch aber egal. Wir brauchen kein fremdes Geld, um zu klagen.»

«Du meinst, ich verdiene genug für deine Klage?»

Im weißen Licht des Laptop-Screens sieht Saskia Christians Stirn, seine Wimpern, seinen Nasenrücken, die schnell wieder geschlossenen Lippen. Wenn sie Hans wäre, würde sie nach vorn schnellen, den Laptop zuschlagen, den Tisch umstoßen, ihn anschreien, schimpfen und sich selbst gleich mit ausschimpfen, für Entscheidungen, von denen sie nicht mehr weiß, wer sie eigentlich getroffen hat, ob sie überhaupt getroffen worden sind: zu Hause zu bleiben für die Kinder, die Elternzeit zu verlängern, jetzt Christians Socken zu rollen, seine Hemden zu bügeln, am Abend bis um neun, um zehn Uhr zu warten, weil sie nun mal besser warten kann als die Mandanten.

Aber Saskia sagt nur leise: «Das ist doch für uns.»

Christian atmet kaum hörbar ein. «Schon gut. Klar, ja.»

Er klappt den Laptop zu.

«Ich muss morgen früh raus.»

Er steht auf, lässt ihr sein leeres Weinglas stehen und geht die Treppe hoch. Die Nacht dringt ins Haus ein, durch die Türen und Fenster, den Keller, das Dach. Das Nichts breitet sich aus.

XII.

«Hanswois.»

Die Buchstaben auf dem Smartphone verschwimmen, Hans schließt die Augen, presst die Hände gegen die Schläfen, und der Schmerz lässt allmählich nach. Hans sitzt auf seinem Bett in ihrem Haus im Périgord. Mühsam hat sich der Tag aus der Nacht hervorgekämpft, jetzt badet er noch im Nebel. Licht fällt in den Raum. Hans öffnet die Augen und blickt wieder auf Sophies Nachricht. Die Buchstaben lösen sich voneinander. Umriss, Abstand, Leerzeichen.

«Hans, wo ist mein Impfpass.»

Hans tippt: «Äh. Weiß ich nicht. Bei dir irgendwo?»

Er sieht Pünktchen auf dem Display.

«Nee. Musst du haben.»

«Was?»

«Ja, bestimmt.»

«Keine Ahnung.»

«Guckst du mal?»

«Bin im Périgord. Hier hab ich nichts.»

«Also nicht in München.»

Hans sucht auf der Tastatur ein Grinsegesicht, wischt über den Bildschirm, tippt mit dem Zeigefinger darauf, schreibt. «Gut kombiniert.»

«Haha.»

Hans steht auf, zieht sich den Wollpullover über. Das Handy piept.

«Kann wer anders gucken?»

«Puh.»

«Du kannst doch Katrin fragen.»

«Keine Ahnung, wo der sein könnte. Frag Saskia.»

«Aber die ist nicht in München.»

«Vielleicht hat sie ihn.»

«Ah, ja. Kann sein.»

Hans schlurft über den Steinboden. Was will sie mit dem Impfpass?, murmelt er. In der Küche gießt er sich Wasser ein, schluckt eine Paracetamol. Er hat Hunger. Im Kühlschrank liegt ein altes Stück Käse, in einem Glas findet sich ein kleiner Rest Marmelade, das Baguette ist von vorgestern. Hans müsste in den Ort fahren, zum Bäcker, zum Supermarkt. Die schmalen, verschlungenen Sträßchen entlang. Er würde vorne nichts sehen können, links und rechts auch nicht, er müsste im Nebel stochern.

Manchmal hört Hans im Haus plötzlich Kinderlachen, manchmal Meggies, manchmal Ruths Stimmen. Als hätten die Mauern in den Sommermonaten Jahr für Jahr die Klänge gespeichert. Sophies Stimme ist kräftig, dunkel. Die von Saskia hell, klar. Ruths – weich. Meggies – flüsternd. Dann sieht Hans Meggie vor sich: im blauen Kleid, die Haare lang, braun, glatt. Dabei waren sie zuletzt blond und gelockt gewesen. Sie hatten sich zum Abschied nicht mal mehr die Hand gegeben, nur einander zugenickt. Sie hatte an ihm vorbeigesehen.

Die Sommer im Haus waren laut gewesen. Viele Leute, viel Lachen, viel Singen, viel Gejohle, viel Kindergeschrei. Eins, zwei, drei, vier, Eckstein, alles muss versteckt sein, eins, zwei, drei, ich komme. Hannes hat mir den Ball weggenommen, Petze. Bastian haut. Heul doch. Sas kneift, nee, natürlich hat die gekniffen, die kneift immer. Aber du hast angefangen. Abends, unten am Fluss war es stiller. Dort lag Hans nach dem Baden im Gras, auf der Seite, und ließ seine Fingerspitzen über ein Gesicht, einen Hals, eine Brust streichen. Wenn er zurückkam, saß Meggie oben auf der Terrasse. Sie rauchte, sah in den Himmel, regungslos.

«Rumgevögelt. Ihr habt ja immer nur rumgevögelt.» Saskias Worte vom Weihnachtsabend hallen in seinem Schädel nach, wie ein Echo, wieder und wieder. Ruths Stimme mischt sich ein. «Arschloch. Arschloch. Arschloch», so als wären die Worte nicht vor Jahrzehnten und mehr als tausend Kilometer entfernt gesagt worden, sondern hier in diesem Moment, in dieser Wohnküche, in diesem Steinhaus. In Hans' Kopf wird es laut, es dröhnt. Die Mauern zittern, die Steine schreien.

Hans reißt die Tür zur Terrasse auf, tritt in Socken, Schlafanzughose und Pullover in den Morgen hinaus und atmet die kalte Luft ein.

Seinen Kaffee trinkt Hans schwarz. Dann ruft er Cécile an.

XIII.

Die Mutter steht im Türrahmen. Sie hebt die Hand, winkt Mann und Kindern zu, die ins Auto steigen, das Autofenster öffnet sich noch einmal, eine Männerhand winkt zurück, Kinderhände klopfen gegen die Scheiben. Vater-Kinder-Tag. Die Mutter lächelt.

Sas hatte im Geiste diese Bilder gemalt, wieder und wieder. Jetzt hebt sie die Hand, aber die Hand bleibt in der Schwebe, unbeweglich. Das Auto fährt mit geschlossenen Scheiben weg, Julius immerhin klopft noch einmal gegen sein Fenster. Sas wartet einen Augenblick, die Arme verschränkt. Sie fröstelt. Februar, noch so ein Unmonat, der sich unendlich hinzieht, auch wenn der Kalender etwas anderes behauptet. Saskia hat Christian und die Kinder aus dem Haus verbannt, mal Ordnung schaffen. Christian ist immer willig gefolgt, hat sonst nur spöttisch mit dem Finger über die saubere Arbeitsfläche gestrichen und gesagt: «Ein Saustall hier.» Er sah ja nicht, was in den Schubladen, hinter den Schranktüren, unter der Kellertreppe lauerte, bereit zum Sprung, bereit, die Herrschaft über die Familie Baumgartner zu übernehmen. Dieses Jahr fühlt es sich besonders schlimm an, umso mehr, als Christian auf den vertrauten Spott verzichtet und einfach ins Auto steigt, nachdem Saskia die Schwimmsachen für die Kinder in den Kofferraum gepackt hat. Saskia schließt die Haustür. Sie atmet durch.

Das Sichtbare ist immer einfach. Wäsche und Besteck, Teller und Tassen, da kommt Gleiches zu Gleichem: Unterhosen aufeinander, Unterhemden daneben, die Stapel nach Farben geordnet, Teller aufeinander, Tassen ineinander, nach Marken und Größe sortiert.

Aber wohin mit dem Krams, der sich in den Küchenschubladen, auf Regalflächen, in den Winkeln der Kinderzimmer sammelt: saubere, zerknitterte Papierservietten, Gummiringe, Kugelschreiberminen, Bändchen, Büroklammern, Figuren aus Überraschungseiern, Plastik-Loks aus dem ICE-Speisewagen, einzelne Luftballons, Quartettspiele, mit denen sich kein Quartett mehr legen lässt, weil ein Lamborghini-, ein ICE-, ein Mario-Gomez-Kärtchen hinter ein Regal gerutscht, in einer Ritze stecken geblieben, unter einem Sofakissen verschwunden sind; Bierdeckel, Einkaufschips, Rabattkarten für Geschäfte in den Urlaubsorten, Steinchen, die, solange sie feucht waren, noch grünlich und geheimnisvoll geschimmert hatten und von Kinderhänden ohne Einspruch in Männerjackentaschen gesteckt worden waren, jetzt aber trocken und grau herumliegen, Staub fangen, irgendwo und überall.

Und da ist noch eine andere Unordnung, unsichtbar, aber mächtig. Saskias Innerstes ist voll von unsortierten und nicht sortierbaren Bildern. Wohin mit all den Einzelheiten aus der

Erinnerung? Den grauen Strähnen, die Hans ins Gesicht fallen, über die faltige Stirn, seine buschigen Augenbrauen, dazwischen Zornesfalten. Wohin mit den Fragen: Hans immer dunkelhaarig, sie in Kindertagen heller, seine Nase gebogen, ihre gerade. Wer war da noch dabei gewesen? Wohin mit dem Bild der großen, nackten Männerfüße auf den Fliesen in der Küche, faltig vom Leben, wohin mit dem Eindruck seiner herabfallenden Schultern, als Hans Markus' Mikrofon sinken lässt und sich mit der Hand am Balken abstützt? Der Mann in Unterhemd mit grauen Haaren unter den Achseln, der Mann mit Rucksack, der durch den Garten hinausgeht, so wie er hineingekommen war. Aber dann verlangsamt er für einen Moment die Schritte, sein Rücken krümmt sich, ein gebeugter Hans. Da sieht sie schnell weg, dreht sich um, wischt Krümel von der Arbeitsplatte.

Wohin mit der Leere, die aus den Ecken kriecht, sich auf die Fensterbretter hockt, sich ausbreitet, die sie einfach nicht wegkriegt und nicht füllen kann, obwohl sie doch schon vierzig ist und erwachsen? Da war eine Mutter, die hatte drei Kinder. Eins starb, bevor es leben konnte. Dann ging die Mutter fort in ein anderes Leben und den eigenen Tod. Und der Vater? Immer im Kampf. Er mit der ganzen Welt, du mit ihm.

Saskia richtet sich auf, zieht die Gummihandschuhe aus und wischt sich mit dem Unterarm übers Gesicht. Jetzt nimmt sie sich den Kühlschrank vor, Stundenpläne, Postkarten, den Müllabfuhrkalender, Erinnerungszettel der vergangenen Monate, ein Teil davon vergessen und jetzt schon veraltet. Sas zupft einen Zettel nach dem anderen ab, rein ins Altpapier. Wieder an den Kühlschrank dürfen Stundenpläne, Müllabfuhrkalender und eine Geburtsanzeige, die Freunde geschickt haben, Vater, Mutter, großer Junge, dazu jetzt ein rosa gekleidetes Baby, wir freuen uns, endlich, endlich komplett.

Bei einer Karte von Herrn von Wedekamp zögert Sas. Sie wendet sie in der Hand hin und her. Er lade sie zu seinem nächsten politischen Salon ein, ein etwas größeres Publikum als vor Weihnachten, ein Kreis von interessierten Intellektuellen, denen Umweltfragen am Herzen lägen. Ob sie dort nicht über den Kampf gegen die Windkraftanlagen berichten wolle, gern gegen Honorar? Er würde sich freuen und herzliche Grüße. Klammer auf: Es gebe gutes Essen, auch ohne Fleisch, liebe Frau Baumgartner, ich habe ja gesehen, dass Sie die Ente nicht mochten, und habe bei unseren Freunden nachgehakt, sie haben es bestätigt, ach, hätten Sie doch etwas gesagt, aber jetzt weiß ich Bescheid. Klammer zu.

Was macht man mit so einer Freundlichkeit und Aufmerksamkeit, ja Sorge? Er hat dir den Mantel angereicht, danach den Schal, sie gefragt, ob es ihr gut gehe, sie zum Wagen begleitet, weil es dunkel ist. Er bietet dir das Wort Heimat an, als ein festes Versprechen. Du nimmst es in die Hand, aber da zerfällt es. Staubkörner verteilen sich auf der Handfläche, der Wind weht sie weg.

Was macht man mit dem Bild von seinen zurückgestrichenen, grauen Haaren, vom glatt rasierten Gesicht und der glatten Wut auf das, wo du herkommst? Rot-grün versifft nennen das andere, meint er, was sie meinen? Volk – das hatte sie Hans entgegengeschleudert, und dann die Worte aus dem Grundgesetz hinterher. Als gleichberechtigtes Glied in einem vereinten Europa dem Frieden der Welt zu dienen, hat sich das Deutsche Volk kraft seiner verfassungsgebenden Gewalt dieses Grundgesetz gegeben. Im Namen dieses Volks hatte sie ihre Urteile gesprochen, gemäß dem Recht, die Würde rangierte ganz oben, dann das Recht eines jeden auf die freie Entfaltung seiner Persönlichkeit, soweit er nicht die Rechte anderer verletzt, gefolgt von der Gleichheit aller.

Du weißt, dass von Wedekamp etwas anderes meint, wenn er auf das Wohl des Volkes anstößt. Du hörst, was da mitschwingt, und du müsstest das Telefon nehmen, Hans anrufen und sagen: «Du hattest recht.» Aber Hans brauchte keinen, der ihm sagte, du hattest recht. Im Rechthaben war Hans unschlagbar. Er hatte ihr spät am zweiten Weihnachtsabend ein Selfie geschickt, ausgerechnet Hans. Das Selfie zeigte ihn mit einem dicken, dunkelhaarigen Mann, zwei grinsende Gesichter und zwei Schnapsgläser, die in die Kamera gehalten werden. Unter dem Selfie stand: «Gruß von Hans und Murat. Der spricht Schwäbisch. Die sind gar nicht so gefährlich.» Hans hatte einen Smiley hinzugefügt.

Sie zeigte es Christian, der lachen musste. Er lachte zum ersten Mal richtig laut seit Heiligabend, bog sich vor Lachen, aber Saskia schnaubte. So war es mit Hans, er knallte ihr seine Wahrheit vor, ohne zu fragen.

«Ihn grapschen die ja auch nicht an. Ihm geben die ja auch die Hand. Aber das interessiert ihn ja nicht.»

Christians Lachen verstummte. «Wer ist ‹die›»?

«Eben die.»

«Der Vater von – wie heißt das lockige Mädchen aus Julius’ Klasse? Der gibt dir die Hand.»

«Sie heißt Lela und geht in Johanns Klasse, nicht in Julius’. Und Gulalais Vater gibt mir nicht die Hand.»

«Aber ...»

«Weißt du, wie es ist? Streckst die Hand aus, lächelst, der guckt einfach an dir vorbei, und du stehst da mit der Hand in der Luft.»

«Das ist ja auch nicht richtig, aber ...»

«Gulalai trägt Kopftuch. Sie ist zehn.»

«Aber das sind doch nicht ‹die›. Wie gesagt: Diese Lockige aus Julius’ Klasse ...»

«Wie gesagt: Lela. Johanns Klasse.»

«Ja, meinetwegen; Lela, Johann. Sie trägt keins. Also sag nicht immer ‹die›. Du kannst nicht von dem einen Fall aufs Allgemeine schließen.»

«Und du kannst nicht ignorieren, wenn Eltern ein Kind unters Kopftuch zwingen. Kopftuch mit zehn. Das Mädchen ist doch gleich als Außenseiterin abgestempelt: Alle gucken, alle tuscheln, immer anders sein. Sie ist ein Kind, keine Frau. Willst du mich rechts dafür nennen, dass ich das falsch finde?»

Für einen Moment herrschte Stille. Christian lehnte an dem Mauervorsprung, der Küche und Wohnzimmer voneinander trennte. Saskia hatte die Hände auf die Arbeitsplatte gestützt.

«Nein, aber …» Christian stockte. Er ließ das «Aber» zwischen sich und Sas nachklingen, es wusste noch nicht, ob sich noch weitere Wörter dazugesellen würden, vielleicht wäre es lieber allein geblieben, aber dann fuhr Christian fort.

«Aber du redest von ‹die› grapschen, und ‹die› geben mir nicht die Hand. Vielleicht solltest du mal unterscheiden.»

Saskia ballte die Faust. «Vielleicht solltest du mal unterscheiden. Du kennst die Mädchen ja nicht mal mit Namen, die Klasse kannst du dir auch nicht merken. Du bist ja nie da. Und wenn du da bist, guckst du nicht hin und hörst nicht zu.» Sie verließ die Küche. Bevor sie die Treppen hochstieg, blieb sie noch mal stehen. «Und überhaupt, wer verabsolutiert hier? Das ist doch Hans. Er hat doch angefangen mit ‹die›.»

*

Als Saskia Christian ein paar Wochen später die neue Einladung von Herrn von Wedekamp zeigte, zog er nicht mehr die Augenbrauen hoch, sondern nur noch den Krawattenknoten nach. Er stand vor dem Spiegel, ihr den Rücken zugewandt, konzentriert auf sich und seine neuen Mandanten, die er gleich in Hamburg treffen würde; an der Präsentation hatte er bis in die Nacht gearbeitet. Sein Rücken sagte: «Wie du willst», und Christian fragte nicht mal mehr: «Ist das nicht retro?»

Dabei war es doch sie, die ihm sonst den Rücken zukehrte. So war es von Anfang an gewesen, seit den Bibliothekstagen: Erst der Zufall, weil sie vor ihm gesessen hatte, dann wurde ein Spiel daraus: ihr Rücken, ihre Haut, sein Zeigefinger, mit dem er Wirbel für Wirbel von oben nach unten fuhr und weiter. Und auch, wenn ihr Rücken mit den Jahren abweisender wurde, streckte Christian immer noch vorsichtig seine Hand nach ihm, nach ihr aus. Wenn das Eis zu dick für eine Berührung war, versuchte er, sich mit Worten an sie heranzutasten. Aber auch das macht er jetzt nicht mehr.

Auch an anderer Stelle ist etwas in Unordnung geraten. Als sie jetzt zum Glascontainer an der Straßenecke läuft, die leeren Weinflaschen, Apfelmus-, Marmeladen- und Nutellagläser in zwei schweren Taschen tragend, läuft sie Markus über den Weg. Ungefragt nimmt er ihr die beiden Taschen ab, wirft die Flaschen mit Wucht in den Container, dass es nur so scheppert, an die Trennung von weißem und buntem Glas ist nicht zu denken vor lauter Schwung. Er sieht Saskia an und fragt: «Warum singst du denn nicht öfter? Wir bräuchten nur ein Schlagzeug, dann gäbe es 'ne Nachbarschaftsband!» Saskia spürt, dass sie rot wird, dann lacht sie. Ja, das kann sie noch. Sie streicht sich die Haare aus dem Gesicht, die der Wind ihr gleich wieder hineinwehen wird, und schüttelt den Kopf. «So ein Unsinn.» Und nach einem Augenblick. «Ich muss zurück.»

Sie laufen ein Stück gemeinsam. Saskia fragt Markus nicht, ob er durch ihr Haus zu seinem Garten laufen möchte, durch ihre Küche, in der man Kaffee kochen könnte, durch ihr Wohnzimmer, in dem man Kaffee trinken könnte, ob er durch ihre Terrassentür hinausgehen möchte, durch die man «tschüss» rufen kann. Also geht Markus außen herum. Als sie die Haustür schließt, lauscht sie seinen Schritten.

Sas lehnt sich für einen Moment an die Tür. Es ist früher Nachmittag, sie isst im Stehen, steigt dann hoch auf den Dachboden, wo sie Sachen von früher verwahrt. Sophie hatte vor ein paar Tagen geschrieben und nach ihrem Impfausweis gefragt.

«Wieso sollte ich den haben, Sophie?»

«Meint Hans. Du hast doch die alten Sachen aus München mitgenommen.»

«Aber doch nicht deine.»

«Guck mal. Bitte.»

«Was willst du mit dem Impfausweis?»

«Durchsehen, was ich auffrischen muss und so.»

«Du?»

«Steht doch in den ganzen Ratgebern.»

«Welchen Ratgebern.»

«Was man so machen soll vorm Schwangerwerden.»

«Im Ernst?», sendete Saskia.

Schrieb hinterher: «War Weihnachten nicht so schrecklich?» Sendete die Nachricht.

Schrieb noch mal: «Will Pit denn?»

Das Handy surrte. «Weihnachten war blöd wegen dem Biest. Mary. Suchst du jetzt den Impfausweis?»

«Ja, am Wochenende.»

«Geht es nicht früher? Du hast doch Zeit.»

Saskia zögerte. Ihre Daumen schwebten über der Smartphone-Tastatur, bereit zu tippen: Kümmer dich doch selber. Aber sie ließ die Daumen noch ein bisschen warten. Dann schrieb sie:

«Ich bin sicher, ich hab den nicht.»

Dann: «Aber ich such. Pass auf dich auf, Sophie.»

Jetzt sitzt Sas im Schneidersitz auf dem Dielenboden, in Rollkragenpullover und Schal. Sie hat eine Kiste geöffnet und sucht herum. Nach und nach holt sie Hefte und Fotos heraus. Ein paar Kinderfotos von Meggie: Mädchen in Schwarz-Weiß, mit geflochtenem Haar und Schultüte. Zöpfe, weiße Bluse, schwarzer Rock bei der Konfirmation. Wenige Postkarten, ein paar Unterlagen von Meggie – Geburtsurkunde, Sterbeurkunde. Tagebücher gab es nicht, Briefe hatten vielleicht Hans oder Ruth. Sas hatte nicht gefragt.

Sie zieht Hefte heraus, Schulhefte.

Saskia Bergmann, 1b Deutsch. In Meggies Schrift.

Saskia Bergmann 2b, Mathe. Jetzt eine Kinderschrift.

Saskia Bräuninger 5b. Unterhalb des «ä» kann man die Spur eines Bogens ahnen, wegradiert und doch sichtbar geblieben, ein Stück vom kleinen g.

Als die neue Deutschlehrerin zum zweiten Halbjahr die Klassenliste vorgelesen hatte – Name, hochschauen, Kind suchen, zunicken, Name, hochschauen, Kind suchen, zunicken –, da hatte Sas bei «Bräuninger» aus dem Fenster gesehen und erst beim dritten Mal aufgeblickt.

Weil Meggie in Amerika ist, hatte Hans gesagt. Damit ich für die Klassenfahrt unterschreiben kann. Sonst muss ich wieder schummeln, weißt du?

Wie lange ist denn deine Mama schon in Amerika?, hatte ein Mann gefragt. Das große Kind hatte mit den Schultern gezuckt.

Würdest du denn gern bei der Mama in Amerika wohnen?, fragte der Mann. Das große Kind zuckte mit den Schultern. Dann kann ja Hans nicht mit, sagte es nach einer Pause. Das kleine Kind sagte laut: «Meggie kann doch bei uns wohnen.»

Zum Großvater Bergmann, der draußen vor dem Raum gewartet hatte, sagte Sophie: «Du-u, ich bekomme einen neuen Namen. Dann heiß ich aber nicht mehr wie du, sondern wie Hans.» Großvater Bergmann hatte genickt: «So gehört es sich, Sophie.» Aufrecht war er die Treppe heruntergestiegen, sein Stock hatte laut auf die Treppenstufen aufgeschlagen. Hans war neben ihm gegangen.

Erst zehn Jahre später hatte Saskia die richterlichen Fragen erfasst, die großväterlichen Worte, den geänderten Namen. Die Jurastudentin las es, in der Bibliothek sitzend, Paragraf für Paragraf. *Ein nichteheliches Kind ist auf Antrag seines Vaters vom Vormundschaftsgericht für ehelich zu erklären, wenn die Ehelicherklärung dem Wohle des Kindes entspricht und ihr keine schwerwiegenden Gründe entgegenstehen*, BGB, Paragraf 1723. Etwas darunter: *Mit der Ehelicherklärung verliert die Mutter das Recht und die Pflicht, die elterliche Sorge auszuüben.* Ein Paragraf, ein Absatz, drei Leben. Mutter ohne Kinder, Kinder ohne Mutter. Und das schon vor ihrem Tod.

Da stürzte etwas in sich zusammen. Wie Steine, tonnenschwer. Sie zogen Sas in die Tiefe, Wellen schlugen über ihr zusammen. Da kann man nicht atmen, nicht schreien, nur strampeln, irgendwie muss sie wieder hoch, an die Oberfläche. Warum ist das Wasser heiß, warum brennt ihr Körper von innen? Wohin mit der Wut? Auf die Mutter, die gegangen ist? Oder den Vater, der ihr das Recht an den Kindern genommen hat? Sie sah Vater und Großvater die Treppe hinuntergehen, zwei große Männer, Seite an Seite.

Du hast ihr ihre Kinder weggenommen.

Sas. Sie war nicht da.

Weil du sie vertrieben hast. Und ihr dann alles genommen hast. Uns alles genommen.

Sas, hör zu.

Nein.

Sas.

Es ist deine Schuld.

Sas.

Auf dem Dachboden erfasst Saskia wieder diese Wut und trägt sie nach vorn. Sie zerreißt die Schulhefte, wirft sie die Dachbodentreppe herunter, holt blaue Müllbeutel aus dem Keller, stopft die Papierreste hinein, darunter auch ein gelbes Heftchen mit Sophies Namen, läuft durchs Haus, leert die letzten Krams-Schubladen, mit Wucht, zieht sie aus den Schränken, leert sie in den Müllsack, noch eine und noch eine, Luftballons, unvollständige Quartette, Bändchen, Klammern, Korken fallen hinein. Jetzt ist es besser.

Als Saskia die Müllsäcke zugebunden hat und noch einmal in Johanns Zimmer geht, findet sie die fehlende Lamborghini-Karte, eingeklemmt zwischen Kinderbett und Wand, dazu im hintersten Winkel glänzende Bonbon-Papiere; dabei sind Süßigkeiten nur unter mütterlicher Aufsicht und genauer Buchführung zugänglich. Sie wird schimpfen müssen, Hexenmutter, wieder.

Am späten Nachmittag duscht Saskia lange, duscht Staub, Dreck und Wut weg. Sie kocht für Christian und die Kinder. Die drei essen höflich mit, auch wenn sie von Schwimmbad-Pommes und Kino-Popcorn satt sind. Am Abend schreibt Saskia Herrn von Wedekamp und fragt, wie lange sie denn sprechen solle. Und schreibt an Sophie: «Hier ist kein Impfpass.»

XIV.

«Hans, kannst du noch mal in München nach dem Impfausweis gucken? Sas hat ihn nicht.»

«Bin in Paris, Sophie.»

«Ah. Bei der Frau mit den Nägeln?»

«Ja.»

XV.

Dieses Mal fährt Saskia mit dem Auto. Die Landstraße ist von
Bäumen gesäumt. Die Äste sind kahl, aber das schräg einfal-
lende Sonnenlicht verspricht Frühling. Auch eine Saskia kann
sich diesem Versprechen nicht verschließen. Sie dreht die Musik lauter, dämpft ihre Zweifel und folgt Straße und Navi.

Herr von Wedekamp hat in ein Gutshaus geladen. Fast ein
kleines Schloss, ganz wunderbar restauriert, stilvoll, es wird
Ihnen sehr gefallen, liebe Frau Baumgartner, schrieb er per
SMS.

Wie sehr hatte sie von so etwas geträumt. Stunde um Stunde
hatte sie am Fenster gesessen. Während die Erwachsenen von
Arbeiterrechten, Löhnen und Gleichheit sprachen, die Augen
verdrehten, wenn Lady Di die Titelseiten schmückte, ihre
Prinzenbabys im Arm, während sie Sas und Sophie Jungs-Kla-
motten herauslegten, Löcher in Latzhosen zum Ausdruck von
Freiheit verklärten, hockte Sas auf dem Fensterbrett, mit dem
Rücken an die Laibung gelehnt, die Beine angewinkelt und die

Arme um die Knie geschlungen. Sie blickte auf den Hof, hörte das Klappern von Pferdehufen auf dem Kopfsteinpflaster, Prinzessinnen wurden in Kutschen vorgefahren, flankiert von Kavalieren auf ihren Pferden, Damen in langen Kleidern eilten aus dem Haus.

Oder sie kniete auf dem staubigen Holzboden unter dem Dach, kleidete ihre Barbies an, flocht ihnen Zöpfe und legte sie schlafen, weckte sie, ließ sie sprechen, schluchzen, rufen, flüstern. Sie hatte sie nach und nach in immer professionellerer Kleinstarbeit zusammengeklaut. Saskia Clara – Clara nach der Zetkin – nahm sich ihre eigene ökonomische Freiheit. Frei von Herzklopfen und mit trockener Hand griff sie inzwischen in Besuchertaschen und Besucherportemonnaies, berechnend, welches Maß noch im Bereich des Unauffälligen bliebe, ob Pfennige oder Mark, Münzen oder Scheine, so weit hatte das Kind sein Begehren unter Kontrolle. So kamen Ken und Skipper, ein Prinzessinnenspiegel und Thron zusammen. Der große Coup war das weiße Pferd mit langer Mähne, das sie ungesehen im Kaufhaus in den Rucksack steckte. Da raste ihr Herz doch einige Sekunden lang, bis sie sich mit ihrer Beute in Sicherheit gebracht hatte.

Sie hatte alles im hintersten Winkel des Dachbodens aufgebaut, hinter der alten Kommode, und Kartons davorgeschoben. Sie baute ihr Schloss. Aus Pappe, bemalt mit Filzstiften und beklebt mit Goldpapierresten. Sie ließ Ken auf dem Pferd herangaloppieren, um Skipper oder Barbie vor Teufel, Monster, Räuber zu retten. Regen prasselte auf die Fensterscheiben, Schnee fiel, schmolz. Es zog. Irgendwann schimmerte Sonnenlicht durch das verstaubte, mit Taubendreck verklebte Glas. Sas merkte es nicht.

Die andere Welt lag hinter einem Schleier.

Eine Frau kam aus dem Krankenhaus zurück, ihr Bauch war

leer. Sie saß in der Küche und rauchte. Sophie zupfte an ihrem Ärmel. Meggie, zu Fasching, weißt du, da will ich als Teufel oder als Indianer gehen. Meggie starrte auf die eigenen Finger, wie sie über die Tischplatte strichen. Du, Meggie, was magst du lieber, Indianer oder Teufel? Du, sag mal. Meggie hielt die Zigarette in der Hand, Finger auf der Tischplatte. Saskia nahm Sophie an die Hand. Komm, wir fragen Ruth. Beim Herausgehen erklang kurz die Stimme der Mutter, ja, Ruth. So nebenbei, in die schon fast leere Küche gesprochen.

Einmal wollte Sas in die Küche. Sie blieb bei halb geöffneter Tür stehen. Hans saß Meggie gegenüber, den Rücken gekrümmt, Ellenbogen auf den Knien, die Hände vor der Stirn aneinandergepresst. Plötzlich sprang er auf, warf den Stuhl um und riss die Tür auf, Sas fiel ihm fast entgegen.

Meggie hörte auf, Hühner zu schlachten.

*

Als Meggie das erste Mal ging, war es Nacht. Das Kind spürte Fingerspitzen auf ihrer Wange, ein Windhauch. Es öffnete die Augen. Da saß die Mutter auf dem Bettrand, im Mantel. Der Pony fiel ihr ins Gesicht.

«Schlaf weiter», flüsterte die Mutter.

«Fliegst du jetzt nach Amerika?»

«Ja. Erst fahre ich zum Bahnhof, dann zum Flughafen, dann flieg ich nach Frankfurt und dann nach Amerika, ja.»

Sas setzte sich auf.

«Was machst du in Amerika?»

«Reisen. Ich wollte da immer schon hin. Schon, als ich so alt war wie du.»

«Wann kommst du wieder?»

«Bald.»

«Wie bald?»

«In drei Monaten.»

«Das ist eine lange Reise.»

Sas schlang die Arme um Meggies Hals, hielt sie fest, vergrub ihren Kopf in der Beuge zwischen Schulter und Hals. Sie flüsterte in die Haut hinein. «Nich fliegen, nich.»

Meggie hielt für einen Moment still.

«Komm», sagte Meggie. Sie hob mit Mühe das Kind hoch, Sas war so lang, sie selbst zu klein. Aber sie trug das Kind aus dem Zimmer hinaus, durch den kalten, langen Flur, an Hans und Ruth vorbei, die schon an der Haustür neben dem Rucksack standen und darauf warteten, dass Hans Meggie zum Flughafen fahren würde, in den Morgen hinein.

Meggie stieg die Steinstufen hinab. Sie blieb auf dem kopfsteingepflasterten Hof stehen, die Beine des Kindes pressten sich um ihre Taille.

«Schau hoch.» Sas' Nase grub sich tiefer in Meggies Haut, sie roch nach Rauch.

«Schau hoch.»

Jetzt reckte das Mädchen den Kopf in die Höhe, die Wange an Meggies Ohr. Sie sah in den dunklen Himmel, an dem wenige Sterne schimmerten.

«Siehst du die Sterne?»

Sas antwortete nicht.

«Siehst du ihr Licht?»

Sas nickte. Ihr Nicken war als Streicheln an Meggies Wange zu fühlen.

«Die Sterne sind immer gleich. Hier und da. Wenn du die Sterne siehst, weißt du, ich denk an dich. Ja?»

Dann setzte sie an, die Kinderarme von ihrem Hals zu lösen. Aber das Kind wollte nicht abgesetzt werden, es verschränkte die Hände ineinander und klammerte sich fest. «Sas. Ich muss los», sagte die Mutter, während sie versuchte, sich aus der Umklammerung zu befreien. Aber das Kind rührte sich nicht.

Sie rief: «Ruth!» Ruth kam auf den Hof. Die Mutter schob das Kind von sich, Ruth zog es zu sich heran. Hans kam mit dem Rucksack. Wortlos stieg er ins Auto. Meggie huschte zum Wagen. Sie öffnete die Tür, warf sie zu. Ein kurzer Schlag. Kein Blick.

Sas stand barfuß auf Ruths Füßen, die Arme um ihren Bauch geschlungen, den Kopf zur Seite gedreht. Sie sah die roten Lichter des Wagens, die sich auf der Dorfstraße immer weiter entfernten. Sie gingen wieder ins Haus. Sophie schlief.

*

Die Mutter kam noch zweimal zurück.

Das erste Mal kam sie ins gelbe Haus. Ihre Haare waren lang geworden. Sie hatte Barbies im Gepäck und Kleider für die Mädchen. Bald zeig ich euch das alles, dann kommt ihr mit. Tür auf, Tür zu.

Das zweite Mal kam sie zu Sas' Geburtstag. Sie war jetzt blond. Sie roch anders. Wieder Barbies, wieder Kleider. Wieder Worte. Tür auf, Tür zu.

Hans ging, wenn Meggie kam. Er überließ ihr die Kinder. Wenn sie fuhr, stand er in der Tür. Sophie heulte, hockte auf dem Boden und klammerte sich an Meggies Beine, ließ sich über den Boden schleifen, sie trat und schrie. Meggie wandte das Gesicht ab, Hans, nimm sie, sagte sie. Sie presste die Worte zwischen den Lippen hervor. Hans hatte die Arme verschränkt. Das erste Mal war es wieder Ruth, die half, die Umklammerung zu lösen, die Meggie vom Kind befreite, dieses Mal von Sophie, und ihre Tränen trocknete. In Hamburg zog Sas an den Armen ihrer kleinen Schwester, hielt sie fest. Holte ihr

Taschentücher, schluckte die eigenen Tränen herunter. Tür auf. Tür zu.

Kleider und Plastikpuppen blieben. Sas schnitt ihnen die Haare, erst bis zu den Schultern, dann ganz kurz. Igelputz auf Plastikkopf. Sie ließ die Puppen sich verbiegen, Gummispagat, riss an Beinen und Armen, kugelte sie aus. Bald flogen in der Wohnung nur noch einzelne Körperteile herum, da ein Kopf, dort ein Rumpf, da ein Arm, dort ein Bein.

Meggie schrieb ab und zu und schickte Fotos. Auf einem Foto stand sie zwischen Kindern. Auf einem anderen saß sie unter einer Palme, die Hände lagen auf ihrem Bauch, der leicht gerundet war, sie lächelte. Als Sophie Hans das Bild in die Hand drückte, warf er einen kurzen Blick darauf, dann legte er es beiseite. Ein Foto kam noch, als sie schon in Frankfurt wohnten. Meggie stand da auf einer Treppe zwischen lauter Schülern. Sie trug ein enges Kleid, sie sah sehr dünn aus, ihr Bauch war flach. Sas hielt es in der Hand, etwas flackerte auf, eine Erinnerung an dunkle Linien auf hellen Hosenbeinen, Blaulicht vor dem Haus. Sie hätte Ruth fragen wollen. Aber Ruth war fünfhundert Kilometer weiter im Norden. Dafür saß eine andere Frau am Frühstückstisch, in Hans' Hemd, mit nackten Beinen und in Wollsocken. Sas wusste ihren Namen nicht. Sie schob das Foto in den Umschlag zurück, zu dem Brief, in dem nur stand: Ihr fehlt mir, bald sehen wir uns wieder.

*

Saskia sieht, dass ihr ein Wagen entgegenkommt. Er fährt auf der linken Seite. Sie registriert, dass er hupt. Er hupt sie an. Sie fährt auf seiner Spur. Geisterfahrer. Sie. Zwei Autos, die aufeinander zufahren, in einer Kurve. Sie werden frontal gegeneinanderstoßen. Der Aufprall wird das Stahlblech verbiegen und zusammenstauchen. Ihr Airbag wird aufgehen, aber die Energie des Aufpralls wird zu groß sein, ihr Kopf wird nach vorn gerissen werden und wieder zurückprallen, ihr Genick wird brechen und die Schädelbasis von der Halswirbelsäule abtrennen. Es wird ein kurzer, präziser Schmerz sein, kein Kampf, nur ein Kinderspiel, so wie «verliebt, verlobt, verheiratet, geschieden, tot». Man wirft sich den Ball zu, wer ihn fallen lässt, ist draußen. Ich vergehe, du vergehst, sie vergeht, ihr vergeht … Ich werde vergangen sein, du wirst vergangen sein …

Saskia reißt das Lenkrad rum. Sie tritt auf die Bremse. Sie hört, wie Reifen quietschen. Sie spürt, wie der Wagen ins Schleudern gerät. Ihr Körper gerät mit ins Schleudern. Sie klammert sich ans Steuer. Die Fahrbahn ist trocken. Der Wagen steht.

Die Frau blickt auf. Sie sieht einen Stamm vor sich, nur wenige Zentimeter von der Motorhaube entfernt. Einen Baum. Eine Eiche. Steht fremd und sonderbar. Die Frau tastet nach dem Griff an der Autotür, öffnet die Tür und steigt aus. Vor wessen Augen verschwimmt die Eiche? Wem gehören diese Knie und Beine, die in sich zusammensacken? Wer liegt da auf der Seite, die Augen geöffnet, flach atmend?

Eine Frau, in blauem Kleid und grauem Mantel, mit hohen, blauen Schuhen. Ihr Haar fällt ihr über die Schultern ins noch winterbraune Gras. Ein schmales Uhrarmband umschließt das Handgelenk, ein goldener Ring steckt am Ringfinger der rechten Hand. Die Hand greift in die Erde, die Finger graben sich ein.

Saskia heißt die Frau, sie hat zwei Söhne, Johann und Julius. Du hast sie mit deiner Milch genährt, du hast sie in den Schlaf geschaukelt, du hast deine Hand schützend über ihnen ausgebreitet im Angesicht deiner Feinde, aber nie war sie groß genug: Wespen stachen sie und ließen Arme und Beine anschwellen und Johann bekam Atemnot, Holzsplitter bohrten sich in ihre Haut und entzündeten sich, Steine rissen die Knie auf, sodass sie bluteten. Du nahmst ihren Schmerz in dich auf, grenzenlos, und jetzt warst du dabei, das Schlimmste zu tun, was du einem Kind antun kannst, zu gehen, in deiner Unachtsamkeit und deiner Feindschaft gegen das Leben.

Du bohrst deine Hand in die Erde, presst sie zusammen. Du schlägst mit der erdigen Faust auf den Boden, einmal, zweimal, dreimal, bis die Hand schmerzt. Das spürst du, und du spürst, dass in deinem Körper Blut zirkuliert, dass du Muskeln hast, dass du Knochen hast, dazu eine Stimme, die schreien kann. Du liegst da und schreist. Dann wirst du ruhiger. Du atmest. Du siehst die Eiche. Du musst sein wie sie, unverrückbar. Das Zittern lässt nach. Du bist da.

Saskia setzt sich auf, wartet einen Augenblick. Sie steht auf, klopft sich die Erde vom Kleid, von den Beinen und schüttelt das Haar aus. Sie setzt sich auf den Fahrersitz. Wie viel Zeit ist vergangen? Das Navi zeigt die voraussichtliche Ankunftszeit im Schlosshotel an, zwanzig Minuten später als geplant. Zwanzig Minuten sind also die Sekundenbruchteile zwischen Straße und jetzt, zwanzig Minuten dauert die Ewigkeit.

Saskia holt ihr Handy aus der Handtasche. Sie tippt eine SMS, noch vertippt sie sich, weil die Finger ihr nicht gehorchen. «Lieber Herr von Wedekamp, leider verspäte ich mich etwas. Es gab einen kleinen Unfall, aber nun bin ich auf dem Weg.» Sie ersetzt Unfall durch Panne, zögert und ändert erneut. Saskia holt einen Taschenspiegel hervor. Erdreste kleben in ihrem Gesicht und hängen im Haar. Sie zupft, schabt, kämmt und pudert, zieht den Lippenstift nach.

Als sie sich angeschnallt hat, vibriert das Telefon.

«Frau Baumgartner, ist alles in Ordnung mit Ihnen?»

Von Wedekamps Stimme klingt besorgt.

«Ja, ich – alles gut, ich bin gleich da. Tut mir leid, dass ich zu spät bin.»

«Nichts muss Ihnen leidtun. Ist Ihnen etwas passiert?»

«Ich – nein. Es kam mir ein Wagen entgegen, ich musste ausweichen, ich …»

Er fragt weiter. Ein Wagen entgegen? Dann sollte man die Polizei rufen. Nein? Weshalb Ihre Schuld? Frau Baumgartner! Nein? Hat er denn angehalten? Aber er hätte doch anhalten müssen! Nicht gesehen? Ja, verstehe. Und Ihnen geht es wirklich gut? Wo sind Sie? Kann ich Sie abholen?

«Nein, nein. Ich kann fahren. Ich bin nur etwas verspätet. Es tut mir leid …»

«Fahren Sie vorsichtig. Sind Sie sicher, dass …?»

Saskia unterbricht ihn. «Ja. Danke.»

*

Die Straße zum Gutshaus ist mit Einfamilienhäusern gesäumt, die meisten davon Neubauten aus rotem Klinker, manche gelb oder weiß gestrichen. Das Dorf war mit seinen Häusern auf das Gut zugewachsen, die Zahl der Menschen dagegen schrumpfte. Saskia parkt auf einem weiten Parkplatz. Gerade als sie aussteigt, sieht sie von Wedekamp mit großen Schritten auf sie zukommen. Er reicht ihr die Hand, hält sie fest, sieht sie an. Brauchen Sie etwas, wie geht es Ihnen, was ist passiert? Eine fast atemlos gestellte Frage folgt der nächsten, und Saskia weiß nicht, auf welche sie antworten soll.

Er nimmt ihr die Tasche ab, sie laufen über den gepflasterten Weg zum Gutshaus, durch die Glastür.

«Ich habe Ihren Part etwas verschieben lassen. Möchten Sie sich noch frisch machen?» Saskia nickt stumm.

Auf der Toilette sieht sie eine Laufmasche in der Strumpfhose, die sich die linke Wade hochzieht, Erde klebt darin. Saskia zieht die Strumpfhose aus, auch am Bein noch Dreck, sie
geht zum Waschbecken, macht eines der kleinen, weißen
Handtücher nass, schrubbt das Bein ab. Sie hat Gänsehaut, an
den Beinen, an den Armen und im Nacken, mal wieder, ge-
rupftes Huhn, aber mit Kopf, dem Beil gerade noch entkommen. Eine Welle von Übelkeit erfasst sie, sie hält sich an der
Toilettentür fest. Atmen.

Als Saskia die Treppe herunterkommt, wartet Herr Wedekamp mit einem heißen Tee. «Sie frieren doch immer so», sagt
er. Sie gehen in einen großen Saal. Der Parkettboden glänzt.
Männer in dunklen Anzügen sitzen auf den aufgereihten
Stühlen, nur hier und da eine Frau dazwischen. Vorn im Saal
ist eine kleine Bühne mit einem Rednerpult aufgebaut, auf das
ein bärtiger, junger Mann seine Hände gestützt hat. Er blickt
durch seine Hornbrille in das Publikum, ab und zu dreht er
sich um, deutet auf Grafiken mit roten und blauen Kurven auf
der vom Beamer angestrahlten Wand, die nachweisen sollen,
was er ins Headset-Mikrofon sagt, dass die Menge an CO_2 in
der Vergangenheit unabhängig von der Temperatur gestiegen
sei, und schon früher habe es Wärmeperioden gegeben, ganz
ohne CO_2. Es folgen weitere Grafiken, über Sonnenaktivitäten,
solche, die die positiven Effekte von CO_2 auf das Pflanzen-
wachstum und mehr zeigen. Er wünsche sich eine ehrliche,
auf Fakten basierende Debatte, nicht in blindem Glauben an
die Klima-Gurus, die ihre Modelle mit beliebigen Zahlen füt-
terten, sagt der Redner. Er hebt eine Mineralwasserflasche,
dreht den Deckel auf, es zischt im stillen Raum, der Redner
füllt sein Wasserglas. «Sehen Sie, Sprudelwasser, trinken wir
jeden Tag, kann also so schädlich nicht sein.» Er hebt das
Glas, prost, und lacht, im Saal ist Männerlachen zu hören,

manche prosten mit ihren Wassergläsern hoch zur Bühne, Applaus.

Saskia klatscht nicht und lacht nicht. Sie presst die Hände auf ihre Ledermappe, die auf ihrem Schoß liegt und Zettel mit ihren Notizen enthält. Gleich wird sie vorn stehen, nach der kurzen Pause, wird ihre juristische Analyse, ihr angelesenes Wissen über die Effekte von Windkraftanlagen diesen Herren zur Verfügung stellen, die eine Mineralwasserflasche als Beleg für ihre Wahrheit nehmen. Saskia sieht Christians Schulterzucken vor sich, als sie ihn davon in Kenntnis setzte, dass sie bei der Tagung von «Restitutio» einen Vortrag halten werde. «Wie du willst», hatte Christian gesagt. Aber sie weiß nicht, wie sie will.

«Alles in Ordnung?», fragt Herr von Wedekamp und blickt sie an. Saskia nickt. Jetzt ist sie dran, tritt auf die Bühne. Sie sagt, was sie vorbereitet hat, Vorsorgeprinzip, Rechtsansprüche, Abstandsregeln, Bürgerinteressen, Staat und Verantwortung. Aber die Worte laufen neben ihr her wie ein gut trainierter Hund.

«Ein bisschen frische Luft?», fragt Herr von Wedekamp, als sie fertig ist. Saskia nickt. Draußen scheint noch die Sonne, und sie gehen durch den Park hinter dem Gutshaus, durch eine Pforte und eine Allee entlang, an deren Ende ein Stück Strand zu erkennen ist.

«Wie hat es Ihnen gefallen?», fragt von Wedekamp.

Saskia zögert. «Ich weiß nicht. Es ist so doch nicht richtig. Da wird so getan, als sei die Erderwärmung eine Erfindung, dabei sagt die Wissenschaft etwas ganz anderes ...» Der Satz verfliegt im Wind.

«Ja, ich weiß, was Sie meinen. Ich glaube auch, dass diese Debatte, wer schuld ist, der Mensch oder die Natur, nicht weiterführt.»

«Nicht weiterführt? Sie ist doch längst entschieden, ich …»
Herr von Wedekamp unterbricht Sas.

«Mir liegt es wirklich fern, die Klimaveränderung zu leugnen, nur: Was folgt aus all dem? Die Vorstellung, wir können hier mit Windrädern die Fidschi-Inseln vor dem Ertrinken retten, während Indien und China neue Kohlekraftwerke bauen, macht mich skeptisch. Deutschland kann nicht die Probleme der Welt lösen. Und ich hatte den Eindruck, Frau Baumgartner, dass wir in dem Punkt nah beieinander sind.» Sie setzt an, etwas zu sagen, irgendetwas, doch Herr von Wedekamp ist schneller.

«Geht es Ihnen denn inzwischen besser, Frau Baumgartner? Sie waren vorhin ganz blass.»

Sie sind am Strand angekommen, der Wind weht, sodass Saskia ihren Mantelkragen hochschlägt. «Ich habe mich nur erschrocken.»

«Ich mich auch. Als wir telefoniert haben, hat ihre Stimme so gezittert. Ich hätte Sie abholen müssen. Ich hätte Sie nicht weiterfahren lassen dürfen», sagt von Wedekamp. Er sieht sie an.

«Ist ja nichts passiert.»

«Zum Glück.» Von Wedekamp geht in die Hocke und streicht mit den Händen über den Sand, er tastet, bis er findet, was er braucht, drei flache Steine, er steht auf, dreht sich, holt aus und wirft sie nacheinander ins Meer. Das Meer ist kabbelig, mit kleinen, spitzen Wellen läuft es auf sie zu und zieht sich wieder zurück. Der erste Stein springt einmal, der zweite immerhin zweimal.

«Zu viel Wind», sagt von Wedekamp, aber er holt ein drittes Mal aus, der Stein springt nur einmal auf der nervösen Wasseroberfläche. «Das hab ich früher für meine Tochter gemacht. Sie hat immer gerufen: noch mal, noch mal, noch mal, und ich machte weiter und weiter, bis mein Arm schmerzte.»

«Sie haben eine Tochter?»

Herr von Wedekamp hockt wieder im Sand, in Anzug und Mantel, auf den schwarzen, blank polierten Schuhen Sandkörner, Hunderte, und wieder tasten seine Hände, wieder findet er was, steht auf und wieder wirft er Steine, ohne dass sie springen.

«Ja. Sie lebt in den USA.»

«Das ist weit weg», sagt Sas. Wie oft hatte sie auf dem Globus mit dem Finger über das glatte Plastikblau die Linie gezogen, da ging es schnell. «Sehr weit.»

«Ja, in der Tat», sagt Herr von Wedekamp.

«Was macht sie da?»

«Sie ist Professorin. Geschichte.» Nach einem kurzen Augenblick setzt er hinzu: «Ist ein paar Jahre her, dass ich sie gesehen habe. Ich kenne mein Enkelkind noch gar nicht.»

Sas hört die Möwen kreischen. Eine hüpft auf dem Strand herum und pickt in den Millionen Sandkörnern herum, auf der Suche wie Sas, die Möwe nach Fressen, Sas nach Worten.

«Oh», sagt sie.

«Na, Kinder werden eben groß. Das werden Sie auch noch sehen, Frau Baumgartner.» Er lächelt schmal.

Saskia zieht die Schultern hoch und schiebt ihre Hände tiefer in die Manteltaschen.

«Ihnen ist kalt. Lassen Sie uns reingehen.» Schweigend gehen sie die Allee zurück. Der Wind weht Sas die Haare ins Gesicht, immer dieser Wind. Sie bleibt noch zum Abendessen.

*

Als Saskia ins Auto steigt, ist es dunkel. Sie hält das Lenkrad fest umklammert, Schweiß auf den Handflächen, die Augen fest auf die Straße gerichtet, den Fuß angespannt, immer bereit, auf das Bremspedal zu treten, wenn ein Wagen entgegenkäme, ein Reh die Straße überquerte, sie eine Kurve zu spät sähe. Erst auf der Autobahn, als die Lichter der anderen Wagen die Fahrbahn vorzeichnen und sie einfach folgen kann, wird sie ruhiger.

Die Kinder schlafen schon. Christian sitzt vor dem Fernseher, der Tisch ist notdürftig abgeräumt, auf der Arbeitsplatte stapeln sich Pizzakartons, auf dem Herd stehen unberührt die Töpfe mit dem, was sie am Vortag vorgekocht hatte. «Männertag», murmelt Christian, als Sas, noch im Mantel, wortlos die Pizzakartons zerreißt, um sie in der Speisekammer ins Altpapier zu stopfen, und dann die Arbeitsplatte abwischt. Immerhin steht er auf, holt ein zweites Weinglas, schenkt ihr Rotwein ein und stellt den Fernseher aus.

«Wie war es?», fragt er.

Er beugt sich vor, stützt die Ellenbogen auf die Knie, streckt den Kopf vor, faltet die Hände, und trommelt mit einem Daumen auf den anderen. Da lauert etwas, das sieht sie, und sie sagt nicht: Seltsam war es, ich weiß nicht, wo ich da gelandet bin und warum überhaupt. Sie sagt nicht: Ich bin auf dem Hinweg auf die falsche Spur geraten, ich wäre fast mit einem anderen Auto zusammengeprallt und beinahe gegen eine Eiche gefahren, nur durch Glück sitze ich jetzt hier, bei dir, bei uns, oben schlafen unsere Kinder, fast wäre ich nur noch ein Rumpf und ein abgerissener Kopf gewesen. Sie sagt nicht: Ich fand nicht schlimm, dass es aufhört, ich habe nicht an euch gedacht. Für einen Moment. Ich war schon weg.

Aber sie sieht eben dieses Lauern in Christians Augen, nach Monaten des Schweigens, und sagt: «Ganz interessant.»

«Echt?»

«Ja.»

Damit wird das Verfahren von Herrn Dr. jur. Baumgartner gegen Frau Dr. jur. Baumgartner eröffnet, und die Verlesung der sorgfältig vorbereiteten Klageschrift beginnt.

«Ich habe mal versucht, rauszufinden, was dieses ‹Restitutio› eigentlich ist», sagt Anwalt Dr. jur. Baumgartner.

Es ist darauf hinzuweisen, dass es dem Beschuldigten nach dem Gesetz freisteht, nicht zur Sache auszusagen, und Saskia also hätte schweigen können, aber sie sagt:

«Ein eingetragener Verein. Restitutio e. V.»

Christian schnaubt leise.

«Das hab ich auch schon kapiert. Darum geht es nicht. Das weißt du auch.»

«Das habe ich auch nicht gesagt.»

«Es geht darum, was die wollen.»

«Wer die?»

«Leute wie dein von Wededings.»

«Von Wedekamp.»

«Weißt du, dass er als Student in einer Burschenschaft war?»

«Waren andere auch. Minister und so.»

«Im Netz findet man ein paar Vorträge und Texte von ihm. Über Deutschland, Flüchtlinge, Islam, Terror. Tiraden gegen die 68er, gegen die linke Elite, gegen Homosexuelle. Für die Konservative Revolution. Dir ist schon klar, dass das genau das ist, was die Neue Rechte von sich gibt?» Christian zählt Namen von Zeitungs- und Buchverlagen auf, von rechten Intellektuellen und Politikern, von rechten Netzwerken in Europa, von Geldgebern aus der Schweiz. Ein Wort so scharf wie das andere, die Stimme aber gleichbleibend ruhig. So also macht es der Anwalt Dr. Baumgartner, wenn er die Gegenseite in die Knie zwingt, er lässt keinen Einwurf zu, Christian, der Drüberstehende. Aber jetzt muss er einmal Luft holen, und Saskia unterbricht ihn.

«Und hinter all dem steht Herr von Wedekamp, ja? Der Drahtzieher hinter einer großen rechten Verschwörung? Quatsch.»

«Das habe ich nicht gesagt. Aber man kann deinen Grafen ruhig rechtsnational nennen. Das ist nicht der nette, konservative Onkel, der aus Liebe zur Natur ein bisschen Geld für Felder ohne Windkraftanlagen geben will. Saskia, das musst du doch sehen.»

«Nur, weil jemand mal sagt, dass nicht überall Windräder hinsollen? Dass wir nicht alle Flüchtlinge aufnehmen können? Dass es da Probleme gibt? Weil jemand sagt, dass die 68er Ideologen waren? Ist das rechtsnational?»

«Weißt du, was es heißt, wenn man die Konservative Revolution will?»

Der Kühlschrank surrt. So laut wie nie.

«Hast du schon mal in ein Geschichtsbuch geschaut? Weißt du, wovon die reden? Konservative Revolution ist nicht, dass man beim Abendessen wieder Tischgebete spricht, alle sich lieb haben und adrett aussehen, wie du es vielleicht gerne hättest.»

«Wer sagt, dass ich das gerne hätte?»

Christian ignoriert Sashia. «Bei der Konservativen Revolution geht es um etwas anderes.»

«Etwas anderes? Glaubst du jetzt auch diesen Verschwörungstheorien? Ich dachte, dafür sei nur Hans zu haben», sagt Saskia, jetzt laut.

«Hörst du dich eigentlich mal selber?»

«Was?»

«Ich sage nicht, dass sie morgen den Staatsstreich planen. Aber so dumm bist du doch nicht, dass du nicht erkennst, was für ein Denken dahintersteckt.»

«Dumm? Du nennst mich dumm? Wer hat das bessere Abitur, die besseren Staatsexamina?»

«Fängst du jetzt an zu rechnen – Note gegen Note?»

Man sagt, Worte seien gefallen. Aber sie stehen, aufrecht,

versammelt, dicht an dicht, eingehakt, eine Mauer. Über die kann man nicht hinweg.

Christian sagt leise: «Ein Denken, mit dem du dich gemein machst.»

«Ich mich gemein?», Saskia flüstert.

«Du stehst auf deren Tagesordnung, die haben Geld auf unser Konto überwiesen. Auf unser Konto: Christian und Saskia Baumgartner. Ja, du machst dich gemein damit. Du machst uns gemein damit, uns, Saskia, mich mit.»

Saskia könnte jetzt von ihren Zweifeln reden, aber Christians Gesicht ist verschlossen, Lippen fest, Blick fest.

«Ich habe nur einen Vortrag gehalten.»

«Bei Klimaleugnern. Nationalisten. Das ist alles eine Soße.»

«Über Windräder. Ich habe dich gefragt. Es war dir egal.»

Christian sitzt noch immer da, aber jetzt schaut er nach unten und schüttelt den Kopf, stumm.

Saskia begehrt noch einmal auf: «Du redest wie Hans.»

«Das sagt die Richtige.»

«Dir ist das alles hier egal.» Ein erneutes Aufbäumen, dieses Mal aber völlig ohne Sinn, da ist nichts mehr, gegen das sie Widerstand leisten könnte, da ist nicht mal mehr ein Christian, nur ein Mann, der sagt: «Ich geh schlafen», der aufsteht und jetzt auch sein Weinglas mit in die Küche nimmt.

An der Tür zum Flur bleibt er noch mal stehen.

«Weißt du, was ich noch entdeckt hab, auf Facebook? Von Wededings Tochter – die lebt mit ihrer Frau in den USA und lehrt was mit Geschichte und Gender.» Er zieht den Mundwinkel hoch, nur auf einer Seite.

XVI.

Hans beugt sich vor und zieht seine Schnürsenkel auf. Mit dem rechten Schuh streift er den linken ab, dann mit dem linken, bestrumpften Fuß den rechten Schuh. Er zieht seine Strümpfe aus und blickt nach unten. Auf dem grüngrauen Linoleumboden stehen zwei nackte Füße, hornhäutig, knorrig, der eine breiter als der andere, Haare wachsen auf den großen Zehen. Das sind die Füße eines Einundsiebzigjährigen. Einst hatten sie seine wackligen Kleinkindbeine getragen, dünn waren die Beine damals gewesen und hatten Zeugnis abgelegt von Entbehrungen, eine darbende Mutter, die das wenige Essen zwischen dem immer hungrigen und in die Höhe schießenden, großen Sohn und sich, der Schwangeren, dann Stillenden zu verteilen versucht hatte. Dann eiferte Hans seinem Bruder im Wachsen nach, schoss genauso in die Höhe, wurde später sogar größer, ermöglicht auch durch den aus der Gefangenschaft zurückgekehrten Vater, der auf dem Schwarzmarkt Zigaretten gegen Fleisch und Kartoffeln eintauschte, dann vor allem durch die Amerikaner, die dem zerstörten Land Wohlstand verschafften. Hans nahm zu, die Beine strafften sich, kein Tapsen, kein Schleichen, sondern der kräftige Hans-Schritt, seht, hier kommt Hans.

So hatten die Füße ihn durchs Leben getragen, Größe 45, mal barfuß, mal in Sandalen, Halbschuhen, Schnürschuhen. Aber jetzt war Hans ins Wanken geraten, auf wieder neu verschobenem Grund.

Die Welt atmete das Politische, Risse, Brüche, Krisen überall. Es hätte eine Hans-Zeit werden können, nein, sein müssen. Da war nicht nur der allmorgendlich twitternde Präsident jen-

seits des Ozeans, da stand auch eine selbst erklärte Präsident-
schaftskandidatin des französischen Volkes auf den Bühnen,
an Rednerpulten, predigte in Interviews, Videoclips bei Twit-
ter, Facebook und Youtube mit ihrer rauen Stimme die natio-
nale Auferstehung, und ähnlich taten es andere in den Ländern
ringsum, auch in seinem. Alles verlangte ein Aufbegehren von
Hans, ein Türenknallen, eine erhobene Faust. Einer bot sich
dafür an, es war der unbeugsame Herr aus dem unbeugsamen
Frankreich, der sprach, wie Hans sprach, wenn er seine Vorträge über die Gier der Konzerne, die Verbrecher in den Ban-
ken, den Fluch der von Deutschland erzwungenen Sparpolitik
hielt. Sein Feuer sprühte Funken, und sie hätten bei Hans
ankommen können. Es hätte der gemeinsame Ruf werden
können, schreiten in der Menge, jeder Schritt im Wissen, das
Richtige zu wollen.

Hans hatte in diesem Wissen gelebt, auch, als Polizisten ihn
wegtrugen, ihn und seinen Nachbarn und dessen Nachbarn,
gemeinsam gehen, gemeinsam festhalten, gemeinsam weggetragen werden.

Daran dachte Hans, wenn er den Unbeugsamen im Radio
hörte. Und weil er die Leidenschaft und Glut von damals
suchte, fuhr er nach Bordeaux zu einer der großen Wahl-
kampfversammlungen. Die Halle war voll. Es war, als würde
die Luft vibrieren. Die Bühne war leer bis auf einen runden
Stehtisch, mit weißem, gespanntem Tuch überzogen. An der
äußeren Seite stand ein Moderator und kündigte über sein
Headset den Unbeugsamen an, der zu ihnen sprechen würde,
auf neue, nie geahnte Weise, alle seien sie vereint von Nord
nach Süd, von Ost nach West. Applaus brandete auf, schon
jetzt; wer hier war, war hier zum Jubeln, war bereit und gewillt,
sich ohne vorherige Prüfung begeistern zu lassen.

Auf der Bühne strahlte abrupt von unten ein Lichtkegel

nach oben, blau und leuchtend, und ließ aus dem Nichts die Gestalt des Redners erscheinen. Die Gestalt lachte, ihr Mund bewegte sich und die Stimme rief aus den Lautsprechern: «Wo bin ich? In Paris, Lyon, Bordeaux, Calais? Überall dort seht ihr mich.»

Hans kniff die Augen zusammen. Er wusste, wie Kamera, Satelliten und sich kreuzende Lichtwellen zusammenwirkten. Was er sah, war Ergebnis von Technik, aber sie gebar eine neue Realität. Sie vervielfältigte den Unbeugsamen, schuf aus einem Wesen mehrere, sie überwand Raum und Zeit. Auf der Bühne stand kein Mann, sondern Licht. Aber dass die Menschen um ihn herum aufstanden und der Projektion zuklatschten, war echt, der Jubel, der Hans umgab und die Halle füllte, war echt.

Hans jedoch konnte nicht klatschen; er saß da und fragte sich, was passierte, wenn er auf die Bühne ginge und versuchte, der Gestalt des Redners die Hand zu reichen. Würde seine Hand dann in der Gestalt verschwinden und er selbst mit jedem Schritt mehr? Würde sie mit ihm verschmelzen, würden er und der Unbeugsame eins? Oder würde sich die Gestalt auflösen?

Hans hörte die Stimme, die im fast 600 Kilometer entfernten Paris von einem Körper erzeugt wurde. Die Stimme rief auf zum Kampf gegen die Mächtigen, ohne Kompromisse, bis zum Ziel bleiben wir uns treu. Und sie rief auch, Europa verändern oder verlassen. Aber Europa war doch schon dabei, sich wieder aufzulösen. Bald wird die große Insel nicht mehr dazugehören. Die Briten würden das Seil durchtrennen und davonschwimmen, irgendwohin, weg halt, ins Nichts, so hatte Hans es Julius an Heiligabend auf dem Weg zur Kirche erklärt; er wollte die Antwort auf die Frage vom Vorabend, als Julius in seinem Schlafanzug auf der Treppe stehend den Erwachsenen gelauscht hatte, nicht schuldig bleiben. Echt, die Insel ist dann weg, Opa Hans? Ja, futsch und weg, und sag nicht «Opa Hans», hatte Hans geantwortet. Aber lustig hatte er es selbst nicht gefunden.

Jetzt lauschte er dem Unbeugsamen in Bordeaux, der als Lichtgestalt auf der Bühne stand und mit der Kraft der Zerstörung spielte. Der Unbeugsame hatte wohl vergessen, was Hans noch wusste, wozu nämlich die Zerstörung Europas geführt hatte. Ein Mädchen unter Trümmern, eine Hand ohne Mann, Tod, Tod und wieder Tod.

Hans musste an seinen Vater denken, den er in der Apotheke hatte stehen lassen, ohne Hand und ohne Halt, und dann hatte er in seinem Blut gelegen. Hans hörte wieder all das, was er ihm entgegengeschrien hatte. Er hätte so gern die Hand nach dem Vater ausgestreckt, hindurchgegriffen durch die Masse aus Schuld, Wut und Zeit und gesagt: Vater, wer waren die, die dir gegenüberlagen, und die, die neben dir lagen? Die, denen du die Köpfe wegschießen musstest, und die, deren Köpfe neben dir weggeschossen wurden? Wie war es, zu hungern, zu frieren? Wie roch das Blut, musstest du kotzen? Wie waren die Nächte im Graben, in der Kälte, in der Nässe? Wie sah der Zaun aus, wo war deine Baracke, wie oft bist du neben Toten aufgewacht? Vater, wovon träumst du nachts? Wie hältst du das aus, Vater? Wie lebst du mit diesem Sterben? Ist dein Schweigen dein Beten um Vergebung? Oder wartest du darauf, dass dein Gott dich um Vergebung bittet? Vater? Aber Hans' Hand griff ins Leere.

So wie auch seine Füße immer häufiger ins Leere traten, wenn er eine Treppe hinunterging und die nächste Stufe, mit der er fest gerechnet hatte, sich unter ihm auflöste. Dann musste Hans stehen bleiben, warten, bis die Stufe als etwas Festes, Betretbares wiedererschien. An manchen Morgen setzte er sich im Bett auf, und das Zimmer drehte sich, sein Denken, sein Fühlen, sein Sein pressten von inner gegen die Schädeldecke, es war, als wollte Hans den Hans verlassen.

Hans ließ seine Wohnung in München weiterhin leer stehen, der Zweitschlüssel blieb bei Katrin. Ins Haus im Périgord fuhr er ab und zu und verbrachte sonst seine Zeit immer häufiger und länger bei Cécile in Paris, wo die Frühlingssonnenstrahlen im Jardin du Luxembourg auf die grünen Stühle und die dunklen Bänke schienen, auf die sorgsam angelegten Pfade, geschwungen im Süden, übergehend in die geraden, breiten, sandigen Wege, die den Blick zum Palais im Norden öffneten. In Paris hatte man gedacht und geplant, Linien auf dem Papier gezogen und die Wirklichkeit danach erbaut. Hier, in Céciles Welt mit den Antikmöbeln, dem dunkelgrünen Teppichboden im Treppenhaus, der schweren Eingangstür, von einem Türcode geschützt, inmitten einer geschlossenen Fassadenreihe ineinander übergehender, mehrgeschossiger Häuser, verkehrte sich Hans' Welt. Was er über viele Monate im Ungefähren gelassen hatte, bekam Formen.

Wenn der Schwindel kam, konzentrierte Hans sich auf Céciles Finger, die über die Klaviertasten flogen, dieselben Finger, die ihm abends über seine Haut strichen. Dann waren zwei so ferne, einander fremde Menschen ineinander verschlungen, verbunden durch den Drang, dem Leben noch einmal Leben zu geben, weil es doch Tag für Tag zerrann, sichtbar werdend in Falten, Furchen und Flecken, in Krampfadern und grauen Haaren. Cécile kämpfte dagegen an, sie färbte, sie malte, sie lackierte, aber der Körper achtete nicht auf ihren Widerstand. Hans hielt sie, hielt sie zusammen mit seinen Armen. Er spürte ihren Körper, sie umgab ihn und ließ ihn den Schwindel als Glück empfinden. Hans hätte die Welt gern angehalten.

Cécile kochte ihm morgens Kaffee, sie tranken ihn in der Küche, Le Figaro auf dem Tisch den las Cécile, an etwas anderes war gar nicht zu denken. Aber Hans stritt nicht mit ihr, sondern aß sein Baguette und blätterte die Zeitung durch. Cécile plante den Tag, mit Stunden des Übens am Flügel, mit Einkäufen, Theaterbesuchen, Essen bei ihren Freunden. In den Kalender trug sie nicht nur die Geburtstage ihrer Kinder und Enkelkinder ein, sondern auch die seiner Kinder und Enkelkinder, und so bekam Johann zum ersten Mal pünktlich ein Geburtstagspaket, einen Anruf und ein Lied. Es folgten eine kurze Bestandsaufnahme der Geschenke und die Frage:

«Opa Hans, wann kommst du wieder?»

«Du hast versprochen, mich nicht Opa Hans zu nennen, das war der Deal.»

«Ok, Opa Hans, und wann kommst du jetzt?»

Und noch ein kurzes: «Wie geht's» zu Saskia.

«Alles in Ordnung.»

«Wo seid ihr Ostern?»

«Auf Sylt, mit Christians Eltern. Und du?»

«Im Haus.»

«Schön. Kommen die anderen?»

«Glaube nicht, aber ich fahre mit Cécile hin.»

«Ah, die Französin. Du, ich muss jetzt noch backen.»

«Ach so.»

«Für die Geburtstagsfeier. Neun Jungs, plus unsere beiden. Und dann die Mädchen von drüben, du weißt.»

«Wen meinst du?»

«Na, die von Markus. Da wird viel los sein.»

«Ach ja. Na, dann gute Nerven.»

«Ja, danke. Bis dann.»

Hans legte auf. Telefone lassen bloß Stimmen durch, nicht Berührungen, das hatte die Technik noch nicht geschafft.

*

«Sie müssen die Strümpfe nicht ausziehen, nur die Hose, und alles mit Metall», sagt die junge Frau im weißen Kittel, die an der Tür zum Untersuchungszimmer steht.

«Ah bon», sagt Hans, und zieht die Strümpfe wieder an, die Hose aus, ein großer Mann in Unterhose, Hemd und Socken, bereit zur Vermessung und Durchleuchtung seines Körpers.

Es war Cécile, die Hans in derselben sicheren Art, wie sie morgens ihre Kleider anzog, ihre Augen, Lippen und Wangen schminkte und ihre Haare richtete, nach den Ostertagen im Périgord zum Arzt schickte. «Il faut que tu ailles, chérie», so nannte sie ihn, du musst, und widerspruchslos fügte sich Hans dem «chérie» und dem Arztbesuch. Er erzählte von seinem Schwindel, diesem Weltendrehen. Die Ärzte testeten seine Reflexe, stachen Nadeln in seinen Arm, klebten ihm Elektroden an seine Brust und seinen Kopf.

Nun schieben sie ihn in eine Röhre, Kopf voran, Arme an den Körper gepresst, Beine ausgestreckt. Er kann sich nicht bewegen, da ist kein Platz für Gedanken, auch nicht für seine Lebenden und seine Toten, nur Getöse in der Enge, ohne Vor und Zurück. Hans' Atem wird schneller, er ballt die Fäuste, versucht sie zu heben, hört Stimmen, von innen, von außen. Die Liege unter ihm bewegt sich, unendlich langsam schiebt sie ihn wieder hinaus ins Neonlicht.

Weiter geht es. Sein Kopf wird in einem Stahlring fixiert, ein Stück seines Schädels glatt rasiert, die Kopfhaut desinfiziert. Ein Skalpell schneidet in seine Haut, Blut quillt hervor, Stahl bohrt sich durch seinen Schädel, eine Nadel schiebt sich durch das winzige, runde Loch, sie holt ein Stück Hirn heraus. Das legt man unter Mikroskope, zur Begutachtung und Bewertung. Als Hans wenige Tage später im Besprechungszimmer des Arztes sitzt, erklärt ihm sein Gegenüber mithilfe von Aufnahmen aus seinem Schädel, Zahlen und Diagrammen, dass dort ein Haufen Zellen niste. Die Zellen würden sich vermehren und vermehren, ihnen seien alle Grenzen des Wachstums gleichgültig.

Während der Arzt spricht, kann Hans nicht anders, als einen Vergleich zur Welt zu ziehen, mit all ihren Menschen, die mehr und mehr werden und mit derselben Gleichgültigkeit und Unaufhaltsamkeit alle natürlichen Grenzen sprengen. Der Mensch dem Leben ein Feind. So hatte er lange gedacht.

Aber dann war Saskia auf die Welt gekommen. Ein zweiundfünfzig Zentimeter großes, rotgesichtiges, käseschmieriges Menschenkind, das erst schreien, dann trinken und bald aus Spucke Blasen machen konnte. Wenn Hans mit seinen Lippen trompetete, wenn er die Beinchen zurückbog und die Füße an die kleinen Ohren drückte und das Kind hin- und herwippte, wenn er es in die Luft warf, dann lachte, gluckste, gackerte es. Dieses Menschenkind war nicht des Lebens Feind, sondern das Leben selbst. Sas robbte, krabbelte und wackelte dahin auf der Linie ihres Lebens. Hans streckte die Arme aus, und sie lief hinein, er roch an dem noch milchschorfigen Kopf. Sie lief aus seinen Armen in die Meggies, von Meggies wieder in seine, wer kommt in meine Arme? Da waren noch drei verschiedene Lachen zu hören. Sas fing an zu sprechen, aus Wortfetzen wurden Sätze, aus «Sas» wurde «ich». Sie erkundete die Welt in all ihren Facetten, erfragte die Zusammenhänge der Dinge und tat ihre Erkenntnisse kund: Warum ist der Vogel tot? Nachts ist die Sonne aus.

Dann kam Sophie, die schon mit Haaren, und die Stimme kräftig. Kaum konnte sie krabbeln, laufen, klettern, fiel sie irgendwohin, fiel, weil sie immer hampelte, von Stühlen, vom Bett. Sie kam auf die Welt in der Gewissheit, alles zu können und immer unversehrt zu bleiben, sie sprang vom Mäuerchen, ohne zu fragen, ob jemand sie auffinge, sie ging einfach davon aus, dass da jemand stehen werde. Da waren auch immer hilfreiche Arme, die von Hans, von Meggie, von Ruth, von Georg. Wenn Sophie stolperte, sich beim Rennen stieß, trocknete Hans ihre Tränen, reinigte die Wunden und klebte Pflaster darauf. Kaum war das geschehen, war Sophie schon wieder auf dem Weg, die Lebensanfängerin. Hans sah ihr nach, wie sie davonstapfte.

Als Meggies Bauch sich das dritte Mal rundete, legte Hans seine Hand auf die sich straffende, spannende Haut. Da waren leise, zarte Tritte zu spüren von einem werdenden Menschen. Hans blieb nachts jetzt wieder öfter in Meggies Zimmer, lag an ihrer Seite und wachte über das Leben. Wenn Licht durchs Fenster fiel, sahen sie sich an. Manchmal setzte Meggie an, um etwas zu sagen. Sie atmete kurz ein, es floss aber bloß Schweigen aus ihrem Mund. Hans strich ihr übers Haar.

In der Silvesternacht floss Meggies Blut. Hans, der mit irgendeiner getanzt hatte, sah es erst, als ihr Blut aufs Sofa tropfte, dunkel, schwarz im Wohnzimmerlicht. Meggie lag auf der Seite, die Hände auf den Bauch gepresst, das Kind haltend, bleib, baten die Hände, bleib. Sas saß aufrecht daneben. Meggie, sagte sie, Meggie. Und Hans stand da, regungslos. Aber das Kindssterben ließ sich nicht aufhalten, weder durch ihre Hände noch durchs Stillhalten oder den Transport ins Krankenhaus. Wieder saß Hans im Hospital, diesmal darauf wartend, dass ein unfertiges und doch schon totes Kind aus Meggies Leib geholt würde. Er vergrub sein Gesicht in den Händen. Der Herr gibt, der Herr nimmt, amen. Diese Worte hatte Hans für den Tod gelernt, sonst keine. Sie waren zum Ersticken.

Als er zu Meggie ans Krankenhausbett trat, einen Stuhl heranzog, sich vorbeugte, um sie zu umarmen, darauf hoffend, an ihrem Hals wieder atmen zu können, drehte sie den Kopf weg, bleich war sie. «Lass», sagte sie nur, «lass.» Er saß neben dem Bett, ließ die Schultern hängen.

So blieb sie, auch, als sie wieder zu Hause war, abgewandt. Sie saß morgens rauchend in der großen Küche, Flecken auf dem Nachthemd um die Brustwarzen, von Milch, die für ein totes Kind floss. Meggie schlang ihre Arme um die Knie, wie Jahre zuvor in Hamburg, aber nicht, um sich einer Berührung zu öffnen. Nein, sie rollte sich ein.

Einmal zog Hans einen Stuhl heran und bettete seinen Kopf auf ihre Knie. Er flüsterte, wir sollten zusammen traurig sein. Aber da strich sie ihm nur flüchtig über den Kopf. Musst du nicht, Hans, war doch nicht deins. Er setzte sich auf und blickte sie an. Die Worte, die sie über Monate unausgesprochen mit sich herumgetragen hatte, die sie nachts immer wieder heruntergeschluckt hatte – jetzt hielt sie sie nicht zurück. Ja, so war die Abmachung gewesen, jeder hatte seine Freiheit, keine Bürgerlichkeit, so hatte Hans gelebt. Was das auch bedeuten konnte, hatte er übersehen.

Das Kind hätte ein Frühjahrskind werden sollen. Ende März wäre es auf die Welt gekommen. Hans dachte an seine weiche, duftende Haut, die es nun nie geben würde, an sein Strampeln, das er nie sehen würde, das Lachen, das er nie hören würde. Und all das durfte er nicht vermissen, nur weil er es nicht gezeugt hatte? War es das, was Meggie ihm sagen wollte? Und was wollte sie ihm noch sagen? Oder was sagte sie ihm nicht? Was war mit Sas? Mit Sophie? Eine Tür öffnete sich zu einem Raum voller Zweifel. Er schlug sie wieder zu. Er fragte nicht, nie.

Hans sprang vom Küchentisch auf, trat den Stuhl um, riss die Tür auf, Sas fiel ihm entgegen. Er nahm sie in den Arm und hielt sie.

Wenn er Sas und Sophie in diesem Frühjahr zur Schule und in den Kindergarten brachte, hielt er ihre Hände fest in seiner Hand. Kinderhand in Vaterhand, klein in groß, warm in warm, Leben in Leben. Ihr und ich. Wir.

Meggie konnte er nicht mehr fassen. Sie entglitt ihm. Im März ging sie wieder in die Schule, sie huschte morgens aus dem Haus, nachmittags kam sie still zurück, huschte in den Hühnerstall und fütterte die Hühner, huschte zu den Schafen, durch die Küche, und saß abends stundenlang am Fenster.

«Sie muss raus, Hans», sagte Ruth.

Hans zuckte mit den Schultern.

Ruth saß mit Meggie im Hof vor dem Haus auf der Bank, Schulter an Schulter. «Mach was für dich. Du wolltest doch immer reisen. Amerika, dein Englisch. Meggie.»

Als es wärmer wurde, kaufte Ruth mit Meggie Flugtickets nach San Francisco. Meggie hatte die Adresse einer Freundin aus ihren ersten Studienjahren, die inzwischen dort mit ihrer Familie lebte. An einem Morgen im Spätsommer ging Meggie mit ihrem Rucksack durch eine Glastür zum Terminal im Flughafen, langsamen Schrittes unter dem großen Gewicht. Die Glastür schob sich hinter ihr zu. Meggie drehte sich nicht mehr um. Hans fuhr zum großen, gelben Haus zurück.

*

Meggie verlängerte ihren Aufenthalt. Noch etwas Zeit für mich, schrieb sie. Ja, schrieb Hans. Noch ein paar Wochen, schrieb sie. Ja, schrieb Hans.

Wann kommt Meggie?, fragte Sas.

Nach Weihnachten, sagte Hans.

Weihnachten sind wir vier dieses Jahr übrigens bei meinen Eltern, sagte Georg.

Ach, sagte Hans.

Ja, und zum Sommer, Hans, werden wir für uns vier eine Wohnung in Hamburg suchen.

Ach. Jetzt doch Kleinfamilie? Aber hinter Hans' Worten breitete sich etwas anderes aus, still, leer, einsam.

Henriette Bergmann rief an. Noch in Amerika? Zu Weihnachten? Die armen Mädchen, man kann doch nicht ohne Mutter Weihnachten feiern, ach je. Johann, hast du das gehört? Im Hintergrund polterte der alte Bergmann, immer noch in Amerika, was macht das Mädchen da! Hans widersprach nicht.

Die Großmutter lud die Mädchen zu Weihnachten ein, sogar mit Hans. Hans zögerte. Aber als Sas fragte, sind dann alle weg, Ruth auch? Fällt Weihnachten dann aus, weil du magst das doch nicht?, da dankte er Henriette Bergmann und brachte die Kinder in die Kaufmannsvilla. Sophie stürmte die Treppe hoch, die Kaufmannsgroßmutter sah ihr kopfschüttelnd nach. Sas stand zögernd in der Tür. Sie ließ ihre Hand in der seinen, aber ihre Blicke weideten sich am Glanz der geschmückten Eingangshalle. Hans flog mit einer Dunkelhaarigen nach Gomera. Aber da war es erst recht still, leer, einsam, inmitten der Partymusik.

Als Hans die Mädchen wieder in der Bergmann'schen Villa abholte, blieb er zum Tee. Glückwunsch zum Doktortitel, sagte der alte Bergmann, auch wenn das schon drei Jahre her war. Sehr nette Mädchen, sagte Henriette Bergmann. Sie gaben sich zum Abschied die Hand.

Im Januar schrieb Meggie, ich habe jemanden kennengelernt. Ja, schrieb Hans zurück. Und mit demselben Kugelschreiber unterschrieb er Saskias Halbjahreszeugnis. Bergmann, ohne Vornamen, der Lehrerin die fehlende elterliche Gewalt verschweigend. Oder die Lehrerin sah darüber hinweg.

Ich könnte hier arbeiten, eine Zeit lang, schrieb Meggie im Februar. Ja, schrieb Hans zurück. Und fragte Ruth: «Sagst du jetzt zu ihr ‹Arschloch›?»

Als Meggie im März wiederkam, wollte sie nur Sachen holen. Sie fuhr vom Bahnhof in der Stadt mit dem Bus ins Dorf, wo das gelbe Haus stand, lief die Straße entlang, mit dem Rucksack auf den schmalen Schultern, über den Hof, kam durch die immer offene Tür, ging die Treppe hoch und blieb auf der Schwelle zur Küche stehen, noch halb auf dem Flur, bereit zum sofortigen Rückzug. Sie trug die Haare wieder lang, ein paar Strähnen hingen ihr ins Gesicht. Wie am Anfang. Aber das Ende war schon geschehen. Saskia blieb auf der Küchenbank sitzen. Sophie, die Immerlaute. Immerschnelle, versteckte sich hinter ihr, presste ihr Kinn in die Schulter der Schwester. Hans stand auf. Ruth breitete die Arme aus.

Meggie blieb drei Tage im gelben Haus, Hans drei Tage bei der Dunkelhaarigen. Bevor Meggie wieder fuhr, fanden sich alle auf dem Hof ein, Hans an die Hauswand gelehnt.

Wie lange willst du dort bleiben?, fragte er.

Ich weiß nicht. Noch ein bisschen. Vielleicht könnten die Kinder im Sommer zu mir kommen. Vielleicht, sagte Meggie.

In Hans zog sich alles zusammen. Dein Bauch gehört dir, hatte er gesagt, vielleicht solltest du es nicht bekommen. Hatte herumgetönt von männlicher Diktatur, Kleinfamilie, Keimzelle des Übels. Hatte mit den Schultern gezuckt, soll sie doch gehen, auch mit Saskia, sie wollte doch das Kind. Aber dann hatte er das Kind gehalten, fest im Arm und fest im Herzen. Hatte es getragen, geschaukelt, gewippt, getröstet, geliebt. Sas. Hans. Vater. Kind. Dann auch Sophie. Dann das Dritte, geliebt, auch wenn es tot geboren war und gar nicht seins. Sein Herz verkrampfte sich vor Trauer, vor Angst, vor Wut. Nicht auch noch Sas, nicht auch noch Sophie. Hans reckte sich zu voller Größe. Er trat einen Schritt auf Meggie zu, verschränkte die Arme.

«Nein.»

«Hans ... Ich ... Aber ...»

Meggie blickte zu Boden, Hans sah von oben auf sie hinunter.

«Nein.» Ein Wort, leise. Meggies Lippen zitterten. Sie setzte noch einmal an, aber was immer es für Worte waren, die sich in ihr gesammelt hatten, sie blieben ungesagt.

Meggie flog zurück in die USA. Hans blieb im gelben Haus. Jetzt, nach all den Jahren, rächte sich sein Widerstand gegen alles Bürgerliche. Er stand da, mit zwei Kindern, die, so war es beurkundet und im Personenstandsbuch eingetragen, seine waren. Das immerhin hatte er geregelt, dank Georg. Hans war noch immer unverheiratet – ein Pluspunkt für ihn, den Widerspenstigen. Aber er war ohne elterliche Gewalt – ein Pluspunkt für den strengen, auf Ordnung bedachten Staat. Hans wusste, dass er diesen Staat jetzt brauchte, auf seiner Seite, gegen Meggie.

Er rief Johann Maximilian Bergmann an. Er sagte nicht, ich habe Angst, ich will die Mädchen nicht verlieren, ich brauche Hilfe. Er sagte: So ist es kein Zustand, rechtlich ist nichts geklärt. Die Stimme vom alten Bergmann drang vorwurfsvoll, hart durch die Leitung ins gelbe Haus. Ja, in der Tat. Unhaltbarer Zustand. Ich habe immer. Ihre Kommune. Ich habe immer gesagt. Angelegenheiten klären. Aber Sie, Hans.

Doch am wenigsten einverstanden war der alte Bergmann mit dem Weggang seiner Tochter, das tat eine Mutter nicht. Hans und er suchten einen Anwalt auf, Johann auf seinen Stock gestützt. Der alte Bergmann schrieb an Margarete, der Anwalt schrieb an Frau Bergmann, Hans schrieb an Meggie.

Margarete, die Situation ist vollkommen inakzeptabel, ich halte es für erforderlich, dass Du einer Ehelicherklärung zustimmst … Zur Abwicklung der notwendigen, behördlichen Angelegenheiten schicke ich Dir das Geld für den Flug.

Sehr geehrte Frau Bergmann, anbei sende ich Ihnen eine

vorgefertigte Einwilligung, damit Ihre Kinder die rechtliche Stellung ehelicher Kinder erhalten. Damit erhält der Vater die elterliche Sorge mit allen Rechten und Pflichten. Die Unterschrift ist notariell zu beglaubigen. Ein Schreiben lag bei: «Ich, Margarete Christine Bergmann, geb. 1. Mai 1951 in Hamburg, erkläre hiermit gem. Paragraf... unwiderruflich ...»

Liebe Meggie, da Du vor sieben Monaten in die USA gereist bist, Deinen Aufenthalt mehrfach verlängert und Dich entschieden hast, dort Arbeit aufzunehmen, ich seitdem die Verantwortung für unsere Kinder wahrnehme, rechtlich jedoch dazu nicht berechtigt bin, zudem unklar ist, wann Du zurückkommst, habe ich beim Vormundschaftsgericht beantragt, dass ...

Die Post ging per Einschreiben an die letzte bekannte Adresse. Es kam keine Antwort. Im Mai nicht, im Juni nicht. Ruth und Georg packten für Hamburg, Hans suchte auch, eine Wohnung für drei. Nachts wachte er auf, wanderte durchs große, gelbe Haus, an gepackten Kisten vorbei, Treppe runter, rauf, wieder runter, auf den Hof, barfuß. Es war eine warme, stille Sommernacht, es hätte so schön sein können. Hans lief die Straße hoch, zum Feld, wieder zurück. Er stand am Morgen in der Küche, fragte Ruth. Hat sie dir geschrieben? Ruth schüttelte den Kopf, oh Hans, es tut mir so leid. Hans sah zum ersten Mal nach mehr als zehn Jahren Tränen auf Ruths Wangen. Er hätte die Hand ausstrecken, sie in den Arm nehmen können, ist nicht deine Schuld, liebe Ruth. Aber er ließ die Hände auf dem Küchentisch ruhen, für einen Moment noch, dann wischte seine rechte Hand mit Wucht über die Tischplatte; Tassen, Teller, Marmeladenglas landeten auf dem Boden. Georg schrie, spinnst du? Du Arsch! Er sammelte die Scherben aus dem Marmeladenbrei und fluchte, bin ich froh, wenn das hier vorbei ist.

Zu Sophies Geburtstag kam ein Paket. Mit Barbies. Ich denk an euch, Meggie.

Ende Juni brachte Hans die Kinder zu den Kaufmannsgroßeltern. Er verfrachtete die Möbel und Kisten in eine neue Wohnung in Hamburg. «Wann kommt Meggie?», fragte Sophie, als Hans sie wieder abholte und sie vor ihm die Treppenstufen der Kaufmannsvilla herunterhüpfte.

«Meggie ist in Amerika», sagte Hans.

Der Anwalt schrieb wieder und wieder, an Meggie, an die Adresse auf dem Paket, an die Adresse der Freundin aus San Francisco. Ans Vormundschaftsgericht. Er wies auf die praktischen und rechtlichen Konsequenzen der jetzigen Situation hin, Einschulung, Klassenfahrten, Impfungen, Arztbesuche. Nichts war geklärt. Nachts sah Hans Meggie vor sich: klein, inmitten von Briefstapeln, Kopf gesenkt, Schultern hochgezogen. Der alte Bergmann polterte.

Im Spätsommer stand ein Gerichtstermin an, auch für Sas und Sophie. Das Gericht traf eine Entscheidung. Hans bekam zwei Kinder, Saskia Clara Bräuninger und Sophie Bräuninger, ehemals Bergmann.

Meggie tauchte im Spätherbst auf, ohne Ankündigung, zu Saskias Geburtstag. Am Abend stand sie plötzlich vor der Tür, die Haare blond und gelockt, am Finger ein Ring. Hans fragte nicht. Sie blieb mit den Kindern in der Wohnung in Hamburg, fünf Tage lang. Als Meggie wieder fuhr, ließ sie eine weinende Sophie in den Armen der großen, tapferen Schwester zurück. «Aber bald, bald fahren wir alle hin, ja?», fragte Sophie, als alle Taschentücher nass waren. Hans wusste darauf nichts zu sagen. Sas sammelte Sophies Taschentücher auf und warf sie in den Müll.

*

Der Tumor werde stetig wachsen, sagt der Arzt. Er erläutert die verschiedenen Kategorien, in die die Weltgesundheitsorganisation Tumoren einstuft, spricht von Subtypen, und in welcher Weise sich Hans' Zellbündel dazu verhalte. Daraus leitet er die Möglichkeiten und Risiken der Therapien ab. Man könnte Hans den Schädel aufsägen, einen Teil des Tumors entfernen und damit die Welt vielleicht wieder zurechtrücken, den Buchstaben, den Stufen, dem morgendlichen Aufwachen die alte Form zurückgeben, für Erste jedenfalls.

«Fürs Erste?», fragt Hans.

«Ja.»

«Das heißt?»

«Der Tumor wird sich voraussichtlich nicht restlos entfernen lassen. Es wird ein kleiner Teil zurückbleiben, man wird ihn mit Chemotherapie und Strahlentherapie weiter bekämpfen können. Aber es wird aller Voraussicht nach ein Rezidiv geben; der Tumor wird wieder wachsen.»

«Und dann?»

«Gegebenenfalls wird man noch einmal operieren.»

«Und dann?»

«Das hängt davon ab, wie Ihr Körper auf die Operation und die Therapien reagiert.»

«Und wenn ich mich nicht operieren lasse?»

«Dann wird der Tumor weiterwachsen.»

Die Worte wehen über den Schreibtisch, erst auf Hans zu, aber dann knapp an ihm vorbei zum Fenster heraus, Hans schaut ihnen einen Moment hinterher. Vielleicht ist es nur das Französische, das ihn zeitverzögert begreifen lässt, was der kleine, grauhaarige Mann vor ihm da sagt, und vielleicht muss Hans sich nur die passenden Vokabeln zusammensuchen, Arztgespräche hatte er in den letzten Wochen zwar geführt, aber in all den Jahren davor nicht, und solche schon gar nicht.

Es ist still im Raum. Der Arzt sitzt ruhig auf seinem Schreibtischstuhl, bis Hans die Wörter für seine Frage im Gedächtnis aufgerufen hat:

«Sie sagen mir gerade, dass ich sterbe, egal, was ich mache, und dass ich jetzt aber entscheiden kann, ob es ein bisschen früher oder später sein wird?»

Der Arzt hat die Unterarme auf den Schreibtisch gelegt, die Hände gefaltet.

«Die Prognose ist nicht gut. Aber es gibt Fälle, in denen eine Teilresektion des Tumors und eine Behandlung das Leben deutlich verlängern.»

Hans sieht ihm direkt in die Augen, die dunkel unter grauen Augenbrauen hervorschimmern, und er fragt sich, wie viele Todesbotschaften dieser Mann schon überbracht hat und ob er, Hans, eigentlich der erste Deutsche ist, dem er so etwas sagt. Hans rechnet. Möglicherweise hat sein Vater noch gegen den Vater dieses Mannes gekämpft, Angreifer und Verteidiger, am Anfang noch, bevor der Vater den Westen gegen den Osten eintauschen musste. Vielleicht hatten sich die Lebenslinien der Väter an einer Stelle gekreuzt, um dann wieder auseinandergezogen zu werden. Da verlief die eine Linie und da die andere, die seines Vaters, und jetzt kam seine, ein anderer Kampf, Hans Bräuninger, geboren am 31. Oktober 1945, gestorben am.

Hans fragt den Arzt, was passiere, wenn man ihm im Gehirn herumschneide. Der Arzt sagt nicht: Nichts, nur die kranken Zellen werden entfernt. Sondern er sagt, eine Operation im Gehirn berge immer Risiken. Er zeigt Bilder von Hirnarealen, vom Sprachzentrum, vom Bewegungszentrum, er spricht von Ausfällen, Gedächtnisstörungen, Persönlichkeitsveränderungen, all das sei zu bedenken. Hans liegen die Fragen auf der Zunge, wie lange er noch habe mit Operation und wie lange ohne, wie das Leben jetzt sein würde oder besser der Rest seines Lebens, aber er hängt noch in dem anderen Gedanken-strang fest, und deshalb drängt sich eine andere Frage vor.

«Welcher Jahrgang sind Sie?»

«1953.»

«Dann haben unsere Väter vielleicht im Krieg gegeneinan-der gekämpft.»

Der Arzt zuckt mit den Schultern.

«Vielleicht am Anfang. Dann hat mein Vater das Vichy-Regime unterstützt.»

«Ah … Haben Sie ihn dafür gehasst?»

Der Arzt schüttelt den Kopf. «Verachtet.»

«Das verstehe ich.»

Sie sitzen einen Moment da, dann stehen beide auf, geben sich die Hand.

«Denken Sie in Ruhe darüber nach, Monsieur, reden Sie mit ihrer Familie, dann sollten wir alles Weitere besprechen.»

*

Hans geht zu Fuß zurück. Über die Seine, ein Stück am beto-nierten Ufer entlang, dann gen Süden und durch den Jardin du Luxembourg. Wieder scheint die Sonne. Sogar in dieser Stadt aus Stein drängen Blätter und Blüten voll wilder Entschlossen-heit ins Leben. Was ist lang und was ist kurz, wie viel ist eine Stunde, ein Monat, ein Jahr tatsächlich länger und von wel-chem Standpunkt aus gesehen? Wann ist der richtige Zeit-punkt zum Sterben? Es sind schon so viele gegangen: der Va-ter, die Mutter, Friedhelm, Meggie, das Luisle, das unfertige Kind. Es wäre ein Junge geworden. Hans hatte ihm immer mal wieder Namen gegeben, Felix oder Jan vielleicht, zweiunddrei-ßig ungelebte Jahre ohne die ersten Schritte, ohne ersten Streit, ohne ersten Kuss.

Blutet das Baby?, hatte Sas an dem Morgen des ersten Tages im neuen Jahr gefragt. Sie hatte barfuß im Schlafanzug auf dem Treppenabsatz gestanden, Hans zwei Stufen unter ihr, im Parka, den Schal noch um den Hals geschlungen. Schneeflocken fielen, klebten an der Fensterscheibe, liefen dann herunter und ließen Spuren zurück. Sie waren rot. Roter Schnee zum neuen Jahr.

Nein, Meggie hat geblutet.

Warum?

Weil das Baby im Bauch gestorben ist.

Wieso?

Ich weiß es nicht.

Gehen wir jetzt zur Beerdigung?

Dafür war es zu klein, Sas.

Und wo ist das Baby jetzt?

Sas sah zu ihm hoch, schmal ihr Gesicht, die blauen Augen dunkel.

Ich weiß nicht genau. Vielleicht bei den Sternen, Sas. Wie gern hätte er jetzt einen Gott zur Hand gehabt.

Hans spricht mit Cécile in ihrer kleinen Küche am weißen Küchentisch über Kommen und Gehen, Anfang und Ende. Sie hört zu, aber sie hat keine Antwort, nur eine Frage: «Willst du dich operieren lassen?» Hans, der Immer- und Alleswissende, sagt «Je ne sais pas.» Sie streckt ihre Hand aus, lang und hager, faltig, um das Handgelenk ein goldener Armreif, und legt sie auf seinen Unterarm, drückt ihn. Auch hier ist Abschied zu nehmen von dem, was vielleicht noch hätte werden können. Ein halbes Jahr, ein Jahr mehr?

So drehen sich seine Tage im Kreis, voller Fragen und Antworten, die wieder die gleichen Fragen hervorrufen. Nachts wacht er verschwitzt auf, reißt die Fenster auf, macht das Licht an, schaut in den Spiegel, sucht nach sich selbst. Erst wenn er sich sieht, kommt der Atem zurück. Verglichen mit diesen Nächten ist der Schwindel inzwischen ein vertrauter Kerl geworden, den er freundlich begrüßt.

Hans fährt nach Wien zu einer Konferenz, das ist sicheres Terrain, Steuerschlupflöcher schließen, Konzernmacht brechen, da kann er hoffen, die Welt zu zügeln.

Zurück in Paris, versucht er, Saskia anzurufen. Johann geht ans Telefon und sagt: «Hallo», und Hans sagt auch: «Hallo.» Im Hintergrund hört er laute Stimmen, Sas schreit, Christian schreit, und Hans fragt Johann nach der Schule, etwas anderes fällt ihm nicht ein. Er bittet ihn darum, seinen Bruder und die Eltern zu grüßen und legt auf.

Sophie erwischt er nicht, sie überhört sicher das Läuten ihres Handys, oder es liegt vergraben unter einem Haufen von Klamotten, Büchern, Zeitschriften. Aber sie ruft ihn schon kurz darauf zurück, damit hat er nicht gerechnet, und er hört ihre Stimme.

«Hi, Hans.»

«Hi, Sophie.» Er will ansetzen, sagen: «Ich würde gern mit dir über eine Sache reden ...», aber da fängt Sophie schon leise an zu sprechen.

«Es ist alles nur Scheiße, Hans. Alles.» Sie schweigt für einen Moment.

«Was?», fragt er.

«Alles.» Er hört Sophie atmen, der Atem zittert. Und dann redet sie drauflos, von Pit, der jetzt wieder zu seiner Ex geht, wegen Mary, «weißt du?»

Hans sagt: «Nein, nicht ganz», und Sophie redet weiter, das ist doch seine Tochter, und eigentlich wollten wir jetzt mit Kindern anfangen, das hatten wir ausgemacht, ich mein, ich werde ja auch älter, wir sind ja schon dabei, das zu probieren, und dann stellt der Arsch sich hin und sagt, du, für Mary ist es wichtig, dass sie mit beiden Eltern, ich hab ja immer gedacht, dass der irgendwann mal was mit einer Zwanzigjährigen anfängt, damit rechnet man ja, aber jetzt, das ist eine alte Kuh, die war die ganze Zeit so ätzend, und da fängt der plötzlich an mit Familie. Was war das denn dann die ganze Zeit? Und jetzt will die Agentur meinen Vertrag nicht verlängern, das ist ja eigentlich normal, dass hier alles auf Zuruf ist, und normalerweise jobbe ich eine Zeit lang irgendwo, aber die Miete in London ist so krass teuer, und wenn Pit jetzt auszieht, dann weiß ich gar nicht, wie das noch gehen soll.

Hans hört, wie Sophie schluchzt. Es ist lang her, dass er Zeuge davon geworden ist, wie ihre Dämme brechen. Früher hatte sie in solchen Momenten die Spuren ihres Kummers überall in der Wohnung verteilt, ihre Taschentücher lagen in ihrem Zimmer, fanden sich im Flur, in der Küche, im Wohnzimmer und im Bad, und Saskia reichte ihr frische und sammelte die gebrauchten auf. Als Sas nicht mehr zu Hause wohnte und Sophies Tränen trocknen konnte, fiel diese Aufgabe Hans oder einer seiner Freundinnen zu.

Jetzt kommt der Schwindel wieder, aber Hans hält den Hörer fest oder andersherum: er klammert sich am Hörer fest, Sophies Weinen im Ohr.

«Männer sind scheiße», sagt sie, und Hans sagt: «Stimmt.»

Da lacht Sophie, «na, du musst es ja wissen», sie zieht die Nase hoch. Er sieht das verweinte Mädchen vor sich, das sich den Rotz mit dem Pullover abwischte, und Sas, die rief, «iih, Sophie, lass das.»

«Wo bist du denn eigentlich gerade, Hans?»

«In Paris.»

«Ach so. Bei der mit den lackierten Fingernägeln und den Pumps?»

«Sie hat einen Namen.»

«Echt?»

«Ja.»

«Seit wann?»

«Willst du herkommen?»

«Nach Paris? Sieht die Wohnung so aus wie die Frau mit den Fingernägeln?»

«So in etwa.»

«Uh … Nee. Ich muss ja auch noch arbeiten.»

«Wie lange noch?»

«Bis Ende Juni.»

Fünf Wochen. Was wäre in fünf Wochen? Wie groß wäre sein Zellhaufen dann, wie stark würden die Schmerzen sein? Oder wird seine Schädeldecke aufgesägt und wieder geschlossen worden sein, ein ordentliches Stück Tumor entfernt, aber wie viel Hans gleich mit? Wird er sich vielleicht nicht mehr bewegen können, wird er beim Sprechen stottern, sich verheddern? Was wird ihm aus dem Gedächtnis entschwunden sein, wird er überhaupt noch wissen, an was er sich nicht mehr erinnert? Wird er die Lücken benennen können oder werden es nur Löcher sein, in die er fällt? Wird er noch Haare haben, oder wird eine Chemotherapie geschafft haben, was sogar Johann Maximilian Bergmann nicht gelungen war – ihn von seinen langen Haaren abzubringen? Wird er Johann und Julius wieder herumschleudern können? Was wird von Hans noch übrig sein? Da entscheidet sich Hans.

Er sagt: «Dann komm doch Anfang Juli ins Périgord. Und Sas sollte auch kommen. Mit den Jungs. Und Ruth und Georg. Es ist Jahre her, dass wir alle da gewesen sind.»

«Hans, Sas wird schon Pläne haben, du weißt doch, wie sie ist.»

«Aber es wird Zeit, Sophie. Es wird Zeit.»

«Hans, was ist los?»

«Nichts, aber ich werde ja auch nicht jünger. Versprich mir das, versprich es mir?»

«Äh, ja aber …»

«Fragst du Sas? Sagst du ihr, dass sie kommen muss?»

«Ich …»

«Fragst du sie?»

«Äh.»

«Fragst du sie?»

«Ja.»

«Die Frau mit den lackierten Nägeln heißt übrigens Cécile.»

«Weiß ich.»

Hans lacht.

«Ist alles gut, Hans?»

«Ja.»

«Ich frag Sas.»

XVII.

Stundenlang schon liegt Saskia auf der Seite, blickt hinaus und wartet darauf, dass Licht durch die hellen Vorhänge ins Schlafzimmer fällt und die Nacht vertreibt. Das Fenster ist gekippt, und mit dem aufkommenden Licht dringt das lauter werdende Gezwitscher der Vögel herein, ein helles Konzert. Ein neuer Tag, rufen sie, Frühling, Frühling! Aber darauf fallen die Nachtmonster nicht herein, sie sind schlau und hartnäckig. Sie huschen durch das Zimmer und kriechen zu Saskia unter die Decke, schmiegen sich an ihren Rücken, schlingen ihre Arme um sie, fest um ihren Hals; die wissen schon, wie man den Tag überlebt.

Saskia steht auf, geht ins Bad, läuft barfuß die Treppe hinunter in die Küche. Sie wird Christian mit einem Kaffee wecken, früher als sonst. Er wird sich aufsetzen, verschlafen «danke» sagen, den Becher halb austrinken, dann duschen, sich anziehen, weißes Hemd, schwarze Hose, schwarzes Jackett. Er wird die Treppe herunterkommen, sich kurz in die Küche stellen, den Toast essen, den sie ihm geschmiert haben wird, noch einmal «danke» sagen. Sie wird «gern geschehen» antworten, er wird den Smoothie trinken, den sie für ihn gemacht haben wird, sich auch dafür bedanken, dann wird er aus dem Fenster schauen und das Taxi zum Flughafen erblicken. Er wird sie bitten, dem Fahrer kurz Bescheid zu geben, er wird zwei Stufen auf einmal nach oben nehmen, sich die Zähne putzen, noch einmal bei den Jungs in die Zimmer schauen, sie werden schlafend in ihren Betten liegen, Johann quer, die nackten Füße aus dem Bett gestreckt, die Decke zerwühlt, Julius eingerollt, als hätte er das Fötusstadium nie aufgegeben. Dann wird Christian mit einem kleinen Koffer wieder herunterkommen, drei Tage Brüssel, er wird sie kurz in den Arm nehmen, aber es wird nicht reichen, die Monster zu vertreiben. Sie wird lächeln und sagen «pass auf dich auf» und er wird sagen: «Und du auf euch.»

Sas steht für einen Moment vor der Espressomaschine, die Hände auf die Arbeitsplatte gestützt, und schließt die Augen. Die letzten Wochen waren höfliche Wochen gewesen, bitte, danke, gern geschehen, guten Morgen, wie war dein Tag, und deiner?, Ärger mit den Jungs, Stress bei der Arbeit, nein, fein, prima, alles gut und gute Nacht.

Dazwischen war etwas anderes aufgeflackert. Als sie in den Osterferien auf Sylt am Abend nach dem Essen mit Erika und Ludwig noch kurz am Strand entlangliefen, zeigte Erika auf den Horizont und sagte:

«Was blinkt da?»

«Ich glaube, der Windpark», sagte Christian.

«Ach so. Schade, nicht wahr, Ludwig?»

Saskia lächelte schmal.

«Die Windräder machen schon viel kaputt», sagte sie.

Christian hörte es, trotz Wind und Mütze, und er konnte nicht anders, als zu sagen: «Ich find die super. Papa, es ist doch großartig, was technisch möglich ist. Es wäre doch irre, den Wind nicht zu nutzen.»

Sas dachte an Hans. Immer noch einen drauf.

Ludwig sagte, das sei doch aber arg teuer, und Christian sagte, nur in der Anfangsphase, die Schwelle, von der an es sich rechne, sei schon überschritten.

«Mir tun die Schweinswale leid. Wisst ihr, wie die Bauarbeiten für die sind?», sagte Saskia, und Johann blickte auf.

«Was passiert denn mit denen?»

Bevor Saskia ihm antworten konnte, sagte Christian:

«Seit wann magst du denn Schweinswale? Wenn du die sehen würdest, würdest du dich doch ekeln, weil die kein Fell haben und nicht maunzen.» Er lachte, aber es war kein Lachen, bei dem er sie in den Arm nehmen oder ihre Hand ergreifen oder so lange lachen konnte, bis sie mitlachte, kein nachgeahmtes Hühnergackern, nackt auf dem Bett, sondern ein schneidendes Lachen.

«Dann investiere doch in Windräder, wenn du die so toll findest, das ist bestimmt bald sehr lukrativ.»

«Gute Idee, wenn du nicht das ganze Geld für den Anwalt ausgibst.»

Es war nicht nur der Wind, der ihnen scharf ins Gesicht wehte; auch Erika, Ludwig und die Jungen bekamen Fetzen der Bosheiten ab. Erika wischte sie weg und sagte: «Kommt, lasst uns ins Hotel gehen.»

Laut wurde es, als die erste Anwaltsrechnung kam. Christian fand sie an einem Samstag auf dem Esstisch und fluchte. Saskia versuchte es mit Gelassenheit, du weißt doch am besten, was Anwälte nehmen. Christian sagte, aber ich arbeite doch nicht achtzig Stunden für so einen Scheiß. Sas fragte, was er mit Scheiß meine, sei er denn jetzt für den Windpark. Sie hielt ihm wieder ihren Vortrag über die Gefahren der Windkraft, ihre Stimme wurde lauter und schriller. Da schrie Christian plötzlich, ich kann es nicht mehr hören, ich kann den ganzen Müll nicht mehr hören. Saskia schrie, was meinst du mit deinem Geld. Er brüllte, ich habe gar nichts gesagt von meinem Geld, aber wenn du schon davon sprichst: Ja, ich bin ja wohl der, der das Geld verdient, jeden Tag zwölf Stunden. Dann herrschte Stille, und Johann kam herein und sagte, Opa Hans hat angerufen. Christian wollte ihm über die Stirn streichen, aber Johann wich aus, und jetzt sagte Saskia es doch: Hast du mal meine Arbeitsleistung dagegen gerechnet, und was ich aufgegeben habe? Christian antwortete ebenso leise, dazu zwingt dich ja keiner, weder dazu noch dazu, und hast du schon vergessen, was ich aufgegeben habe? Und da ging sie hinaus in den Flur, an Julius vorbei, der in der Tür stand. Sie zog die Gummistiefel an, obwohl die Sonne schien, warf die Tür zu und lief quer über das Feld, auf das der Bauer, dem das Grundstück gehörte, mithilfe von Investoren seinen Windpark bauen wollte, in den Wald.

Der Raps begann zu blühen, das Gelb schimmerte sanft, im Wald verblühten die Buschwindröschen. Sie hatten im Frühjahr geheiratet, sie in Cremeweiß mit hochgestecktem Haar, und Sophie hatte gestöhnt, oh Mann, was für ein Kitsch, Sas. Saskia hatte geantwortet, du kannst ja in Birkenstocksandalen heiraten. Sophie hatte gelacht, Sas dann auch, und Sophie hatte Sas in die Arme genommen, du bist unendlich, unendlich, unendlich schön.

Als Sas nachts müde vor dem Spiegel gestanden hatte, war Christian hinter sie getreten, hatte seine Nase in ihren Nacken gesteckt, ihren Reißverschluss geöffnet, ihr das Kleid abgestreift, sie hatte dagestanden, in der Spitzencorsage, den halterlosen Strümpfen mit Spitzenrand und den hohen Schuhen, oh Gott, hatte er geflüstert. Er hatte ihr den Slip ausgezogen, sie hatten sich geliebt. Dann hatte sie in seinen Armen gelegen, die Schuhe noch an den Füßen, und kurz an Meggie und Hans gedacht. Gewonnen.

Jetzt lief sie durch den Wald und sah Julius in der Tür stehen und hörte ihn flüstern, warum streitet ihr?, sah Johann vor sich, wie er den Kopf einzog, als Christian die Hand ausstreckte, wie er die Schultern hochzog, wie er auf dem Weg in sein Zimmer, ohne aufzublicken, fragte, darf ich Minecraft spielen, und beide Eltern wie aus einem Mund sagten: «Ja.»

Sas hört Christians Schritte, sie öffnet die Augen, nimmt den Cappuccino-Becher aus der Maschine, dreht sich um, reicht ihn Christian, dann den Smoothie, er berührt kurz ihre Schulter, trinkt, danke, sehr gut, er räumt Becher und Glas in die Spülmaschine, er sieht das Taxi vor der Tür, sie geht hinaus, er holt die Koffer, an der Tür sagen sie: auf bald, auf bald.

Sas setzt sich an den Esstisch, es ist sechs Uhr, sie nippt am Kaffee, nimmt ihr Handy und tippt via Threema: «Hallo Hans, Sophie hat mir von deiner Idee erzählt, dass wir uns alle Anfang Juli im Périgord sehen. Schöne Idee, wirklich. Aber leider ist das zu kurzfristig. Die Kinder haben dann noch Schule. Tut mir leid. Ich rufe die Tage noch mal an. LG Sas». Und dann per WhatsApp: «Liebes Sophiechen, ich hab Hans gerade abgesagt. Wir kriegen das nicht hin.»

Sas weckt die Jungs, macht Frühstück, schmiert Brote, cremt die Kinder mit Sonnenmilch ein, setzt ihnen ihre Ranzen auf und winkt ihnen an der Tür nach. So waren ihre Bilder vom

Glück, aber warum lasteten die Monster dann so schwer auf ihren Schultern? Sie geht laufen, zwei, drei Monster kann sie abschütteln, es wird leichter. Als sie zurückkommt, wirft sie, nass geschwitzt, einen Blick aufs Handy, drei neue Nachrichten.

Christian: «Bin gelandet. Alles gut.»

Sophie: «Bist du bekloppt?»

Hans: «Wie schade.»

Sas schreibt an Hans: «Ja, wirklich. Ein anderes Mal?»

An Christian: «Gut.»

An Sophie: «Ist halt zu kurzfristig.»

Sophie: «Warum kurzfristig? Ist ja nicht so, dass du dafür Urlaub nehmen müsstest.»

Sas: «Haha. Ich habe Kinder, die haben Schule.»

Sophie: «Oh, wie konnte ich das vergessen.»

«Warum so sauer?», tippt Sas, während sie die Treppe hochgeht. Im Bad legt sie das Handy beiseite, zieht die nassen Laufsachen aus. Das Handy surrt.

Sophie: «Du hast ja einen Mann.»

«Der 80 Stunden arbeitet.»

Das Handy surrt erneut, es ist Hans. «Überleg es dir noch mal. Wenn Sophie, Ruth und Georg kommen, wird es bestimmt schön. Und du kennst Cécile noch nicht.»

Saskia setzt sich auf den Badewannenrand, die Emaille ist kalt am Po.

«Jetzt will er plötzlich Familie. Hätte ihm mal 30, 40 Jahre früher einfallen können», schreibt sie an Sophie.

Und an Hans: «Ja, sicher. Ich weiß halt nicht, wie ich das hinkriegen soll.»

Sophie: «Meggie ist gegangen, Hans nicht.»

Hans: «Können nicht deine Schwiegereltern kommen?»

Sas bekommt eine Gänsehaut. Sie tippt trotzdem für Sophie:

«Nee. Aber es gab Gründe, warum sie weg ist. Und nicht zurückkonnte.»

Die Antwort kommt nur Sekunden später. «Weißt du's???»

Sas schreibt erst an Hans: «Die können doch nicht einfach springen, wie du es gerade brauchst.»

Dann an Sophie: «Ich muss jetzt duschen.»

Als sie nass aus der Dusche kommt, blinkt das Handy. Sie wickelt sich ins Handtuch ein und gibt dabei den Code für die Tastensperre ein.

Hans: «Verstehe.»

Sophie: «Dann dusch mal schön. Ich arbeite.»

So kann Sophie auch sein. Sas dreht das Smartphone um.

Als sie angezogen ist, liegt der Vormittag nackt vor ihr. Wochenlang hatte sie diese Zeit in die Arbeit für die Bürgerinitiative gesteckt, Facebook-Nachrichten aufgerufen, nach Studien gesucht, sich in Urteile vertieft. Seitdem die Klagen eingereicht sind und von einem Anwalt betreut werden, wartet sie nur noch.

Ohnehin hat die Bürgerinitiative angefangen, sich aufzulösen. Jörn und Christa haben sich gegen eine Klage entschieden, bringt ja nichts, und wir sind jetzt sowieso viel unterwegs, hatte Jörn gesagt. Nach Ostern packten sie ihre Reisesachen ins neue Wohnmobil, verschlossen das Haus, Saskia bekam die Schlüssel, um nach dem Rechten zu sehen, und dann fuhren sie in den Süden, Portugal wahrscheinlich, sagte Christa. Silke und Bernd und ihre Nachbarn links und rechts hatten von Wedekamps Angebot angenommen; der Verein würde die Klagen finanzieren. Einige wenige zahlten sie selbst.

Die Naturschützer verhandelten derweil mit dem Bauern und dem Investor darüber, ob es nicht ein oder zwei Windräder weniger sein könnten, und die schienen das tatsächlich zu erwägen, um auf der sicheren Seite zu sein, wie Klaus erzählte, als er vor Ostern doch noch mal zu einem Treffen der

Bürgerinitiative kam. Bernd setzte sein Bierglas mit voller Wucht ab, das Bier schwappte auf den Tisch und bildete eine Lache auf dem Holz: Da seht ihr's, die Naturschützer tun immer so prinzipientreu und verkaufen uns heimlich! Was ist denn schon ein Windrad weniger, bei mir wird's auch mit vier oder drei oder zwei Windrädern laut und voller Infraschall, stimmt's Saskia? Etliche nickten, nicken war ja immer leicht. Jörn aber sagte, na ja, heimlich macht Klaus hier gar nichts, er hat das ja gerade öffentlich gesagt. Jörns und Klaus' Jungs waren in dem Ort, der mal ein Dorf gewesen war, gemeinsam zur Grundschule, dann später in der Stadt aufs Gymnasium gegangen.

Klaus nickte und fragte laut, wer verkauft sich denn hier an wen?, wobei er einen Blick auf Herrn von Wedekamp warf, der wie immer im Anzug und aufrecht dasaß, heute aber still in der Ecke. Bernd rief, ach lass uns doch mit deiner Scheißlaune in Ruhe. Es rumorte im Raum. Da hob Herr von Wedekamp die Hand, und als es nicht stiller wurde, stand er auf. Er räusperte sich, das Gemurmel verstummte.

«Ich glaube, dass man bestimmte Dinge jedenfalls nicht ausschließen sollte. Es ist sicher nicht verkehrt, auch über einen verkleinerten Windpark nachzudenken», sagte er. Für einen Augenblick schien die Atemluft im Raum knapp zu werden. Klaus saß mit offenem Mund da, nur Bernd murmelte hörbar: «Der jetzt auch noch.»

«Als Rückfallposition selbstverständlich», sagte von Wedekamp rasch, «wenn alle Stricke reißen.» Saskia war nicht ganz klar, welche Stricke er meinte. Bernd bestellte noch einen Schnaps.

Saskia traf Herrn von Wedekamp an der Garderobe, er half ihr in den Mantel, und sie wollte fragen, woher sein Sinneswandel komme, irgendwie passte da etwas nicht zusammen, einerseits Klagen zu finanzieren und andererseits das Aufgeben anzubieten. Da fragte Herr von Wedekamp, ob sie den Unfall gut überstanden habe, sie hätten sich lang nicht gesehen, und sie sagte, ja, alles gut, verzichtete auf ihre Frage und ging zum Auto.

*

Saskia räumt Bad und Schlafzimmer auf und gießt Blumen, wie immer. Dann geht sie zu den Andresens hinüber, in das für das Sommerhalbjahr leer stehende Haus. Sie leert den Briefkasten, legt die Post auf den Küchentisch, gießt auch in diesem Haus die Blumen und wischt Wasserlachen wieder weg. Sie steht für einen Moment im fremden Wohnzimmer und blickt durch die große Glasscheibe auf den fremden Garten. Im Fenster schimmern die Umrisse ihres Körpers. Sie beißt sich auf die Lippen.

Als mittags die Türklingel Sturm läutet und Johann und Julius in den Flur stürmen, nimmt sie die beiden fest in den Arm, atmet das Leben ein, das hier hereingetobt kommt und die Ranzen auf den Boden pfeffert. Johann ruft, Mama, hör auf, ich kann gar nicht atmen, und sie sagt, oh je, entschuldige, und strubbelt ihm durchs Haar und schimpft gar nicht wegen der Ranzen.

Beim Essen reden beide gleichzeitig, es gab Feueralarm, also nicht in echt, zum Üben, da mussten wir raus, und dann hat … Eine Kinderstimme übertönt die andere, Julius heult, ich erzähle jetzt, nicht du, Johann, und er springt auf vom Tisch. Saskia ruft ihn und holt ihn zurück mit gutem Zureden. Deshalb sieht sie erst nach dem Essen Sophies Nachricht.

«Hallo???»

«Was hallo», schreibt Saskia und stellt mit der anderen Hand den Joghurt auf den Tisch.

«Kannst du mal antworten?»

«Worauf?»

«Auf meine Frage: Weißt du es?»

«Was?»

«Dass Hans schuld ist.»

«Hab ich nicht gesagt.»

«Aber gemeint.»

Und kurz danach: «Sas, noch mal: Meggie ist weg, Hans war da!!!»

«Hör auf, das ist nichts fürs Chatten.»

«Du hast angefangen.»

Julius ruft: «Mama, kann ich noch mehr Joghurt?»

«Ja, sorry», schreibt Sas an Sophie.

Und noch mal:

«Wirklich sorry. Warum will er denn jetzt unbedingt, dass wir uns alle treffen?»

«Mama, kann ich noch mehr Joghurt?»

«Äh, ja.» Saskia blickt vom Handy auf, nimmt Julius' Schüssel, löffelt Himbeerjoghurt hinein, dann weißen Joghurt. «Ich will aber nur Himbeere», ruft Julius, «gemischt, haben wir gesagt», sagt Sas. «Nee, hast du gesagt», sagt Johann. Das Handy blinkt wieder, Nachricht von Sophie:

«Hab ich ihn auch gefragt. Hat er nicht wirklich gesagt. Es ist ihm halt wichtig.»

«Wenn es wichtig ist, kann er doch sagen, warum.»

«Vielleicht will er uns ja überraschen und heiratet die Französin mit den Fingernägeln.»

«Quatsch.»

«In der Kirche. Er in Sandalen, sie in Pumps.»

«Was hast du immer gegen Pumps?»

«Der wohnt doch jetzt in Paris bei La Grande Dame.»

«Hans heiratet nie.»

«Die wäre doch super als Mutter, endlich mal was Ordentliches.»

«Besten Dank. Außerdem suchen alte Männer junge Frauen. Sie ist doch alt, oder?»

«Alte Männer nehmen alte Hexen. Und Pit ist ein Arschloch. Amen.»

«Was???? Ist er wieder mit der Mutter zusammen?»

«Si.»

«Oh nein.»

«Oh doch.»

«Sollen wir telefonieren?»

«Nee, muss gleich in einen Termin, da kann ich nicht verheult hin. Lass uns lieber zu Hans' Hochzeit fahren.»

«Hans heiratet nicht.»

Saskia blickt auf, die Terrassentür steht offen, Johann und Julius sind im Garten, ohne gefragt zu haben, und werfen sich den Ball zu, auf Strümpfen. Sie steht auf, den Zuruf auf den Lippen, aber sie lässt es sein und räumt den Tisch ab. Während sie den Tisch abwischt, wirft sie noch einen Blick aufs Handy.

«Ich glaub auch nicht.» Steht da, von Sophie. Und darunter: «Fragst du ihn noch mal, was ist?»

«Ich?»

«Ja.»

«Sophie! Weihnachten war eine Katastrophe. Seitdem ist es noch schwieriger.»

«Hat Hans auch gesagt.»

«Was? Das mit Weihnachten?»

«Ja.»

«Er macht aus allem immer eine Bühne und das Schönste kaputt.»

«Und du bist jetzt so eine Klimaleugner-flüchtlingsfeindliche-AfD-Trulla.»

Sas müsste jetzt das Telefon auf den Boden schmeißen, drauftreten, am besten mit den spitzesten Absätzen, die hat sie Sophie voraus, aber Sophie darf so etwas, Sophie darf alles, und Sas schluckt nur, tippt: «Was weißt du schon.» Sie legt das Handy beiseite.

Während sie fegt, flimmert etwas in ihrem Magen, es wird ihr eng um den Hals, und sie nimmt das Telefon wieder in die Hand, ruft ihre letzte Nachricht an Hans auf und liest noch einmal ihre Worte: «Die können doch nicht einfach springen, wie du es gerade brauchst», und seine Antwort: «Verstehe.» «Scheiße», murmelt sie, schließt kurz die Augen und löscht ihre Nachricht, in der stillen, kurzen, nutzlosen Hoffnung, dass das auch in Hans' Handy etwas ändern würde. Dann schreibt sie an Sophie:

«Ich frag Ruth.»

«Ok.»

*

Sas hat Johann und Julius ins Bett gebracht, mit Getobe seitens der Kinder, Gezerre ihrerseits, Geheule allerseits, alle drei Arm in Arm. Die Jungs liegen im elterlichen Bett, ausnahmsweise, da ist ja Platz diese Nacht.

Es ist noch hell draußen. Sas zieht sich einen Pullover über, holt Weißwein aus dem Kühlschrank und setzt sich, das Handy neben sich, auf die Terrasse, die Beine hochgezogen. Die Sonne wird bald den Himmel über dem kleinen Backsteinhaus in Rot tauchen, nicht milchig-weich, sondern wie eine Glut. Es wäre eigentlich ein Moment des Glücks, aber die Welt hält sich nicht daran. Sie lässt Geschwister sterben, bevor sie geboren werden, lässt Mütter verschwinden, sie pflanzt Vätern, auf die man böse ist, einen Tumor ins Gehirn und lässt trotzdem die

Sonne auf- und untergehen, jeden Tag wieder neu, als wäre nichts geschehen. Genießt sie dieses doppelte Spiel?

«Ruf ihn an», hatte Ruth gesagt, nachdem sie erklärt hatte, was los war, was sich in Hans' Kopf abspielte, dass noch Zeit bleibe, Zeit, Sas, Zeit, aber dass Hans irgendwann als Hans sterben wollte, nicht als jemand anderer, nicht als Hirntumor-Zombie. Sas sagt, aber er muss sich doch operieren lassen. «Ruf ihn an, fahr mit uns hin, Sas, gerade, weil es so ist, wie es ist, mit euch.» Sie hatte mit Sophie telefoniert, dann mit ihren Schwiegereltern, damit sie zum Aufpassen kommen, Anfang Juli, sie sagt etwas von Familientreffen, nennt aber nicht den Grund. Neben all dem hat sie Johann vom Hockey und Julius vom Logopäden abgeholt und beide zur Musikschule gefahren, eingekauft, Abendessen gemacht. Fünfmal hat sie angefangen, Christian eine Nachricht zu schicken, und fünfmal wieder aufgehört.

«Heiho, na, sind deine auch im Bett?», hört sie aus dem Garten rufen, Saskia zuckt zusammen. Markus winkt ihr zu, steigt in T-Shirt und Trainingshose über den Zaun, und Sas sieht, dass er einen Bauch hat. «Was für'n geiler Abend», sagt Markus, «sieh dir das an!», und er schaut auf den sich immer intensiver färbenden Himmel. Saskia nickt. Markus lässt sich neben sie in den Stuhl fallen. «Hast du 'n Glas für mich?»

Saskia steht auf, holt ein Weißweinglas, und als sie zurückkommt, sieht Markus sie an. «Sag mal, hast du geweint?», fragt er, die Stimme jetzt deutlich leiser.

«Nein, alles gut.» Sie setzt sich.

«Klar hast du geweint.» Er mustert sie von der Seite.

«Nein.»

«Doch. Seh ich doch.»

«Nein.»

«Doch.»

Da muss sie lachen.

«Schon besser. Zum Wohl.» Markus hat sich Wein eingeschenkt und hebt sein Glas.

«Zum Wohl.»

Einen Moment sitzen sie schweigend da.

«Was'n los?», fragt Markus in die Stille hinein.

Saskia schaut geradeaus, beißt sich auf die Oberlippe, auf die Unterlippe, zieht die Beine wieder hoch, schlingt die Arme um die Knie.

«Du kennst doch Hans?»

«Ja.»

«Hans hat einen Hirntumor.»

«Fuck.» Markus beugt sich zur Seite, legt ihr die Hand auf den Arm.

«Schlimm?»

«Ja.»

«Oh, fuck. Fuck, fuck, fuck.»

Dann sitzen sie da und schweigen. Irgendwann merkt Sas, dass seine Hand noch auf ihrem Arm liegt. Markus merkt es auch, drückt kurz ihren Arm und zieht die Hand weg.

«Ich mag deinen Vater», sagt Markus.

«Danke», sagt Sas.

Sie schaut in den Himmel. «Ist halt schwierig mit ihm.» Sie verzieht den Mund.

Markus lacht. «Ach komm, so schlimm?»

«Weißt du, wie peinlich das früher war? Wir haben ja auf einem Hof gelebt, mit lauter anderen Leuten, immer mal kamen neue. Viele Kinder, kein Erwachsener war verheiratet. Und die Leute im Dorf, die haben geredet, ‹Ah, all die komischen Hippies unten auf dem Hof, und wie die rumlaufen, da weiß man ja auch nicht, welches Kind da zu wem …›» Einmal, sagt Sas, kam Hans zum Weihnachtsfest ohne Schuhe, ohne Strümpfe

244

in die Grundschule, im Dezember, und die Eltern der anderen Kinder murmelten und schüttelten die Köpfe, aber Hans war das egal, nein, es freute ihn, und er raunte einem Kind nach dem anderen was zu. Ehe sich's die Eltern versahen, waren alle Kinder barfuß und rannten aus dem Raum und barfuß, im Matsch, um die Schule. Die Eltern schimpften, flüsterten etwas von Kommune, da sieht man, zu was das führt, die armen Kinder. Saskias Klassenkameraden lachten, Hans erhob die Stimme und fragte in die schimpfende Runde hinein, ob sie denn nicht bibelfest seien. Dann stellte er sich auf einen Tisch und sprach: «Tritt nicht herzu, zieh deine Schuhe aus von deinen Füßen, denn der Ort, darauf du stehst, ist ein heilig Land», und die Kinder müssten doch mehr aus dem Alten Testament lernen, was sei das hier nur für eine Schule. Ihr Mitschüler Andreas fragte Saskia, ob sie denn jetzt doch an Gott glaubten, ihr Vater habe doch gesagt, Gott gebe es nicht, sonst würde man ihn ja pupsen hören und riechen, und Hans antwortete an ihrer Stelle: «Ich bin jetzt sogar Mönch.» Andreas guckte doof und fragte «Was ist ein Mönch?», die Eltern schüttelten weiter die Köpfe. Hans lachte.

Und Markus lacht, «cool», und Sas sagt, «nee, ich war so rot, so feuerrot, ich wollte nur noch sterben», aber Markus lacht, und dann lacht sie auch, auf einmal, Jahrzehnte später. Sie schüttelt sich, und als ihr Lachen allmählich nachlässt, fragt Markus: «Wart ihr echt so 'ne richtige Kommune?»

Sas zuckt mit den Schultern, «weiß nicht, die Leute haben sich jedenfalls alles Mögliche vorgestellt. Hans hat sich immer tierisch darüber gefreut.» Sas wischt sich Lachtränen aus den Augen. Auf einmal möchte sie die Hand ausstrecken, sie in Hans' Hand schieben, den festen Griff fühlen.

Markus schaut sie an, jetzt ohne zu lachen. «Was ist mit deiner Mutter?» Sas sieht zu ihm herüber, hält ihm das Weinglas hin, kurz berühren sich ihre Finger, er schenkt ihr nach. Dann legt sie den Kopf in den Nacken, ins Dunkel hinein. «Sie ist gestorben, als ich zwölf Jahre alt war.»

*

Das Telefon klingelte an einem Mittwochvormittag. Sas lag auf einer Liege im Garten der Kaufmannsvilla, die Nase in einem Buch, sonst träge von der Hitze. Seit Meggie fort war, verbrachten sie im Sommer immer zwei Wochen bei den Großeltern. Hans gab die Mädchen mit zwei Koffern mit ihren Sommersachen dort ab, anfangs nur mit wenigen Worten, doch mit der Zeit wurde er gesprächiger und schließlich blieb er zum Kaffee. Der alte Johann Maximilian Bergmann und er schüttelten sich zum Abschied kräftig die Hände. Über Meggie sprachen sie nicht mehr.

Und nun, an diesem Mittwochnachmittag, schrillte das Telefon, wieder und wieder, durchdringend, unaufhörlich. Sas stand von der Liege auf, lief über den säuberlich gemähten Rasen, die kalte Steintreppe zur Terrasse hinauf. Sophie war mit der Großmutter beim Schwimmtraining, wie jeden Tag in den Ferien. Sas lief über die Terrasse, aber als sie das Wohnzimmer betrat, hatte das Telefon aufgehört zu klingeln. Der alte Bergmann hatte es dann doch gehört, trotz seiner beginnenden Taubheit.

Johann Maximilian Bergmann stand, auf seinen Krückstock gestützt, am dunklen Sekretär und schrie in die Leitung. «Bergmann!» Pause. «Wie bitte?» Und noch einmal, dann: «I don't unterstand» und dann: «I am her father.» Dann wurde der alte Mann ganz still.

Er schüttelte den Kopf und die Hand und den Krückstock. Kopf, Hand und Stock schienen die Worte abwehren zu wollen, die gerade aus der Leitung kamen, überbracht von einem Mann, der sich als Brian Summer und Ehemann der Kaufmannstochter vorgestellt hatte. Er sprach von einem Unfall, einem Auto, das sich überschlagen hatte. Er sprach vom Ende eines Lebens, das höchstens zur Hälfte gelebt worden war. So war es nicht vorgesehen, dass ein Kind vor seinem Vater starb.

Da hatte das Mädchen sich stumm die Haare geschnitten und Kinder geboren in unehelichem Verhältnis, da war es fortgegangen, hatte seine Kinder im Stich gelassen. Da hatte man dafür Sorge tragen müssen, dass der Mann mit den langen Haaren die Rechte bekam, damit sich jemand um die Kinder kümmerte, der nicht schon am Stock ging und zitterte. Dann hatte das Mädchen doch geheiratet, einen anderen, aber seine Eltern nur nachträglich und per Post davon in Kenntnis gesetzt. Es hatte nicht um einen Besuch gebeten und keinen angeboten. Das Kinn des alten Bergmann hatte sich immer weiter vorgeschoben, Jahr für Jahr verhärtet.

Jetzt starb das Mädchen einfach mittendrin. Jetzt gab es für seine Wut kein Ziel mehr, auch nicht für das, was dahinter lag und weshalb er für das Kind doch das richtige Leben gewollt hatte. Der Stock zitterte, der Mann zitterte. Er ließ den Hörer sinken, ließ sich selbst in einen Sessel fallen und schwieg.

Erst nach einigen Minuten, oder waren es Stunden oder Jahre?, erblickte er das schmale, hochgewachsene Mädchen in seinem Sommerkleid mit Spaghettiträgern, das in der Tür stand. Das Spätsommerlicht fiel auf sein braunes Haar, und es fragte nur: «Großvater?» Da streckte der alte Mann seine knorrige Hand aus. Das Mädchen ging stumm auf ihn zu, und er hielt ihre Hand fest. Auf dem hageren, faltigen, altersfleckigen Gesicht standen Tränen.

Johann Maximilian Bergmann flog zum ersten und zum letz-

ten Mal in seinem Leben über den Ozean, um sein Kind abzuholen, das ließ er sich nicht nehmen. Er fand vor:

Ein weiß gestrichenes Holzhaus in einer kalifornischen Stadt.

Einen mittelgroßen, bebrillten Highschool-Lehrer, dem
nun schon die zweite Frau gestorben war.

Zwei Kinder, sechs und acht Jahre alt, denen auch die neue
Mutter abhandengekommen war. Meggie hatte den beiden Jungen Deutsch beigebracht, wie ihren Schülern. Sie hatte ihnen
Gute-Nacht-Geschichten vorgelesen, sie dann zugedeckt und
das Licht ausgeschaltet. Sie liebte Spaziergänge am Strand. Der
Wind wehte ihr durchs Haar, sie breitete die Arme aus. Dann
lachte sie, sanft, leicht, ein Mädchen.

Am Anfang lachte sie viel. Manchmal verstummte ihr
Lachen plötzlich.

Von ihren Kindern hatte Meggie Brian erst nach Monaten
erzählt. Von den Briefen aus Deutschland gar nicht, er fand sie
erst nach ihrem Tod. Wenn er nach Sas und Sophie fragte,
kamen von ihr nur wenige Worte. Sie saß da, rauchte, weinte.
Er fragte sie nicht mehr. Sie lächelte wieder.

Im Winter, mehr als ein Jahr nach ihrer Hochzeit, wurde
Meggie schwanger. Sie lag nachts wach im Bett und passte auf.
Vergeblich. In das weiße Holzhaus schlich sich Traurigkeit ein.
Einmal rief ein Reisebüro an und fragte, ob Mrs. Summer
nun den Flug nach Frankfurt buchen wolle. Willst du nach
Deutschland zurück?, fragte er. Ich weiß nicht, sagte Meggie.
Und Brian wusste auch nicht. Dieses Nichtwissen schwelte
zwischen ihnen weiter, bis die Polizei Klarheit schuf. Ihre Frau
ist tot. Sie ist in der Kurve von der Fahrbahn abgekommen.
Der Wagen hat sich überschlagen. Sie hatte getrunken.

Das erzählte Brian dem alten Bergmann, der es seiner Frau
erzählte, als sie wieder zurück war. Sas stand hinter der halb
offenen Tür und lauschte.

Der alte Bergmann brachte sein Kind in einer Urne zurück. Brian hatte genickt, take her home. Er kam zur Beisetzung nach Hamburg, ein erstes und zugleich letztes Mal in Deutschland. Johann Maximilian Bergmann ließ sein Kind im Familiengrab beisetzen, als Margarete Christine Bergmann; den angelsächsischen, neuen Nachnamen ignorierte er, als er den Steinmetz beauftragte. Sas stand am Grab, Sophies Hand in der ihren. Sas weinte nicht. Meggie würde nie mehr weggehen, immerhin.

*

Sas verstummt. Nach einiger Zeit wendet sie ihren Blick Markus zu, der sie in der Dunkelheit unverwandt anschaut. Er hebt die Hand, berührt ihre Wange und streicht vorsichtig die Tränen weg, seine Hand ist rau. Sie bleibt an ihrer Wange liegen, wandert weiter in ihren Nacken, Markus zieht sie zu sich heran, sie ahnt im Dunkeln sein Gesicht, fühlt den Bart, als sich ihre Lippen berühren. Saskia schließt die Augen. Markus zieht sie jetzt ganz zu sich herüber, auf seinen Schoß, seine Hände an ihrem Rücken, auf dem Pullover, unter dem Pullover, sie tasten sich vor, und ihre unter sein Shirt, streichen auf fremder Haut entlang, sie zieht ihn hoch, in der Umarmung ins Haus, wo sie in die Knie gehen, er zieht ihr den Pullover aus, die Bluse, sie ihm das Shirt, sie liegen jetzt, er über ihr, er schält ihre Brust aus dem BH und berührt sie mit den Lippen, erst eine Brust, dann die andere, Sas dreht den Kopf zur Seite und öffnet für einen kurzen Augenblick die Augen,

und du siehst das Sofa, den Couchtisch, den Teppich, den Kamin, dieses Haus hast du zusammen mit Christian gebaut und eingerichtet, das Sofa mit dem gemeinsamen Geld gekauft, so wie den Tisch, den Teppich, den Kamin, das war dein Sieg übers

Auseinandergehen, Auseinandertreiben, Auseinanderfallen, du fügtest zusammen, damit etwas zusammengehört, du sichertest es ab mit Schutzwällen, und du siehst die Treppenstufen in die offene Küche, von da aus geht es in den Flur, die Treppe hinauf, in ein Zimmer, in dem sonst auch Christian schläft und in dem jetzt, ausnahmsweise, eure beiden Söhne schlafen, ineinander verschlungen, aber vielleicht wachen sie auch auf und tapsen herunter, Mama, kommst du gleich? Und du siehst Meggie auf dem Boden knien, den Blick aufs Feuer gerichtet, während sich eine andere Frau an Hans lehnt, du siehst Meggie in der Tür stehen, dunkle Muster auf der hellen Schlafanzughose, die Hand auf dem Bauch, während Hans eine andere Frau im Arm hält,

und trotzdem zieht Sas Markus' Kopf hoch zu sich, sie sucht seine Lippen, öffnet die Riemen, links und rechts, löse das Fischbein oder den Stahl von meinem Körper, damit ich atmen kann, damit ich durch mich hindurchdringen kann, aus mir hervor, unbändig, und sie greift in sein Haar, dicht und fest, um die Formen zu lösen, zu etwas Unbekanntem zu verschmelzen, zwei Körper, neu, aber da ist eben das andere, dein Leben, und Saskia setzt sich auf, und Markus schaut sie an und sagt, es tut mir leid, und Sas sagt, ja, nein. Dann sitzen sie da, halb nackt, einander gegenüber. Die Terrassentür steht offen.

XVIII.

Christian geht auf die wartenden Taxen zu, bleibt aber wenige Meter davor stehen. Er dreht sich um, läuft durch die Glastür zurück ins Flughafengebäude, sucht nach dem S-Bahn-Wegweiser und fährt die Rolltreppe hinunter. S-Bahn, Regionalbahn und dann noch einmal Bus, bis er in den Ort entkommen wird, der einmal ein Dorf gewesen ist, auch wenn die Fahrt auf diese Weise doppelt so lange dauert wie mit dem Taxi.

Hinter ihm liegen drei Tage in Hochhäusern, in großen Büros an Konferenztischen, in eleganten Restaurants, ein sprachliches Bad im Englischen, im Französischen, sogar etwas Spanisch hat er mit den Kollegen aus Madrid geredet. Schön war Brüssel nicht, aber wenn er hier war, elektrisierte ihn diese doppelte Hauptstadt mit ihrer eigentümlichen Spannung, eine Stadt des Kleinen und des Großen. Die Stadt selbst kompakt auf kleiner Fläche, vieles fußläufig zu erreichen, schmale Häuser, teils aus Backstein, dicht aneinandergereiht, dann große Plätze, die modernen Bauten der EU-Institutionen, Tausende Beamte, Mitarbeiter, Praktikanten und Lobbyisten aus zig Ländern, studierte Wanderarbeiter mit hervorragendem Englisch, dazu kamen und gingen die Staats- und Regierungschefs der Europäischen Mitgliedstaaten, Limousine nach Limousine, ein Krisentreffen nach dem nächsten. Christian las die zweisprachigen Schilder; Stadtnamen, Straßennamen, Museumsnamen standen da auf Französisch und Flämisch, als wenn die Zweisprachigkeit hier eine Selbstverständlichkeit wäre. Aber er hatte gelernt, dass sich die Dinge anders verhielten, man musste sich zuordnen, Wallone oder Flame, das waren zwei Seiten, erst war die eine reicher, dann die andere, ein Kampf über Jahrzehnte und Jahrzehnte, und der Argwohn der einen gegen die anderen zog sich durch das gespaltene Land. Wenn Christian während seines Praktikums damals bei der EU-Kommission anfing, darüber mit seinen neuen spanischen, polnischen oder britischen Bekannten, den Vorgesetzten zu sprechen, nickten sie zwar, si, tak, yes, aber mit einem Schulterzucken. Sie sahen nur die eine Hauptstadt, sie schickten ihre Kinder in europäische Kindergärten und Schulen, sprachen weder Niederländisch noch Französisch, aber die Stadt verlangte das auch nicht.

Christian hätte an diesen drei Tagen nur Taxi fahren können, so war es vorgesehen für einen wie ihn, der als Anwalt blank polierte Schuhe und Anzug trug und große Konzerne im Umgang mit den Steuergesetzen der europäischen Staaten beriet. Taxi vom Flughafen zum Meeting, vom Meeting zum Restaurant, vom Restaurant in die Bar, von der Bar ins Hotel. Aber etwas sträubte sich in ihm dagegen, und er nahm die U-Bahn, fuhr im Gedränge mit, inmitten dieser Vielstimmigkeit, zwischen marokkanischstämmigen Familien mit Kinderwagen, schwarzen Frauen in bunten Gewändern, Jungs mit Ohrstöpseln, zwischen Angestellten und Arbeitern mit ihren vom Tage müden Gesichtern, die auf ihre Smartphones blickten, selten in Zeitungen, er fuhr nachts zwischen betrunkenen Gestalten zurück ins Hotel, pöbelnden Männern zumeist, alten und jungen, und ein Bettler lief durch die Bahn und streckte seine Hand aus. Christian gab ihm ein Zwei-Euro-Stück.

Seine Sehnsucht nach einem Leben jenseits des Vorhersehbaren, Geplanten brach sich Bahn. Seit Saskias erster Schwangerschaft hatte er sie mühsam immer wieder weggeschoben. Seine Kanzlei hatte ihn zweimal gefragt, ob er nicht das Brüsseler Büro übernehmen wolle. Zweimal hatte er abgelehnt. Jetzt, vor einigen Wochen, kam die Frage zum dritten Mal. Er hatte um Bedenkzeit gebeten, die Familie, ihr wisst, und sie hatten gesagt, ja, natürlich, aber du weißt auch, dass es an der Zeit ist. Dieses Angebot trug Christian nun mit sich herum. Er hatte über Ostern auf Sylt mit seinem Vater gesprochen. Mach es, das ist doch eine Riesenchance. Christian hatte zu Saskia hinübergesehen, die ein paar Meter weiter am Strand entlanggelaufen war, die Ausläufer der Wellen waren über ihre Gummistiefel geschwappt, die Sonne stand tief. Die große

Frau hatte ihre Hände in den Jackentaschen vergraben, die Schultern hochgezogen, den Schal um ihren Nacken gebunden, die Haare in die Mütze gesteckt, die Augen hinter ihrer Sonnenbrille verborgen. So war es nun mit ihr, und er hatte nicht gewusst, wohin mit seiner Frage. Aber sie ließ ihn nicht los.

Christian schaut durch die verschmierten, zerkratzten Scheiben, erst der S-Bahn, dann des Zuges. Hinter diesem Schleier von Spuren fremder Hände und fremder Kindernasen, von Regen und Staub zieht erst Hamburg an ihm vorbei, dann Felder und Wiesen, grün schon, flach zu Beginn, dann sanft geschwungen. Der Zug ist voll, manche Fahrgäste haben die Augen geschlossen und die Aktentaschen auf dem Schoß, andere reden miteinander, verbunden durch Tausende Kilometer, die sie auf diese Weise schon miteinander verbracht haben, na, was steht heute an, schaffst du zurück den 18.00-Uhr-Zug, nein, ja, ich wahrscheinlich auch nicht.

Christian rechnet aus, wie viele Kilometer er künftig zurücklegen wird, fast 800 Kilometer pro Strecke, im Flugzeug, mit Handgepäck, montags und freitags, mit Ausnahmen. Dazwischen könnten sie skypen, vielleicht morgens, kurz beim Frühstück, zwischen Cornflakes und Kaffee, und abends sicher. Dann würden die Kinder vom Tag erzählen, von Hausaufgaben und Spielplatzstreits und welche Fußballkarten sie beim Tauschen ergattert hätten, manchmal hätte Julius mehr Glück dabei als der große Bruder, welch ein Triumph, und Johann würde vielleicht heulen.

Christians Vorstellungen geraten für einen Moment ins Stocken, etwas lässt ihn innehalten. Da ist der Duft von Kinderhaaren, das Weiche, wenn man sie strubbelt, die Nässe der Tränen, wenn man sie von den Wangen streicht, das Knistern der Bettdecke, wenn man jemanden zudeckt, die Wärme der

Haut, wenn man beim Gutenachtsagen die Lippen kurz auf die Stirn drückt.

Christian wird zu Saskia sagen: «Kommt mit.» Er wird ihr die Reihenhäuser in den wohlhabenden Brüsseler Vororten beschreiben, auf die internationalen Schulen und auf sein Gehalt verweisen. Aber sie wird den Kopf schütteln und fragen, wie stellst du dir das denn vor mit dem Haus, mit den Kindern? Sie wird etwas von Stabilität sagen, du weißt, wie schwierig es für die Kinder ist, dauernd neu anzufangen. Nein, das weiß er nicht. Die Kinder haben ja noch gar nicht neu angefangen, jedenfalls nicht, solange sie eine eigene Erinnerung haben. Aber Christian weiß von Saskias vielen neuen Anfängen: Niedersachsen, Hamburg, Frankfurt, München, wieder eine neue Klasse, wieder erste Nächte in neuen Wohnungen, neuen Häusern, wieder das Unbeständige und Wechselhafte. Aber das ist doch ihr Leben, nicht seins und auch nicht Johanns, nicht Julius'. Deshalb müsste Christian sagen, nein, es ist doch ganz anders, wir haben doch uns. Aber der Boden, auf dem sie stehen, ist schon so aufgeschwemmt von Wut und Vorwürfen, wenn man jetzt darauf baut, sackt alles in die Tiefe. Also wird er schweigen und warten.

Und sie wird sagen, was soll ich da eigentlich machen? Er wird sich auf die Zunge beißen, um nicht zu sagen, aber hier machst du doch auch nichts, und er wird sich für diesen Gedanken schämen. Dann wird sie von Brüssel sprechen, von Wohnungen, in denen Männer gesessen und sorgfältig geplant haben, was sie dann in den U-Bahnhöfen ausgeführt haben, mit dem gewünschten Ergebnis aus Blut, Tod und Tränen.

Christian wird ihr wieder seine Wahrscheinlichkeitsrechnungen präsentieren, Vergleiche zwischen dem Risiko des Autofahrens im Verhältnis zu dem von Anschlägen anstellen, du bist eher tot, wenn du Auto fährst, als mit der U-Bahn in

Brüssel. Da wird sich Saskias Gesicht noch mehr verschließen, ihm wird einfallen, dass sie eine Mutter hatte, die bei einem Autounfall gestorben ist. Vielleicht wäre diese Mutter zurückgekommen, vielleicht sogar hiergeblieben, vielleicht hätte sie ihre Enkelkinder in den Schlaf gewiegt, ihre Tochter in den Arm genommen, wenn der die Tränen gekommen wären, weil die Kinder schrien und ihr Schlaf nie ausreichte. Das hatte Sas einmal gesagt, als Julius gerade auf die Welt gekommen war und Erika durch die Wohnung lief und alles richtete, pflegte, organisierte. Sas schloss die Schlafzimmertür, setzte sich auf die Bettkante und sagte: «Christian, ich hätte so gern eine Mutter», und da drückte Christian ihre Hand.

Aber jetzt wird Sas ihn anblicken, die Augenbrauen zusammengezogen, und sagen, du redest es wieder klein, für dich ist alles immer leicht, dir macht nichts irgendetwas aus, und er wird nur den Kopf schütteln, nicht mal herausbringen, so können wir nicht reden, er wird sich nur ein Glas Rotwein nachschenken und nach einem kurzen Zögern fragen: «Du auch?»

Christian steigt um in den Bus, der durch die mittelgroße Stadt fährt und in den Ort, der einmal ein Dorf gewesen ist. An der letzten Haltestelle ist der Bus leer geworden. Christian steigt aus und zieht seinen Rollkoffer klappernd über den Fußweg. An der Ecke trifft er auf zwei dunkelhaarige Kinder, ein drittes läuft hinterher, an Markus' Hand, der einen Ball trägt.

«Hallo», sagt Christian.

«Hi», sagt Markus.

«Noch Fußball gespielt?»

«Mhm.»

Sie laufen nebeneinander her, Christian überlegt, ob er Markus zum Bier in den Garten bitten soll, aber sagt dann nur: «Schönen Abend noch.»

«Euch auch.»

Die vier biegen ab.

Christian atmet tief ein, bevor er die Tür aufschließt.

Freitag, Samstag, Sonntag, drei Abende wird er mit den Jungs haben. Er wird mit ihnen nachmittags Bundesliga gucken, sonntags vormittags drüben auf dem Fußballplatz kicken, vielleicht mit den Kindern von Markus und Jasmin zusammen, dann wieder seine Sachen packen.

«Hallo, bin zurück», ruft er, als er in den Flur tritt. Johann und Julius hören ihn, kommen in Schlafanzügen die Treppe hinuntergerannt, Julius springt ihm in die Arme, Christian hebt ihn hoch, fährt Johann mit einer Hand durchs Haar.

Sas steht im Türrahmen, im roten Kleid.

«Hi. Hunger? Ich habe gekocht.»

XIX.

Hans liegt im Gras, sein Oberkörper ist nackt. Er hat Arme, Beine, Hände und Füße ausgestreckt, sogar die grauen Haare, sonst immer im Nacken gebunden, sind offen. Im Liegen glättet sich die faltige Haut über seinem Bauch. Hans hält die Augen geschlossen. Cécile hat ihm Sonnenmilch hingestellt, «Il faut que tu, du musst». Aber Hans hat das lästige Eincremen sein gelassen, wenigstens dafür war das Wuchern in seinem Kopf gut. So liegt er da, uneingecremt, und durch die Augenlider dringt Rot, das Licht breitet sich aus in dem alten Männerkörper, die Strahlen wärmen Knochen, Fleisch und Blut. Von außen wird er wohl auch bald rot sein.

Hans hört den Wind in den Blättern, leise, und dann in der

Ferne ein Auto. Gleich wird lautes Leben im Steinhaus herr-schen, Ruth wird mit Georg eintreffen, sie werden aussteigen, die Haustür so selbstverständlich öffnen, wie man die Tür seines eigenen Hauses öffnet, und rufen: «Hallo, wir sind da.» Sophie und Sas – ja auch Sas – werden am frühen Abend kommen, Georg wird noch einmal in die Stadt fahren und sie abholen. Sophie wird ihre Tasche fallen lassen, die Sandalen abwerfen und in den Garten rennen. Sas wird zögern, ihn anschauen und sagen, hallo Hans, aber vielleicht lächelt sie, doch, gewiss, sie lächelt.

Ein paar Mal hatten sie in den letzten Wochen telefoniert. Sie fragte, wie es ihm gehe, und er sagte, geht. Sie fragte, was er für Medikamente nehme, und er sagte, nicht viel. Dann fing sie an, Hans, man kann etwas machen, ich habe mich erkun-digt, und sie nannte den Namen ihres Schwiegervaters und weiterer seiner Kollegen, Chefärzte. Sie hatte recherchiert über Spezialkliniken, Auskunft über die Erfolgsaussichten erbeten, sich über die Verträglichkeiten von Therapien informiert. Nach Hamburg könne er doch kommen oder nach München, aber Hamburg wäre besser, Hans.

Hans sagte. «Aber Sas, ich …»

Sas sagte. «Hans.»

Da musste Hans plötzlich lachen. Er sah das dünne Mäd-chen vor sich, es kniete im Garten des Steinhauses im Péri-gord, in kurzer Hose, und spannte einen Grashalm zwischen die Daumen, hob die Hände an den Mund, blies, aber es kam nur ein Blasgeräusch aus dem Grashalm, kein Singen, und Sas wiederholte es, ein ums andere Mal, und Meggie oder Ruth rief, Sas, komm, essen. Aber Sas blieb sitzen und pustete und pus-tete. Irgendwann kam ein leises Quietschen, und sie schaute Hans an, ernst, pustete noch mal, schau, ich kann's.

«Du gibst nie auf, Sas», sagte er nun in das Smartphone.

«Du auch nicht», antwortete sie, und ihr Atem blieb aus. Hans wartete, ob er ihn wieder hörte, dann sagte er «ja», allein schon, damit sie wieder normal atmen konnte, auch wenn er etwas anderes meinte als sie.

Sas wird kommen. Sas wird kommen! Sophie wird Sas zum Fluss herunterziehen. Sie werden auf der Terrasse sitzen und essen, ein Lagerfeuer im Garten machen und bis in die Nacht hinein dort hocken. Irgendwann wird er eines der alten Lieder anstimmen, Ruth, Georg, Sophie und Sas werden einfallen, die ersten drei werden falsch singen, nur Sas richtig. Aber Sas wird ihn anstupsen, auf Cécile zeigen, die auf einem Gartenstuhl sitzt, den Kopf etwas in die Luft gereckt, und sagen, wir brauchen etwas Französisches.

«Le coq est mort, le coq est mort,

der Hahn ist tot, der Hahn ist tot,

il ne dira plus cocodi cocoda,

er kann nicht mehr krähen

kokodi kokoda

coco koko coco koko di cokoda.»

Hans summt vor sich hin, koko di koko da, und muss lachen, so leise wie das Blätterrauschen.

Absätze klackern, erst auf der Terrasse, dann auf den Stufen, die hinunter in den Garten führen, und jetzt verklingen sie im weichen Grasboden. «Ans, tes amis arrivent», hört er Céciles Stimme.

Hans dreht den Kopf zur Seite und öffnet ein Auge. Er sieht Céciles rot lackierte Zehennägel in ihren roten Lacksandalen, die hohen Absätze bohren sich ins Gras. Er streckt die Hand aus und umfasst ihren Knöchel.

«Komm, leg dich her», murmelt er.

«Ans, tes amis», sagt Cécile.

«Lass sie kommen, die kennen sich aus.»

«Tu veux certainement leur dire bonjour», du willst sie sicher begrüßen, sagt Cécile auf Französisch, und Hans fragt sich jetzt ernsthaft, wie das eigentlich gehen wird in den nächsten Tagen, mit Cécile, die nicht Deutsch spricht und nur unwillig und unverständlich Englisch, und Ruth und Georg, die trotz vieler Sommer im Périgord nur das Nötigste an Französisch sprechen. Aber Sas wird übersetzen können, ja. Sas.

«Egal», sagt Hans, aber er setzt sich auf, sein Bauch ist wieder faltig und der Rücken krumm. Hans stützt die Hände auf den Grasboden und fixiert die oberste Stufe der Treppe, die zur Terrasse hochführt, bis der Stein nicht mehr vor seinen Augen vibriert und tanzt, sondern das ist, was er zu sein hat: eine Treppenstufe, von der Sonne angewärmt, ausgetreten in den Jahrzehnten, in denen Männer und Frauen, Jungen und Mädchen über sie gelaufen, gestapft, gerannt, geschritten sind. Jetzt sind es Wandersandalen, die den Stein betreten, dunkelblau, und weiß die Füße darin, und über den Sandalen flattert ein weites, langes Kleid in Blau und Rot und Gelb.

«Hier seid ihr», ruft Ruth. Sie kommt auf Hans zu, streckt dem Sitzenden ihre Hände hin, die kleinen, schmalen, faltigen, geäderten und altersfleckigen Hände, aber sie haben noch immer Kraft, und Hans der Große zieht sich an ihnen hoch. Kaum steht er, hält er Ruth im Arm und drückt sein Gesicht in ihr weißes, glattes Haar, und er weiß auf einmal, dass es doch jemanden gibt, zu dem er immer aufgeschaut hat.

Ruth löst sich von ihm und geht auf Cécile zu, aber während Ruth die Hand ausstreckt, streckt Cécile Oberkörper, Hals und Kopf hervor, um flüchtig an Ruths Wange vorbei die Luft zu küssen. Ruth sieht es, zieht schnell ihre Hand zurück, reckt den Kopf, links, rechts, bonjour, bonjour, nicken, lächeln. Ruth ist so viel kleiner als Cécile.

Hans grinst. Er lehnt am Treppengeländer, ohne Schwindelgefühl. Braun gebrannt, mit nacktem Oberkörper.

*

Sas legt das Handy beiseite und bettet den Kopf in das Polster. Der ICE beschleunigt, er lässt Frankfurt hinter sich. Sie hat in einem kleinen Hotel nahe dem Bahnhof übernachtet, Bad auf dem Flur. Sas hatte es erst gemerkt, als sie das Altbauzimmer mit Bett, Schrank und kleinem Waschbecken betreten hatte. Sie setzte sich auf das gemachte Bett, noch in ihrem dünnen Sommermantel, die hohen Schuhe an den Füßen, und blieb regungslos sitzen. Sie starrte auf die Zimmertür, wartend, aber auf was? Es war spät und dunkel, und irgendwann knurrte ihr der Magen. Sas ging die Treppen hinunter zum Empfang, wo ein Mann stand, klein und rund. Der Fernseher lief. Sas fragte ihn nach etwas zu essen.

«Erdnussflips?», fragte er. Er lächelte.

Sas schüttelte den Kopf.

«Chips?»

«Ich …»

«Nebenan gibt es Döner. Darf ich Ihnen einen holen?»

«Oh, das wäre nett. Aber ich esse kein Fleisch.»

«Falafel? Nur Kirchererbsen.»

«Geht das denn?»

«Wie gesagt, direkt nebenan.»

«Wirklich?»

«Selbstverständlich.»

«Das …» Jetzt lächelte Sas, man konnte sogar die Zähne sehen.

«Warten Sie hier.» Der Mann wies auf das rote Sofa neben dem Eingang. Sas setzte sich, und als er mit Falafel in Alupapier zurückkam, stand sie auf und sagte: «Danke.» Sie blieb stehen.

«Essen Sie doch hier», sagte der Mann und zeigte wieder auf das Sofa.

Sas lächelte wieder. «Danke. Vielen, vielen Dank.» Sie zog den Mantel aus, legte ihn aufs Sofa, setzte sich und fing an zu essen, langsam, Bissen für Bissen. Scharfe Sauce lief ihr über das Kinn. Über den Bildschirm flackerten Bilder von Hochzeiten, weiße Kleider, Rüschen und Blumen in Goldspray. Zwölf Jahre war ihre eigene Hochzeit her. Sas tupfte die Sauce ab, nahm das Handy hoch, fotografierte den Bildschirm und schickte das Bild an Sophie.

«Nur um das mal festzuhalten: Gegen so was war meine Hochzeit geradezu schäbig.»

Sie drehte sich um, darf ich?, fragte sie den Mann hinter dem Empfangstresen und er nickte. Sie fotografierte den Raum mit dem dicken Teppich, dem Tresen, dem Treppenaufgang. Dann schrieb sie: «Schau mal, Hans: Frankfurt. Bis morgen.»

Sie blieb noch eine Weile unten sitzen, die Hand um die Serviette geschlossen, und als sie ihr Portemonnaie aus der Handtasche holte, blickte der Mann hinter seinem Empfangstresen auf. Er schüttelte den Kopf.

«Geht aufs Haus.»

Sas lächelte. Sie überlegte, ob sie fragen sollte, woher er kommt. Aber dann sagte sie nur: «Gute Nacht.»

Am nächsten Morgen stand sie früh auf und zog ihren Koffer durch die morgenleeren Straßen hinter sich her.

Der ICE fährt Richtung Süden. Die Dinge draußen lösen sich auf. Saskia taucht ein in diesen Strom. Baum in Gras in Wiese in Blatt in Stamm in Zaun in Mast in Baum in Acker in Hof. Auch das andere zerrinnt:

261

Die Buchstaben auf ihrem Handy, in der WhatsApp-Gruppe der Bürgerinitiative. Da steht:

Bernd: «Ich fasse es nicht. Wedekamp macht sich vom Acker.»

Jörn: «Was?»

Bernd: «Der hat eine Mail geschrieben, einfach eine Mail.»

Christa: «Und was schreibt er?»

Bernd: «Was von Gemeinnützigkeit, die hat man seinem Verein entzogen.»

Jörn: «Das heißt?»

Bernd: «Keine Ahnung. Aber der Verein zahlt jetzt nicht mehr.»

Silke: «???»

Bernd: «Wedekamp sagt, die machen das politisch.»

Christa: «Wer die?»

Bernd: «Keine Ahnung. Mir scheißegal. Was mach ich jetzt mit der Klage?»

Klaus: «Seht ihr?»

Bernd: «Halt du dich raus.»

Klaus: «Übrigens: Es werden zwei Windräder weniger. Gute Lösung, oder?»

Bernd: «Also zwei, denen man nicht hätte trauen dürfen. Na toll. Ich brauch 'nen Schnaps.»

Auch das Bild von Markus verschwimmt. Seine Bartstoppeln, die Härte seines Kinns, seine großen Hände auf ihrer Brust. In den letzten Wochen hatte er bloß gegrüßt, die Hand erhoben aus dem Nachbargarten, manchmal kam ein Ruf, Saskia blieb dann stehen, nickte kurz. Aber Markus schwang das Bein nicht mehr über den Zaun, lieh sich keine Eier, kein Mehl, keine Milch mehr von ihr, um sie dann doch nicht mehr zurückzugeben.

Christians Unterschrift, geschwungen auf weißem Papier. Versetzt und befördert. Nach dem Sommer.

«Ich bin immer an den Wochenenden da», hatte er gesagt. Seine Hand streifte kurz ihre Schulter.

Sie hatte genickt. «Ja.»

«Ihr kommt in den Schulferien.»

«Natürlich.»

In Paris steigt Sas aus. Sie setzt sich in ein kleines Café, will zu Hause anrufen, um die Kinder zu sprechen, aber die sind noch in der Schule. Sie legt wieder auf, bevor Erika rangehen kann.

Sas läuft zum Bahnsteig. Als der Eurostar aus London einfährt, quellen dicht gedrängt Menschen aus den Türen. Unter ihnen eine Frau mit Locken, Rucksack, große Schritte in Flatterhosen. Sas springt hoch, ruft, rennt.

«Sophie!»

*

Hans steht an der Spüle, Ruth sitzt am Küchentisch und schält Möhren. Hans zuckt zusammen. Es sticht im Rücken, zwischen den Schultern. Dann in der Brust. Er stützt sich auf der Spüle ab. Eine Welle von Schmerz rollt in Arme, Beine, Rücken.

*

«Guck mal, was ich gefunden hab.» Sophie zieht ein Foto aus ihrer Tasche. Ein langhaariger Mann liegt im Gras. Auf seinem Rücken hockt ein kurzhaariges, dünnes Mädchen. Auf ihrem Schoß ein kleines Kind mit Locken. Sie recken die Köpfe hoch. Sie lachen. Bei dem größeren Mädchen erkennt man die Zahnlücken.

«Das sind wir», sagt Sophie.

«Ich weiß», sagt Sas.

Sie nimmt Sophie das Foto aus der Hand. «Wir haben das Stapeln genannt. Dann haben wir alle drei gewackelt und gerufen: Der Turm, der wackelt, der Turm, der wackelt, die oberste Spitze fällt ab. Weißt du noch?»

«Nee. Hat Meggie das Foto gemacht?»

«Kann sein. Wahrscheinlich.»

Sas behält das Bild in der Hand.

*

Hans' Hauptschlagader reißt. Da sind Rufe, sein Name, Ruths Stimme, Georgs Stimme, andere Stimmen.

*

Blut tropft aus einem Hühnerhals. Sas hält einen Hühnerkopf. «Wieder dran?» Hans nimmt Sas auf den Arm.

Hans springt vom Tisch auf, tritt den Stuhl um, reißt die Tür auf, Sas fällt ihm fast entgegen. Er hält sie fest.

Hans kommt an Sas' und Sophies Schlaflager im Périgord. Er kniet sich hin, zupft die dünnen Decken zurecht, streicht Sas über die Wange. Sie blinzelt.

Andreas hänselt sie, schreit, du Dumme. Hans nimmt Sas fest an die Hand.

Der Herr ist mein Hirte.

*

Hände packen Hans, hieven ihn auf eine Trage, eilige Schritte über den Steinfußboden, Wagentüren öffnen sich, man schiebt ihn hinein. Der Krankenwagen holpert auf der kurvigen Straße

hinab ins Tal, an der Vézère entlang, die unaufhaltsam in ihrem
vorgegebenen Flussbett strömt. In Hans aber hält sich nichts
mehr an die körperlichen Vorgaben, das Blut strömt überall-
hin.

*

Sophie legt ihren Kopf auf Sas' Schulter.
   «Wie lange fahren wir noch?», fragt sie.
   «Nicht mehr lang, sind bald da.»

*

Strömt strömt strömt. In den Herzbeutel, den Brustkorb. Hans
selbst im Strom, nicht mehr dagegen. Und dann ist da schon
kein Hans mehr, nur Haut, Fleisch, Knochen, nur Zelle an
Zelle. Totes Hirn, totes Herz, toter Hans.

*

Sas und Sophie steigen aus. Ruth und Georg stehen auf dem
Bahnsteig. Sas winkt, Sophie ruft. Aber Ruth steht nur da. Sie
breitet wortlos die Arme aus, als die beiden näher kommen. Sie
zieht diese viel größeren Frauen zu sich heran, hört mal, ich
muss euch was sagen.
   Sophie schreit. Sas fängt an zu zittern, Arme, Beine, Rücken.
Georg schlingt seine Arme um die drei Frauen. Die Arme, die
ein kleines Mädchen aus den Fluten der Vézère holen konnten,
halten jetzt wieder.

*

Sie stehen an einem weißen Krankenhausbett. Hans' steifer Körper liegt da. Sas streckt die Hand aus, sie streicht über die kalte Stirn, die Augen. Dann beugt sie sich vor, legt das Gesicht in Hans' eisige Halsbeuge, umfasst ihn mit ihren Armen.

Hans, Hans, Hans.

Papa.

*

Sie fahren schweigend über die gewundenen Straßen zurück zum Haus.

*

Stumm sitzen sie auf der Terrasse. Ruth hält Céciles Hand. Die Grillen schnarren, rhythmisch, laut, empört. Trauermarsch für Hans. Wenn doch nur die Sterne nicht leuchteten.

«Sas?» Sophie flüstert.

«Ja?»

«Komm, wir gehen runter zum Fluss.»

«Mitten in der Nacht?»

«Ja. Komm.»

Sophie streckt die Hand aus.

Epilog (Juli 2017)

«Jetzt?»

Sophie sieht Saskia an, lehnt sich zurück, die Ellenbogen ins Gras gestützt. Sie legt den Kopf in den Nacken und blickt in den Nachthimmel, ein langer Blick. Dann kichert sie plötzlich leise, pustet sich eine Haarsträhne aus dem Gesicht und sagt:

«Na, Meggie sitzt da oben und hat ihre kopflosen Hühner auf dem Schoß.»

«Das ist eklig!»

«Und Hans sitzt daneben. Wahrscheinlich hält er irgendeine Ische im Arm. Oder er singt. Und alle anderen sind auch da. Guck mal.»

Sophie reckt das Kinn.

«Da sitzt die Kaufmannsgroßmutti, die schimpft, weil wir hier nackig rumliegen und weil ich meine Sachen nicht ordentlich gefaltet hab. Daneben hockt der Apothekeropa, mit nur einer Hand, und dann das Luisle, ohne Arm, die werfen sich Opas Hand und Luisles Arm und die Hühnerköpfe zu, und der Hund rennt immer zwischen ihnen hin und her.»

«Sophie, das ist wirklich makaber.»

«Ich weiß», sagt Sophie. Sie kichert wieder.

«Und dann, Sas, fliegen deine Barbieleichenteile dazwischen hin und her: Arme, Beine, Kopf.»

«Hör auf.» Sie greift nach einer ihrer Sandalen und wirft sie nach Sophie.

«Autsch.»

Sophie wirft den Schuh zurück.

«Ey, du hast denen doch alles ausgerissen. Lag immer rum.

Das fand ich voll gruselig», sagt Sophie und wirft die Sandale zurück, dann Saskias BH hinterher.

«Echt?»

«Klar.»

Sie sehen sich an. Schattengesichter, sie können die Augen der anderen in der Dunkelheit nur ahnen.

«Aber was machen wir jetzt? Du? Ich?», fragt Sas, nun ohne zu lachen. Dabei ist sie doch die Große.

«Erst mal Hans beerdigen», sagt Sophie.

Was aber macht man mit einem Hans, der stets alle Seile kappte und am Ende doch etwas suchte, das ihn hielt? Ruth hatte den Kopf geschüttelt, als Sophie sagte, wir sollten ihn aufs Meer bringen, eine Seebestattung.

«Nein, der muss heim.»

«Heim? Welches Heim?», fragte Sophie.

«An den Ort, aus dem er kommt», sagte Ruth.

«Hans? Der wollte da doch immer bloß weg», sagte Sas.

«Die Dinge passen nie, Kind», sagte Ruth.

«Aber wir waren noch nie da.»

«Dann wird es das erste Mal sein.»

Sas atmete tief ein, drückte Ruths Handgelenk und atmete wieder aus.

Also würden sie vor einem Erdloch stehen, neben ihnen Johann und Julius, Ruth und Georg, Cécile und Tante Irmgard, die Sas und Sophie noch nie gesehen haben, so wenig wie den fremden Ort im Süden des Landes. Zittern würden Irmgards Hände, wenn sie die Schaufel nähme. Weil sie so zitterten, würde Irmgard auf dem Weg zum Grab Erde verstreuen, eine Erdkrumenspur von der Welt ins Grabloch. So würde Hans zurückkehren zu den Seinen, Luisle, Friedhelm, Mutter, Vater.

Christian würde im schwarzen Anzug neben dem Grab stehen. Er würde ihre gemeinsamen Söhne an der Hand halten. Bald würde er wieder packen, dieses Mal drei Koffer und eine Laptoptasche. Sas würde ihn zum Flughafen bringen, zusammen mit den Jungs, er würde sie kurz auf die Stirn küssen, sagen, wir sehen uns Freitag. Sie würde antworten, ja. Er würde nicht mehr ins Hotel in Brüssel fahren, sondern in eine neue Wohnung, die hatte nur ein Schlafzimmer und eine offene Wohnküche, für die Jungs konnte man Klappmatratzen auslegen. Sas würde am Gate stehen und winken.

Sie würde mit den Kindern zurückfahren, die Haustür aufschließen, in den aufgeräumten Flur treten, die Schuhe ausziehen, die Handtasche aufhängen. Sie würde vom Wohnzimmer aus in den verwilderten Garten schauen, auf das kleine, wie aus Versehen noch dastehende Häuschen, in dem Markus Gitarre spielte, Pfannkuchen aus der Pfanne warf, manche davon wieder auffing, andere vom Boden aufhob. Sie dachte an das, was nicht geworden war. Dann würde sie noch einmal das Haus verlassen, in Crocs. Sie würde zur Thujahecke gehen, dort, wo das Transparent in dem Stück ungepflasterter Erde steckte. Durch den sommertrockenen Boden um die Stangen herum zogen sich Risse, in denen Löwenzahn und Vogelmiere wuchsen. Sie würde das Transparent rausreißen. Aber das Grünzeug stehen lassen.

Sas spürt, wie ihr Tränen herunterlaufen, schluchzt aber nicht.

«Warum bleibt nichts?»

«Aber du hast doch ein Zuhause. Du hast Johann, Julius, Christian.»

«Christian?»

Sas sieht Christian lachend und gackernd auf dem Bett, sieht ihn den weinenden Johann wiegen, sie hört sein Türenknallen und das laute Schweigen, sie spürt seine flüchtige Berührung an der Schulter. Sie fühlt das dichte, gelockte Haar eines anderen Mannes zwischen ihren Fingern. Sie könnte jetzt sagen, Sophie, weißt du, da ist etwas, was ich dir die ganze Zeit erzählen will. Aber sie blickt auf die dunkle Felswand am anderen Ufer.

In diese Stille hinein sagt Sophie: «Ich habe nichts, was bleiben könnte. Keinen Job, keine Wohnung, keinen Mann, nicht mal ein Kind. Und ich bin sechsunddreißig.»

Die Worte bleiben im Dunkeln haften. Saskia sieht Sophies Umrisse, wie sie die Schultern beugt, die Oberarme auf die Knie legt. Sophie zieht die Knie noch enger an sich, legt den Kopf darauf.

«Wenn ich wenigstens schwanger wäre, dann wäre da jemand. Dann hätte es einen Sinn.»

Jetzt zuckt ihr Rücken, ihr Haar, die ganze Frau. Sas zieht sie zu sich heran und streichelt sie. Sophies Haut ist warm.

«Du hast mich, du hast Johann und Julius.» Sas flüstert. Als nur noch ein leises Schniefen zu hören ist, sagt sie: «Komm zu uns.»

Sophie löst sich aus der Umarmung, richtet sich langsam auf, ihre Muskeln spannen sich. «Zu dir? In dein Haus? In dem Dorf da?»

«Es war einmal ein Dorf. Irgendwo musst du wohnen.»

Sophie legt den Kopf in den Nacken, dann blickt sie Sas an.

«Wenn du mit dieser dauernden Putzerei aufhörst.»

«Du bist blöd.»

«Ich weiß. Und wieder etwas Sinnvolles machst, Mörder einsperren. Oder so.»

«Haha.»

«Und wenn du noch mal mit ins Wasser kommst.»

«Jetzt?»

«Ja.»

«Noch mal?»

«Klar.»

«Mir ist kalt.»

«Egal.»

«Nee.»

«Schisshase.»

«Okay. Ja. Vielleicht.»